北方厨房

一个家庭的烹饪史

蒋韵 著

上海文艺出版社
Shanghai Literature & Art Publishing House

二百年前，一个叫布里亚·萨瓦兰的法兰西人说过这样一句话："告诉我你吃什么样的食物，我就知道你是什么样的人。"这个萨瓦兰，是世界上最著名的美食家，或者美食哲学家，他的著作，被称为"美食圣经"。而他自己，则拥有一个"伟大的肚子"。我不关心他的肚子怎样伟大，但我特别想知道，假如，一个中国人，比如我，诚实地告诉他我自己这大半生所吃过的食物，他将由此得出一个什么样的结论？他会坚持自己的说法还是会修正它？

写一个家族的菜谱小史、食记或者流水账，也许，是件有意思的事。萨瓦兰启发了我。想象他还健在，还活在那个"流动的盛宴"之城，我写，他看。然后，他会告诉我些什么呢？那将是值得期待的。亲爱的萨瓦兰先生，请您煮一壶香浓的咖啡，我开始了。

目录

北方厨房
一个家庭的烹饪史

---001---

第一章　奶奶主厨时期（上）

　　一　前史——关于我奶奶和她的一道经典菜式 -004

　　二　在故乡开封，我最初的味道记忆 -011

　　三　小饺子、肉糜粥和河蟹：姑姑告诉我的事 -023

　　四　碎片化，记录一些与食物无关的事 -031

第二章　奶奶主厨时期（下）：六七十年代——异乡食风及其他

　　一　年夜饭 -040

　　二　瓜菜代——所有那些干菜、豆腐渣与小球藻 -045

　　三　奶奶的日常食谱 -053

　　四　关于蘑菇和采蘑菇的丁香 -062

　　五　邻居，与美食无关 -070

第三章　几样印象深刻的家常饭与朋友

　　一　饺子 -080

　　二　炸酱面 -087

第四章　母亲主厨时期
　　一　周末晚餐 -102
　　二　姥姥家 -115
　　三　虾与我母亲还有我女儿的故事 -124

第五章　我做主妇
　　一　饕餮协会 -140
　　二　葡萄、青梅与竹叶 -150
　　三　阿姨们 -160

第六章　味觉记忆
　　一　我的老师 -180
　　二　一些难忘的地方 -198

第七章　结束语 -223

我 们 的 娜 塔 莎
——— 235 ———

附录　聚焦于食物的历史与生命记忆——关于蒋韵长篇非虚构文学作品《北方厨房》 -317

北方厨房

一个家庭的烹饪史

第一章　奶奶主厨时期（上）

一　　前　史

——关于我奶奶和她的一道经典菜式

我奶奶是穷人家的长女,下面有五个弟弟,活下来的却只有两个。我叫他们三舅爷和五舅爷。这两位舅爷,一位,善书法,另一位,则曾经在国民党军队的军乐团吹小号。他们身上的文艺气质,在我奶奶这里,一点也不露踪迹。奶奶目不识丁,甚至没有自己的名字,出嫁前,就叫"妞儿",出嫁后,则成了"孔蒋氏"。

一直到上世纪五十年代,新中国第一次人口普查还是选举,奶奶的小叔子,我的四爷爷,说,二嫂,咱得有个名字了。于是,户口簿上,选票上,业已成寡妇的我奶奶孔蒋氏,就成了"蒋宪曾"。这名字,后来就一直跟着她,风风雨雨,到死。

奶奶的父亲,大约是城隍庙的庙祝,管香火,也做杂役。所入不丰，奶奶和她的母亲，还要给人浆洗衣衫来补贴家用。小时候，记得奶奶说过，冬天，天寒地冻，西北风刺骨，她们娘俩到河边，砸开冰凌洗衣，母女两人，手上都是血淋淋的小口子，手指肿成了红萝卜，浸在冰水里，疼得钻心。那河是什么河？惠济河。惠济河是古汴河断流后，在它的故道上人工开挖出的河流。"汴水流，泗水流，流到瓜州古渡头"，诗意而伤怀。那是别人的汴河，不是我奶奶的。奶奶的汴河，惠济河，是一家人的生计，是不管多苦多疼，也得忍耐的闺阁时期。

嫁进孔家，日子好过多了。孔家远比奶奶的娘家殷实、富足。奶奶的丈夫，是孔二先生，他的发妻亡故后，续娶了我奶奶。奶奶嫁过来，跟着孔二先生，去中原某县赴任，他做了地方上一个小官——警察局长。至今，我也不明白，孔二先生怎么会出任警察局长？他又不是行伍之人。弄不明白的事，远远，远远不止这一桩。关于家史，关于家族的过往，有许多年，可以说，是我们这一代、上一代许多人的噩梦、伤疤和禁忌，唯恐避之不及，哪里还敢去寻踪觅迹？几十年下来，一个家族的来龙去脉就成为了秘史。

所以，之前，我笔下的家史，只能是小说而不是其他。

孔家兄弟四人，我从没听说过老三，想来是早夭了。而老大，则是在娶妻之后投河自尽。原因我不知道，只知道，他是从家里一路走到了黄河边去寻死。孔大先生是个跛子，是小儿麻痹后遗症还是什么，不清楚，只听说跛得厉害。他拖着一条跛腿，从城里，一步一步走到城外，走了十几里还是二十几里，踩过厚厚的软软的、被太阳晒得烫脚的沙滩，一步一陷，摇摇摆摆，来到了河边。假如，一个人要死的决心没有那么坚定不移，这一路，这二十多里长路走下来，或许会改变初衷，但孔大先生没有。他忠实地、忠贞地一头扎进了滔滔的黄水里，随波而去，给我们这些后人，留下了一个千古之谜。

他身上，也有一些文艺的诗人的气质。

孔家经营一座医院，叫"同济医院"。据说，是古城开封第一家私立西医院。主政这医院的，是孔家的四先生，"繁"字排行，字显达。孔四先生在哪里学了西医，我还是不知道。只知道他学成归来后，曾在中原最早的"官立施医院"做医生。后来，自立门户，开诊所，办医院。等我父亲这辈人出生、渐渐长到记事时，同济医院已经很有规模，且颇具名望。孔四先生不仅是名医，还是社会活动家，和当时国府中原省份的要员多有往来，"同济医院"的匾额，就是于右任先生题写的。

上世纪九十年代，有一年，在太原的家里，陪父母看电视剧《常香玉》，意外地，看到了孔四先生。当然是演员扮演的。一身白西服，戴巴拿马礼帽，显然是个绅士。剧情讲的是，一个有权势的军官，看上了常香玉，要强娶她回府。万般无奈之下，有人向她举荐了孔四先生。于是，孔四先生出面牵线，请时任河南省主席的张钫，收她做了义女。这一下，自然震住了那个强取豪夺的军人。而香玉大师，竟也不忘这涓滴之恩，从此，年年春节，大年初一早晨，必定到孔家来，给孔四先生一家拜年。

小时候，偶尔地，奶奶会念叨几句陈年旧事。常香玉年年春节来拜年，就是听奶奶说的。奶奶还说，有一年，梅兰芳先生来开封，和孔四先生照过一张合影，相片上，两个人看上去就像是一对兄弟。可见，孔四先生风姿不凡，很是俊朗。这种时候，假若父母听见了，就会很严肃地说："妈，别跟孩子们说这些。"奶奶也就沉默了。父母的表情，让我们觉得，这是一些羞耻的、不能见人的事。

孔二先生和孔四先生，一直，没有分家。孔二先生好像没干几年局长，卸任之后，回到家乡，在同济医院里管庶务之类。弟兄二人，共有八个子女，也算是一个枝繁叶茂的大家族。虽说没分家，但是分爨开伙。孔家不是大富人家，且是创业的一代，家风朴实，生活不讲排场，不事奢靡。特别是二房，吃饭的人总有十大几口，但，主厨的总是二太太，也就是我尚还年轻的奶奶——把厨房交给别人，她不放心。

四奶奶出身大户人家，是大家闺秀，娘家广有田产还有买卖字号。她主持中馈的手笔格局，自然和我奶奶不太一样。我奶奶崇尚节俭，惜物敬物。在她眼里，"抛米撒面"是要下地狱的罪孽。她不识字，却"敬惜字纸"。小孩子习字临帖写坏的纸张，无论大小，她都整整齐齐归置在一起，随意丢弃那是对字、对圣人的不敬。她一生不挑食，却唯独不吃牛肉，是因为"不忍"。牛辛苦一生，结局不应该是被宰割烹煮。每逢杀鸡，她嘴里总是念念有词："小鸡小鸡你别怪，你是阳间一道菜。不怨你，不怨我，怨你主家卖给我。"她敬畏、尊重世界的秩序，相信万物有灵。

我奶奶有一道保留菜式：假鱼肚。这是一道大菜，逢年过节才上桌。食材其实很平常，就是猪肉皮，但做法特别费时，远不是一日之功。首先是要风干猪皮，平日里做菜，剁馅，剔下来的肉皮，随手挂在厨房墙壁上，或是屋檐下，一春，一夏，一秋，让它们慢慢风干，不急不躁，不慌不忙，一条一条，积少成多。到腊月里，年根下，时辰到了，找来一只大盆，把风干透彻却也是浑身蒙尘的它们集合起来，烧一大锅滚烫的碱水，倒进盆里浸泡一天一夜，就像发海参。然后就是一遍一遍地反复清洗，每一条每一块，都要用刷子刷，用镊子拔掉毛根。最后，处理干净的它们，就像经过忏悔和被赦免的灵魂一样，新鲜而纯洁。然后，切成合适的大小，控干水分，烧一锅热油，炸。炸到猪皮表面金黄卷曲而起泡。这是最具技术含量的一个环节，油温几分热，起泡的程度，肉皮的色泽，全凭人的经验。接下来，是要用砂锅吊一锅好汤，鸡汤、骨汤，都可以，把炸好的猪皮下进去，和火腿、蛋饺、面筋、玉兰片等食材文火慢煨（有冬笋最好，但北方不是那么容易买到鲜笋）。最后，连砂锅上桌，热气腾腾的什锦假鱼肚就算大功告成。这菜，其实就是北方的"全家福"，福建的"佛跳墙"一类，是节庆的菜肴，有喜气。

除夕的年夜饭，两房人是要在一起吃的。主妇和女佣们各显神通，而什锦假鱼肚是必不可少的保留节目。当然，做假鱼肚的，一定是我奶奶。那是她所信奉的宗旨：物尽其用。从浑身蒙垢的一块猪皮，到华丽的什锦大菜，这其中的奥秘，就是我奶奶和这世界相处的方式。

二　在故乡开封，
我最初的味道记忆

开封，在黄河岸边。我在这个河边的城市长到五岁。

非常奇怪，弟弟和我，对开封，有完全不同的记忆。他的开封，永远是灰蒙蒙的，阴沉、压抑。有一次他和人去一座小学校玩，回来就病了，发高烧。那学校是旧庙宇改建的，他惧怕那些古建筑，他说，他看见那裸露的屋梁上蹲着绿色的人脸。

奶奶带着我，去那学校给他叫魂："小今，回来吧——小今，回来吧——"还真给他叫回来了，烧退了。

他爱哭，胆小，所以姑姑叔叔们都不太爱带他出去。大家去看电影，灯一黑他就哭了，只好送他回家。再去看电影，就都不带他去了，留奶奶在家陪他。奶奶其实也是爱看电影的。有一年，演《祝福》，大家给他做工作，说这个电影是五彩的，一点不害怕。他对五彩的电影有点好奇，于是，全体出动，都去了。等到祥林嫂刚刚捧着祭祖的一条大鱼出来，他"哇——"地大放悲声，哭得惊天动地。奶奶抱着他狼狈地落荒而逃。这没看完的电影，成了奶奶总也忘不了的遗憾。

"通好的一条大鱼啊——小兔孙就是不让人看。"奶奶后来无数次地讲给别人听。

有一次，幼儿园带小朋友去看电影。我在中班，他在小班。电影还没开演，小班的老师就把眼泪汪汪的他带到了我身边，说："你弟弟哭了，要来找你。"我往旁边挪挪，让他坐我身旁。我们俩合坐一张椅子，我搂着他。灯黑了，电影开演了。我说："弟弟你闭上眼睛吧，不害怕。"他听话地闭上了眼睛，把头埋在我怀里。我就像他的小妈妈，抱着他，他就那样睡着了。

我和他，相差整整一岁，都是阳历三月的生日，都是一出生刚满月就被父母送回了故乡奶奶这里。一直，我活得很欢腾。我的世界非常圆满毫无缺失，身在他乡的父母完全与我的生活无关，他们根本在我的世界之外。但是弟弟为什么总是悲伤呢？又为什么，有意无意之中，我总是像一个小妈妈呢？保护他，爱抚他？这是很久很久之后，几十年之后，我才意识到的一个问题。

那是母亲去世后，我们商量后事。母亲的骨灰，还有，一直在太原的家里，跟了我们已经四十年的奶奶的骨灰，要安葬在何处？这个问题，多年来，我弟始终回避。他总是说："奶奶，妈，还有爸，都跟着我。"我说："那你要不在了呢？"他回答："再说。""找谁说去？"我问，觉得他不可理喻。是啊，到那时候，他都不在了，找谁说去呢？

从前，孔家的墓地，在一片柏树林里，人称柏树坟。出开封西门，朝黄河大堤方向，踩着城墙高的沙岗走十多里，就看见了漫漫黄沙中的一丛绿色。那地方叫"西蔡屯"，有看坟的一家人守护着我们的祖茔。后来，周边都成了庄稼地还有莲塘。八十年代中期，某个深秋季节，我寻根寻到了那里。庄稼收割了，莲塘干涸了，几座坟茔，荒草摇曳，伶仃而寥落。姑姑在旁边，一一指着，说："这是你太爷爷，这是你爷爷，这是你四爷爷——"我一一鞠躬。后来，又过了二十几年，有一天，忽然说，政府出了告示，通知让限期迁坟。于是，我们这些后人们，集资在开封某个公墓里买了墓地，安葬了亲人们。爷爷的墓穴旁，留出了奶奶的位置，墓碑上也刻上了奶奶的名讳。全家人，姑姑婶婶们都来劝，说入土为安，说奶奶漂泊了这么久，该回家了。但是，我弟不松口。他反问我："姐，这么多年，你梦到过奶奶吗？"我想了想，说："没有。"他回答："我也没有。这说明，奶奶很好，她住得很安心，她愿意这样，愿意跟着咱们和爸妈。咱们在哪里，哪里就是奶奶的家。"这话，我觉得似乎也有道理。

但是现在，母亲也走了，九十多岁的父亲重病住院，我移居北京，弟弟则早已安家在上海。太原的家，已是名存实亡。我只能和我弟商量，说，还是让奶奶回故乡吧，回那里，和爷爷团聚，和久别的亲人们团聚，另外，就在同一个公墓里，给爸妈也再买块地，这样，往后他们就都在一起了。我觉得这样安排无懈可击。我弟沉吟许久，问我："开封有什么好？为什么非要回开封？"我气结，说："魂归故里啊！奶奶、爸爸他们爱开封啊！"我弟则说："一个那么阴沉沉、阴郁的地方，灰暗、压抑的地方，我才不放心让他们回那里去。"

我很震惊。

原来，我弟心里的那个开封，那个故乡，和我的开封，天差地别啊。

可是，奶奶他们怎么办呢？我总得要个结果啊。我弟是这么回答的，他说，他想了许久，他想找一处地方，买一个院子，种几棵树，在树下，安葬我们的亲人。他余生就住那院子里，种种花，种种菜，守着他们，陪伴他们。死后，自己也葬在树下，不分开。

我有点懂了。原来，和母亲分离的那最初的几年，人生伊始的几年，对他，一个孱弱、敏感、多情的小男孩儿，是如此巨大的缺憾，是永不能弥补的残缺。他不舍得放手，是他害怕，再一次地和他们分别。他拒绝分别。他像堂吉诃德一样，和风车作战，一往情深地，试图将所有故去的亲人们都挽留在他的世界和日子里。

而开封，则是我情意绵绵的乐园。

完全没有现实主义的清晰的记忆。比如，不记得住过什么样的房子，不记得家是什么样，不记得城市的面孔和模样，不记得任何一条街道和胡同的名字。所有的一切，都是碎片式的，残缺的，似真似幻的。但，记住的，永不磨损的，是那个城给予我的明朗和快乐，是小兽般的自由与欢腾，是某种珍贵的气息。

我的故乡没有阴天。

隐约记得，姑姑们用火筷子给我烫了刘海。我觉得烫了发的自己成了一个外国人。收破烂的来了，姑姑带我去卖牙膏皮之类，我围着人家的车子转，仰着脸对收破烂的人一本正经地说："叽里咕噜咕噜叽里咕噜咕噜咕噜叽里咕噜咕噜咕噜噜噜噜哈拉噜……"一口气说出绕口的一大串。收破烂的自然听不懂，笑着说："呔，这唱的是啥歌？怪好听！"我觉得他真是没有见识，只好用中国话回答说："这不是歌，是外国话。你看，"我拨弄蓬松卷曲的刘海，"我现在是外国人。"一旁的人都笑了。

我不到三岁，姑姑们带我去看了人生中第一场电影，是日本影片《狼》。那影片，讲的是一群被生活逼迫、走投无路的小人物，合伙去打劫的故事。那不是一个适合孩子看的影片，悲惨而阴沉。但我安静地从头看到了尾。出了影院，姑姑们问我看的是什么？据说，我居然能讲个八九不离十。姑姑们惊讶了，回来逢人就说我如何如何聪明之类。那应是属于我的小小骄傲，可我自己，对这件事这个电影，一点印象也没有了。

记住了另一件和电影有关的事,是幼儿园带着小朋友去看的。演的似乎也正是幼儿园的故事,里面的插曲我至今记得:"好阿姨,好阿姨,阿姨像妈妈,宝宝听你话。跟你学唱歌,跟你学跳舞,亲亲热热笑哈哈,做个快乐的娃娃家……"回到家里我给姑姑们绘声绘色讲述电影情节,说到一个孩子发烧了,一量体温:"呀,九十八度!"我说。姑姑们笑喷了,说:"那不是发烧,那是烧开水!"我一点不明白她们笑什么,很气愤和委屈。同样的事情,不久前,发生在我家如意身上。她来到一个新学校,认识了新朋友。朋友妈妈问如意妈妈,说:"我家孩子的生日是3月17号,你家孩子的生日是哪天啊?"妈妈还没说话,如意就抢着回答说:"我的生日是8月66号!"很骄傲,觉得那数字比人家的雄壮。

如意,比我小六十岁。整整一个甲子。我们都属马。老马和小马。我们祖孙有很多相似的地方。相似并不奇怪,有些事却近乎神秘,我一出生,脸颊上有一个鲜红的血管瘤,听我母亲说,是医生给我注射了一种药,所以,在我一岁之后,它渐渐消失得无影无踪。六十年后落生的如意,脸上,竟然也有这样鲜红的一枚,红如朱砂,位置、形状,几乎和我消失的那个一模一样。有时，我会想，这是一个什么印记吗？是一种什么特殊的标识？类似族徽，标记着我们来自某一个共同的地方？标记着除了血缘之外我们还有另一种神秘的联系？

扯远了。

还记得一个片段。不知道因为什么，街上有很多人在游行。打着红旗，喊口号：万岁呀，社会主义啊，还有打倒什么呀，等等。是庆祝公私合营社会主义改造成功还是什么，我不确定。某一天，是个中午，很安静，房间里没有人。我午睡醒来，躺在床上，阳光照着我，我突然模仿着大人们举拳头喊起来，万岁，打倒，什么什么，一声接一声，喊得很嘹亮和激昂。突然奶奶和小姑姑从外面破门而入，冲过来，神色慌张，压低声音说："不兴瞎喊！不兴瞎喊！"我错愕。不知道她们为什么打断我，更不明白她们紧张的神色。后来，长大后我想，我可能是把万岁和打倒的对象喊反了吧？俗称，喊了反标。这样的错误，要是晚几年、换一个地方发生，恐怕，就出大事了，闯大祸了。可是故乡没有介意，她庇佑了她不懂事的孩子。

还记得，有一个卖大米糕的老婆婆，常常出现在黄昏时分的胡同里。她会和我奶奶站着说会儿话。有时说着说着她就会流下眼泪。但是她的米糕特别清香，特别好吃，有着别家米糕所没有的一种口感。奶奶和她说完话，分手时，总要买两块大米糕给我和弟弟，所以我很盼望在夕照中的胡同里看到她蹒跚的身影。她和我奶奶一样，绑腿下面，是两只红薯样的小脚。至于她为什么哭，我记得问过奶奶，奶奶说："她心里不好受。""为啥不好受？""她伤心。""为啥伤心？""人都会伤心。""我为啥不伤心啊？""你小，"奶奶说，"你就是伤心，也不知道那就叫伤心。"

一个大暴雨的早晨，卖米糕的奶奶上吊死了。有人急匆匆来家里拍着门环，在雨中大声呼喊："孔大大，孔大大，出事了！"奶奶匆匆出去，去了很久很久才回来。她哭过了，眼睛红着。记得那一天，雨势太大，开封城发水了。我们家里也进了水，脸盆、红木脚盆、小竹凳什么的都漂在水上。奶奶搂着我们，和小姑姑一起坐在棕绷床上。棕绷床如同一个方舟。那一天，我可能第一次感受到了一点不安和无助，知道有比奶奶的怀抱更强大的东西。我忽然问奶奶，说："奶奶你不会死吧？"奶奶还没说话，小姑姑就回答说："瞎说啥？你俩还没长大，奶奶哪敢死？"说完她抽泣起来。小姑姑是奶奶最小的孩子,比我大十岁,其时,也不过就是个初中生,是个早已没有了父亲的孤儿,也许,她是比我还怕这件事。奶奶说话了,她不动声色地说:"奶奶还等着你长大,给我买装老衣呢。"啥是装老衣?我似懂非懂。但我知道了一件事,奶奶没有承诺不死。"死"必然会在某一天带走我的奶奶。怎么办呢?我想来想去,说道:"奶奶你要是死了,我就只好搬个小板凳坐到你的棺材里去了。"这话,在后来的日子里,奶奶无数次向人复述,削弱着它的悲剧性,强化着我的记忆。

这个早晨,一个孤苦悲伤的老人殁了。开封城发了水,一片汪洋。一切,都乱了套。假如,让现在的我形容,那是末日般的情境。但是第二天,天放晴了,太阳出来了,雨洗过的天空澄澈碧蓝,城外的黄沙,金子般灿烂。我依然又成为了一个快乐的小孩子。

只是,再也没吃过那么好吃的大米糕。

有很多东西,它们滋味的巅峰,只存在于回忆之中,永远不能在生活中重现。

桂花年糕也是。

那应该是一家南货店,离我家不算远。奶奶总是差小姑姑去买这家店里的桂花年糕。记得那好像是长方形的一大块,应该很硬,可小姑姑居然能掰下来,边走边吃,所以我已经不能确定它原始的状态。我曾经和她一起去过那店里,也分享过她掰下来的年糕,好吃得要命,好吃得我简直要飞翔起来。奶奶明令禁止小姑姑给我和弟弟吃这种东西,因为是禁忌,所以,它的好吃一定是被放大了无数倍。

桂花年糕买回家,切成厚薄均匀合适的片状,油煎,也可以蒸食。不管哪种方法,它都是让我灵魂欢唱的美味。那种奇异的、别具一格的香甜、软糯,让我深深记忆了六十年。我从没有一次吃够过,奶奶严格限制这些糯米食物的分量,怕我们小孩子积食,不消化。所以,永远都是浅尝辄止。真是遗憾啊。每逢这时,我就发愿,让我快点长大吧,长到能够自由地、随心所欲吃桂花年糕的那一天,想吃多少就吃多少的那一天,但那一天始终没有到来。

我也好好地长大了,长成了人。有了一个连铁都消化得动的健康的胃,但是桂花年糕始终没有到来。我五岁后移居的那座城市,黄土高原之上的城市,没有南来的这种食物。后来日益严苛和匮乏的岁月里,就更是没有它的踪影。等到有一天它们汹涌着到来的时候,我却失去了曾经敏锐、纯净、虔诚、处女般珍贵的味蕾,无论哪一种桂花年糕,怎么吃,都不是我要寻找的那种味道,都不是我埋藏在心里的味道。我很失望,不甘心,我也曾经告诉过一些朋友我的遗憾,她们大多是南方人,于是她们从各处给我寄来了不同版本的年糕,湖南、浙江、上海、广东,等等,名目繁多。如今,有了网购,就更加方便,我常常在网上搜寻各种的年糕,什么崇明糕、宁波水磨年糕、苏州桂花糖年糕、湖南的糯米糍粑……买买买,不停地买,就像那个推石头的西西弗斯,希望有奇迹出现,但,至今,我没找到从前的桂花年糕,那让我魂牵梦绕的童年的味道。也许,它本就不存在,只是一种幻觉。

三 小饺子、肉糜粥和河蟹：姑姑告诉我的事

五岁之前，我几乎不记得吃过奶奶做的哪些食物。

据说，我曾是一个肥胖的孩子，健康、壮硕，胳膊就像一节节肥白的莲藕。这不是母乳的功劳，母乳我只吃过一个月。牛乳我也只吃到一岁。一岁之后，家人说，抵死我也不肯再喝一口牛奶。如今，一个甲子过去了，我仍然不能喝牛奶，不是因为过敏，不是任何身体方面的原因，不能接受的，只是它的味道。说来真是忘恩负义，养育了我的乳汁，我却厌弃它，就像厌弃自己的来处。

奇怪的是，不喝牛奶的我，却喜欢黄油、奶油这一类东西，匪夷所思不是？

据说（还是据说），奶奶给我这个挑剔的孩子做饭，很费心思。煮各种肉糜粥：猪肝粥、瘦肉粥、鱼粥，煮各种蔬

菜水，砸碎各种维他命药片添加进我的饮食里。由此，街坊们给我起了个外号：维他命兮，因为我的小名就叫小兮。"兮"这个名字，是四爷爷给起的，我们孔家，到我这辈，排行是"令"字，四爷爷给我起的名字叫"孔令兮"。我是我家"令"字这一辈里的老大，四爷爷非常怜惜我这个长孙女，奶奶对我的现代化喂养，完全是在四爷爷这个资深医生的指导下进行的。姑姑们说，我还差点上了什么健康画报之类。可见，我当时是一个社会主义健康儿童的标本。

一年之后，弟弟来了。但是用同样的方式喂养我弟，他却很瘦弱，郁郁寡欢，怎么也养不胖。

我弟像我母亲。

动不动就晕过去了。后来，他长成一米八二的个头，也改不了这缺陷。上大学时，一次体育老师罚他们全班男生做多少个俯卧撑，做到一半，这位同学不行了，晕过去了。把老师吓坏了，以为他生了什么急病。后来，人家嘴里不说，心里难保不想："一米八二的法国小姐啊！"

但他后来身体素质其实不错，热爱运动，是他们大学里的排球和乒乓球队成员。在北航读研时，拿过北京市大学生乒乓球比赛的名次。忘了是第几名，反正不是前五，但也确实有名次，或许就是第六。总之，奶奶的精心喂养，还是给他打下了一个好底子。

长大后，姑姑们爱给我们讲一些从前的事。姑姑们说，奶奶给我俩包的饺子，只有指头肚那么大，圆鼓鼓的，好看，更好吃，里面的馅料千变万化。买来河虾，一只只剪去须尾，用蛋液和面糊搅拌，加盐，入油锅，炸成一块块虾饼。这个我有记忆，因为后来，在客居的城市里，偶尔，会有骑着自行车、车上绑着两只冰铁桶来卖河虾的小贩，那虾，据说是水库虾。奶奶买一小碗，如果虾个头略大，就热油爆炒，如果个头太小，就炸成虾饼。无论爆炒还是炸虾饼，都是我和我弟两人分享。这一小碗的虾，从来，不上我家餐桌，没有别人的份。

姑姑们，是三姑和小姑。那时，三姑在开封"女高"读书，后来她念了医学院，做了一名内科医生。上世纪八十年代中叶，我在暌别了二十六年之后重回开封，三姑做了我的向导。她带我去从前的老宅，三姑说：

"这就是南羊市，北羊市，这二十五中就是从前的女高，我就在这儿上学。那会儿，你奶奶常领着你俩，去胡同口接我。胡同口有卖煮糖梨和煮枣的，奶奶端个小木碗，给你们买枣吃……

记得咱们的家不？咱家院儿，高门楼，进门一个大山屏，青砖墁地，种了四棵石榴树，两棵结果，两棵开花。花是红的，夏天，石榴裂一个，吃一个……还种菊花，到菊花开的时候，奶奶就给你们蒸螃蟹吃，你们坐在院子里，你托着个小腮帮子，螃蟹在笼里沙拉沙拉地爬，后来就没声了。你撇着嘴，哭了。"

不记得了。所有一切。不记得院子长啥样。不记得那些爆裂开的石榴，裂一个，吃一个……不记得在竹笼里沙拉沙拉挣扎爬行的螃蟹。不记得夕照下的胡同口浓郁的煮枣香……但是我很感动，为三姑描述的这一切。感动生活曾经如此爱过我。

三姑，小姑，她们都有一种天赋，能够把日常生活中的点点滴滴，描述得特别生动和意味深长。她们爱生活。

最初，开封家里，人口不算少。除了奶奶和我们姐弟，还有三姑和小姑，有小叔叔，还有一个干奶奶。干奶奶是小叔叔的干娘，是从小带他的保姆，在我们家已经二十几年。她早年守寡，一个人拉扯大一个女儿，女儿出嫁后，她也就死心塌地把这里当成了自己的家。算下来，七口之家，开销来自何处呢？

爷爷去世得早。四爷爷掌家，是大家长。到我出生的年代，两房人已经不在一起住了，显然，是分了家。而孔家人赖以维持生计的医院——同济医院，那时也不再属于孔家，成了一家区级人民医院。详情或者真相，我一概不知。其时，我远在山西的父亲和母亲，以他们的年龄和资历，薪水已不算低了，父亲月薪加保健费好像是一百元左右，母亲当时是七十多元，但就算父亲把自己的薪水全寄给奶奶，一家七口，那点钱，显然也是捉襟见肘的。更何况，叔叔在读大学，三姑也很快考取了医学院，家里要供两个大学生，还有两个嗷嗷待哺的幼儿，窘况可想而知。接下来，1957年到来了。这一年，中国出了事，我父亲也出事了，和很多被送往北大荒或者青海等地的人相比，我父亲已属幸运，只是降职降薪，工资降到六十块五角。这一来，开封家里的经济状况更是吃紧。而这一切，时代的震荡，生活的艰难和困厄，却没有给我最初的人生投下一丁点阴影，当属奇迹吧？这奇迹，我想，是距离创造的。这是我的"双城记"。

四爷爷的接济，是一定有的，但四爷爷也有一大家人要养。分家时，奶奶这一房分到了一处院子，差不多有十几间房，还有一些药品。奶奶就偷偷变卖这些药品来补贴家用。据说这是在我出生之前的事。这算不算黑市交易？奶奶卖这些药品会不会担风险？我无从知道。我甚至要到很久很久之后，奶奶去世之后，才听说她曾经有过这样的举措。我想象不出我奶奶做生意的样子，不管这生意是黑还是白，都完全和她不搭界呀。但即使担风险，即使提心吊胆，药品也终有卖完的一天。奶奶就卖房子。叔叔和三姑都去外地读大学，十几间房屋的大院子就显得空旷。奶奶就把一半的房产卖了。目不识丁，一点没有理财头脑的家庭主妇，二话不说，卖了产业，就为了让她的儿女，有书念，让她的孙儿孙女，有饭吃，让日子有日子的样。奶奶平日里，常常为一些小事纠结，但卖房子这样的大事，她居然没和任何人商量，三下五除二，就办成了。后来，我听母亲说，那些房子，卖得真是可惜，不能说是白菜价，但总之是亏了。

奶奶不贪心。奶奶的信条是"够用就行。"

还有，要雪中送炭，不要锦上添花。

买我们房子的，是个牧师，姓卢。卢牧师在后院里养了几只羊，这倒很符合他的身份。但他养羊，据说是为了卖羊奶——开封城里的牧师，上世纪五十年代很多都干了这一行：推小车摇铃铛卖羊奶谋生。关于卢牧师家的羊，我有记忆，有一次，不知为什么他把一只羊拴在了我们前院的树上，我很兴奋，绕着树跑，跟羊玩。不知怎么把那只羊惹了，它是个暴脾气的羊，一犄角顶翻了我，刚好顶到我嘴上，血流如注，不多时，嘴就肿成了小面包。那晚，我没有能够吃饭，因为嘴疼。

但第二天早晨，奇迹般地，红肿消退得无影无踪。奶奶说："阿弥陀佛，菩萨保佑。"卢牧师说："阿门，我昨晚向主祈祷了。"

总之我很幸运。奶奶的菩萨和卢牧师的上帝都眷顾了我这个孩子。

后来，我记得奶奶和干奶奶，在家里糊过火柴盒。满坑满谷的火柴盒，堆满了房间。那手工钱，是以"分"来计算，糊一百只挣几分钱吧？安顿我们睡下，奶奶们就开始干活，睡醒一觉，睁开眼，昏暗的灯光下，她们还在忙碌着。睡梦里都是糨糊的气味。奇怪的是，这样劳动的夜晚，并没有给我留下劳碌、艰辛的印象，而是莫名的踏实和安详。她们就这样伴着昏灯安静地熬夜，用自己的手，一分两分、一角两角、一元两元，用一百只、一千只、十万百万只火柴盒,换来了一个孩子永远怀念的"岁月静好"。

窗外,是亿万次升起又沉落的月亮。

我很幸运。奶奶的菩萨、佛陀,卢牧师的主,他们都大慈大悲地爱并庇佑了一个远离母亲的孩子。

四 碎片化,记录一些与食物无关的事

有一处地方我记得清晰一些,那是医院。

那时,我不知道那叫中西合璧的建筑,只是觉得,它和我见过的那些房子,都不一样。

拱形的门窗,抄手游廊,墙壁上爬满了绿植。奶奶说那叫爬山虎。总之,它是一个漂亮的地方。但,再漂亮,我和弟弟也不想来。

发烧了,生病了,奶奶说:"去找你四爷爷吧。"于是,坐了洋车(奶奶一直把人力车叫作洋车),就来到了这里。护士们见了奶奶,就说:"来了二太太?"这么打招呼的,那一定是医院的旧人。四爷爷闻声出来,问:"是哪个小乖乖不得劲了?"

不得劲,是方言,不舒服、病了的意思。

四爷爷，孔四先生，在我的记忆里，高大，文雅，沉静，慈祥。我父亲和姑姑叔叔们，称呼我的爷爷，是"伯伯"，称呼四爷爷，则是叫"爹"。我始终不明白这是怎么一回事。我从没见过自己的爷爷，他逝于四十年代末，新政权成立之前，我无缘和他认识，所以我心里的爷爷，就是四爷爷。

尽管四爷爷会让护士给我们打针，尽管我们不喜欢医院，但，我们仍然喜欢他，和他亲。

他常常来家里，会带来许多好吃的。各种水果、糕点、太妃糖或者花生芝麻南糖，还有好看的彩色画书。记得一次，他买了太多香蕉，趁奶奶不注意，我一口气吃啊吃，竟吃"伤"了。好奢侈。结果，有许多年，我都不能再碰这种浓郁的南方水果。等我再能吃香蕉的时候，四爷爷已经不在了。

他死于1966年8月之后，具体日期不详。

说过了，干奶奶是小叔叔的干娘。她去世时，小叔叔在外地读大学，没能回来奔丧。寒假，小叔叔回家，第一件事，就是去给他的干娘扫墓，上坟。

干奶奶的坟，也在城外，离城十几里。我叔叔走到那里，迷路了。那是一大片野坟，坟茔东一座西一座，毫无章法。北风萧瑟，衰草摇曳在每一座坟头，竟看不出新坟与老坟。叔叔在坟地里茫然地穿行，不知道东西南北该往哪里去。一只喜鹊突然飞了过来，黑羽毛，白肚皮，落在了叔叔面前，喳喳喳地冲着他叫。叔叔望着喜鹊，喜鹊望着叔叔，叫一阵，又飞起来。叔叔不知不觉就跟在了喜鹊后面，喜鹊飞，飞，飞到了一座坟头，落下了，落在墓碑上。我叔叔一看，正是他干娘的墓碑。再抬头，喜鹊不见了。

他心里骇异地叫起来，他说："干娘，是你来给我引路了？"

叔叔学医，正在读医学院，是个新青年，从来不信怪力乱神。但这件事，他不认为是巧合。这使他在信奉科学精神之外，多了一点怀疑和敬畏之心：敬畏这世界的神秘。后来，我叔叔专攻病理学，成为河南省乃至全国都有名望的病理学专家，他为人谦和，治学严谨，不自大，懂得人的局限，我总觉得，这里，有什么东西，和那只引路的喜鹊有些关联。

孔家子弟，除了极个别之外，大多都学医。

我伯父，我从来没见过他，但他是家族的传奇。听父母说，他在北京读医学院，北京哪里？却又都语焉不详。他毕业后到了协和，却早早地病逝。因为战乱，家人没能去埋葬他。他最终埋骨何处？至少，我父亲那一辈人都不清楚，更遑论我们。

2020年1月，我叔父去世，我去为他送葬。见到了三姑。三姑说起她凋零的兄弟姐妹们，说，伯父是在日本留学，死于北京。我惊诧，这是又一个版本了，这一来，就更有传奇性：活着的人，谁也不再知道真相。

大伯父原本是孔家医院最理想的继承者，是我爷爷和四爷爷的希望所在。他们一直盼着他学成归来，接续四爷爷的衣钵。但，他们最终没能等到这孩子。也许是战争阻隔了他，也许，他本心就不想接手孔氏医院，他需要一个更大更壮阔的天地。他曾是一个激进的青年，接受过五四运动的新思想，所以，这么去揣测他也并非没有依据。关于他的死，是我一直想弄清楚的事，但，就连他死于什么疾病，这么多年过去了，我都没能得到一个确切的结论。至于他最终葬身何处，埋骨何处，就更是无从知晓了。

我听到的最有传奇性质的一个说法，是我的五舅公告诉我的，他说我大伯父当年在北平，是地下党。他不是死于疾病，而是被捕后死在了国民党的监狱里。也正因为这个，家里人既不能去安葬他，也不能据实说出他的死因。听来，也不是没有道理。但，假如他真是一个牺牲者的话，新中国到来后，不是应该大白于天下了吗？还隐瞒什么？真是罗生门。

不管这个叫作"孔祥麒"的青年死于疾病还是别的什么缘故，也不管他曾经历了什么，总之，他开了"学医"的先河。他的弟弟妹妹们，堂弟堂妹们，前仆后继，差不多都念了医学院。而他们的配偶，也都是同行。孔家二哥，即我父亲，一生从事影像学，曾在我们这个省份，率先开展了同位素的实验和研究，对地方病的诊断也颇有一些贡献。而我母亲，则是一名优秀的眼科医生。二姑是内科大夫，也是西安医学院的教授，二姑父则是胸外科的专家，曾留学苏联，后来成为西安市非常著名的胸外一把刀。三姑和三姑父都是内科医生，是基层医院经验丰富的临床大夫。小叔叔我说过了，是病理学专家，在那个领域里曾有过开创性质的研究成果。而我早逝的婶母，则是卫校的教师，后来的婶婶，则和我叔叔同行，也从事病理学研究。还有大姑和三叔，他俩没念过医学院,但大姑是资深的护士长,而三叔,则在医院做行政工作。曾有人和我母亲开玩笑,说,你们家可以自己再开个医院了。

我母亲绝没有这样的野心。但,我母亲有遗憾。我们这一辈人里,只出了我堂弟一个医生,未免形单影只。她曾经特别想让她的孩子里有人学医,最初,1977年恢复高考时,她想让我弟考医学院,被我弟断然拒绝。后来,她寄希望于我的女儿,抓周时,她把一只听诊器放在最醒目也是最容易抓取的位置,果然,我女儿一把抓了听诊器。她姥姥高兴极了,说:"后继有人啊!"结果,空欢喜一场。她家外孙女,严重偏科,数理化一塌糊涂,考取医学院想来是痴人说梦。果然,后来她那个外孙女,漂洋过海,去法兰西念了社会学。

只是,我母亲不知道,我的外孙女,她外孙女的孩子,小如意,从不到三岁那年开始,就立志做一个"急诊科医生"了。一度,她最喜欢的一本书,是《家庭急救手册》,里面的病例和施救方法,她总是不厌其烦地让我给她讲解:烧伤了、割伤了、刺伤了,等等。那年万圣节她去商店选礼物,选来选去,选了一个血淋淋的断肢——一只受伤的脚,上面裸露着血管、筋腱、肌肉。她抱着这只有些恐怖有些恶心的玩意儿，爱不释手，问自己："这是什么伤呢？开放型创伤吗？"十分专业。

可惜，那时候，她的太姥姥，已经罹患严重的阿尔兹海默症，近似植物人，住在重症监护室里，根本不知道这世上有这样一个生命的存在，不知道有这样一种希望的存在。每当我家如意对疾病或是治疗流露出某种热情的时候，我女儿就会情不自禁地说："要是姥姥能知道这些，该多高兴啊！"

是啊。

如今，如意已经五岁半了。而她的理想已经在开始摇摆，最近她在犹豫未来是要做一个研究新冠病毒的科学家，还是要开一家美甲店。所以，我们这个医生世家，是否能够诞生第四代传人，只有天知道了。

第二章　奶奶主厨时期（下）
六七十年代——异乡食风及其他

一　年夜饭

1960年，庚子年春节，是我第一次和父母一起过年，也是我们这个小家庭第一个团圆年。那年除夕夜，自然有一顿团年饭大餐。可我和弟弟不知道，这一顿饭其实已是挽歌，是强弩之末的挣扎了。

风陵渡，黄河上最大的一个古渡口，也是我知道的第一个黄河渡口的名字。我们就是从那里渡过了黄河，来到了这片被称为"晋"的地方。这个渡口，连接了晋陕豫三省，自古就是这三省的交通要津。隐约记得，过黄河时，是深夜，弟弟睡得很熟，我不知为什么惊醒了。火车从刚修好没两年的铁路便桥上轰隆轰隆驰过，发出不同于陆地的声响，有种惊心动魄的感觉。车窗外，一片漆黑，什么也看不到，可是我却本能地感觉到，这是一个重要的、神秘的时刻。

从那一刻起，我成为了一个异乡人。

这个叫"太原"的城市，比开封要大。它是山西省的省会，有一条除长安街外全中国最宽阔的街道——迎泽大街。那时候，站在迎泽大街上，朝西看，是西山，朝东看，太原火车站的背后，是东山。东山日出，西山落日，彩霞满天，是这城市的美景，让我百看不厌也让我伤心。

我们家，在一个研究所的附属医院里，是医院分配的宿舍。一排一排砖房，居然是由日式的房屋改造而成。没有了榻榻米，但保留了木制推拉移门。至今我也不清楚，这里的前身是什么，但房屋的历史一定不会太短，至少是抗战胜利之前就存在了。我们家，住两间房，一大一小，大房子很空旷，像是两个房间打通的，摆了一张大床，一张姑姑的小床，还有张既当餐台也当写字台的大桌子，柜子之外，还有足够我和弟弟玩闹的空间。厨房在对面，极小极小。用奶奶的话说就是，连身都转不开。

这让奶奶不痛快。

奶奶不爱这里。这里的一切都让她看不顺眼。

任何事情，奶奶都要和故乡比较。比较的结果，是这里遍地都是不如意。故乡丰足、富裕，而这里什么都匮乏。奶奶不知道,她抵达这新城市的时间,错了。

我也不爱这里。我不喜欢这个家。我不喜欢家里有陌生人。这陌生人我还得叫他们爸妈,和他们朝夕相处。这让我觉得生活变得压抑、难以理解和承受。

有个阿姨,人们都叫她胖护士长,她只要一看到我,就像念歌谣一样地说:"河南出,大白薯!"一口京片子腔,她是老北京人,只身在这个城市。她的丈夫是北京前门大栅栏瑞福祥的店员。她喜欢逗我玩,我知道。但我同时也更加确认了,这里不是我的家,不是家乡。

可能,就是从那时起,我渐渐变得忧伤,变得多愁善感。

但父母是高兴的。他们办成了一件大事,一家人,总算团聚了。千难万难,总算在一起了。父亲就说:"妈,今年咱得好好过个年。"一进腊月,他就张罗菜谱,几个凉盘,几个热炒,几个蒸碗等等,反复调整,修改。我父亲对吃,有旺盛的热情和如海的深情。他极爱吃,吃差不多是他的宗教。一生,他膜拜美食,爱它们,景仰它们。这是后话。

父亲无限热情的策划,近似于指雁为羹。最终,需要我奶奶就地取材实打实落实到餐桌上,这将成为我们家烹饪史上的一个模式。那一年的年夜饭，菜谱应该是这样的：

凉盘

酱肉酱猪肝卤小肚拼盘（这是六味斋买来的卤味）、酱鸡胗鸡心（这是奶奶酱的，是我母亲的最爱）、姜汁松花蛋、凉拌粉丝蛋皮白菜心

蒸碗

黄焖鸡、米粉肉、雪里蕻扣肉、小酥肉

热菜

红烧带鱼、韭黄炒里脊丝、海米烧冬瓜、奶汤栗子白菜

汤菜煲

什锦假鱼肚一品锅

这个年夜饭菜谱，我之所以记得清楚，是因为，它将成为奶奶主厨时期我家年夜饭的基本款。困顿时，它自然会瘦身，会缩水；而丰足时，不用说会锦上添花。比如，会有葱烧海参、八宝鸭、红烧黄花鱼（鱼类中，黄花鱼是奶奶的最爱，她爱赞叹说，看这"蒜瓣肉"！）、爆炒腰花、烧二冬之类添加进来，蒸菜中或许会多一碗红红亮亮的酱梅肉或者

四喜丸子。这些菜，集合起来，就是"年"，就是我奶奶的味道，永远，无可替代。

  1960年，庚子年除夕，我家是欢乐的。这一年，我父亲"摘了帽子"，全家人得以团聚。记得父亲喝了酒，喝高了，装醉，追着我们满屋跑，要抓我们抛到天上去。我弟让他抓住了，他双手举起儿子，忽然不动了，世界静下来，他看那个孩子，许久，轻轻说："狗啊……"那一刻，我知道了一件事，他爱我弟，胜于爱我。

二　瓜菜代——所有那些干菜、豆腐渣与小球藻

似乎，猝不及防地，"困难时期"就降临了。饥饿降临了。

在我家，"困难时期"和饥饿的到来，标志之一就是餐桌上多出来的那些干菜。

似乎是，突然间这个城市宣布了新规定，从前，各家各户每月购买供应粮的时间，是灵活的，可以在那个月任何一天自由购买。但如今改变了章程，从下月起，每家买供应粮的时间被固定下来。我们家被定在了月末的某一天。这下奶奶慌神了。之前，奶奶习惯在每月月初买粮，此时，家里的余粮也就仅够吃到下月月初，那剩下的二十多天亏空，怎么办？

在这个新城市里，一个新移民家庭，毫无根基，可谓家

徒四壁。大人们发了几天愁后,还是奶奶想出了最传统的办法,瓜菜代:蒸蔬菜"不烂子"。去菜市场买来了很多的胡萝卜、茄子、西葫芦等蔬菜,切成丝,用少量的白面或者玉米面粉搅拌均匀,上笼屉蒸熟,可以蘸佐料直接吃,也可以用葱花热油烹炒后食用。这种食物,山西人叫它"不烂子",不知道是哪几个汉字,听上去像一句外语。河南也有类似的吃法,忘记了奶奶怎么叫它。只记得,在开封时,偶尔,榆钱下来的时节,奶奶会用榆钱和白面,给我们蒸着吃个新鲜。还有嫩扫帚苗,也可以摘来这样蒸着吃。那是尝鲜,吃个春意而已。

顿顿都是不烂子做主食,就是另一种情境了。区别只在于是胡萝卜不烂子、茄丝不烂子还是西葫芦不烂子。吃得我们愁眉苦脸。很快奶奶就发现,新鲜瓜菜水分大,面粉搅拌少了会发粘,水唧唧的,口感不好,面粉多了则有违节省的初心。于是,趁着好天气,奶奶把买来的瓜菜们,洗净,切丝,摊在太阳下,晒成干菜。这样,我家餐桌上的不烂子,就变成各种干菜的主打了。自然不能顿顿用油炒,油也紧缺,最紧缺时,每人每月只供应二两食油。肉、蛋更是定量供应,每人每月的份额也是以"两"为单位计算。所以，除了干菜玉米面不烂子，没有什么可以拯救我们的餐桌。

弟弟一到饭桌上就沉默了，他吃得又慢又少。一天，午饭后，我发现他埋头趴在床上，再一看，他在吐。我早已忘记了我家的床当年是怎样摆放的，忘不了的是我弟面朝墙壁，头伏在床边，一口一口吐着刚吃下去的午餐：茄丝不烂子。一边吐，一边偷偷流着眼泪。我看了一会儿，悄悄走开了。我很难过。我猜奶奶其实也看到了。爸妈其实也看到了。吐在地上的污渍，即使在墙角里，也不是藏得住的呀。

下面的事，我已经不能确定是想象还是真实的场景，很多时候，我都会对我的记忆产生怀疑。当天晚餐时，奶奶是否烙过一张饼？我想会的，一张葱花烙饼，一切两半，我和弟弟一人一半。久违的面香、油香，几乎催出我的泪水。我盯着那饼，下了很大的决心，想：这饼，我不吃，把它留给我弟。可是，可是，那香味真是罪恶啊。我没有办法抗拒。我的胃里、喉咙里伸出了好几双夺命似的手，握住了它，护住了它。我吃了。羞愧地吃了。

至今，我弟不吃茄子。不管这茄子是红烧、油焖，还是蒜泥凉拌，即使它变身为《红楼梦》里华丽的茄鲞，他也永远厌弃它。

现在，在我的省份，"不烂子"已经可以登上大雅之堂。在很多经营晋菜的大酒店大饭店里，都可以看到变身后的这道本土名吃。它一般都以土豆和白面蒸制而成，用葱花热油烹炒，然后装在精致的盘子里上桌。假如食客中有外省人，主人一定会认真而风趣地解释它的名字。我也曾做过这样的主人。但，我心里，一直不爱它。它救过我们。可有时候，人就是会恨救他的那些恩物。

父母和奶奶可能都错误地认为，困难只是那一个月的事。但其实那只是一个开始。它的存在要长久得多。餐桌上，在很长一段时间里，许多年里，一直是各种粗粮做着主宰。玉米面（本土人叫它玉茭面）、高粱面、榆皮面，占去绝大比例。在"三年困难时期"，每月的供应粮里，红薯干、红薯面还要占去一定的份额。红薯面还好，可以蒸窝头，但红薯干很多是变质的红薯晒干制成，无论蒸煮，都难吃无比。

为了吃，人们想尽了一切办法。大孩子们去公园、河边、野外挖野菜，但野菜很快就绝迹了。有人找到了豆制品厂，去买那里的豆腐渣。我父亲也托了这样的关系，买回来了不少。奶奶好像是把豆腐渣掺在玉荌面里蒸窝窝，有时也用一点点油炒了当菜吃。它的味道我已经忘干净了。只记得，我父亲对它的评语："白不唧唧，寡淡寡淡。"我父亲这么说的时候，笑着，龇牙咧嘴，表情夸张，望着我弟和我，是想活跃餐桌的气氛，是想让这一切之中融入一点玩笑的性质。

诚实地说，饥饿的滋味，我没有尝过。我奶奶、我父母、我十六七岁的小姑姑，他们齐心合力，保证了不让我和我弟饿肚子。但是浮肿病来了。我奶奶浮肿了。接下来是我母亲。我年仅三十岁的母亲不仅得了浮肿病，而且在那一年闭经了。由于母亲生病，国家特供了病人一种饼干，是用糠麸制成。虽然刺嗓子，虽然粗糙，但毕竟是长了饼干的样子，母亲舍不得吃，成了我们两姐弟的零食。

饥饿和严重的营养不良，促使人们研究发明了各种粮食和蛋白质的替代品。小球藻就是其中一种。那时我已经上了幼儿园，每天下午，在家里午睡后，到幼儿园第一件事，是排着队，一人拿一只搪瓷缸，去医院的花房里喝小球藻。不知道那是一种什么东西，长大后回忆，顾名思义，应该是种藻类的植物，颜色油绿油绿，养在一只大缸里。很大的大缸，有种阴郁和阴谋的气息。站在那只大缸前我总是莫名其妙地害怕。它粘糊糊的形状和古怪的气味，总是让我想起女巫和她们炮制的毒液。我战战兢兢端着我的茶缸，每一口都是冒险。它的味道肯定是古怪的，有点可疑的甜，又有点扑鼻的腥。幸而，它的存在很快被证明没有什么营养价值，风行一段时间之后，销声匿迹了。

父亲去了水库工地劳动。那时中国各地好像都在修水库。父亲们修建的，是汾河水库。他去了很久。我弟在幼儿园染上了甲肝，真是雪上加霜。我也暂时不去幼儿园了。我弟体质总是比我弱，营养不良是他得病的重要原因，小球藻也没能让他幸免。他也因此每月可以得到国家供应给肝炎病人的白糖，是不是还有鸡蛋我忘了。每天，他要喝很苦的汤药，然后苦尽甘来，再喝白糖水。有时奶奶会给他烧糖水荷包蛋，自然我也有份。不知道是不是因为糖的缘故，我觉得病中的我弟反而快乐了不少。据萨瓦兰先生说，在欧洲，糖最早是作为一种药物存在的，只在药店里出售。后来，它进入了人们的日常生活，人们发现了它太多的用途，不仅有营养还能创造各种快乐。难怪，在那个艰难时期，糖被作为营养品给特供病人。当然，特供对象不仅仅是病人，还有一定级别的干部。

困难时期，院子里发生了一件事，一个少年，十二三岁吧？可能更小一些，他因为父母离世，寄人篱下，跟着叔叔生活。一天，他偷吃了叔叔家里的一根黄瓜，被亲叔叔失手打死了。奶奶和母亲，对这件惨烈的事非常悲伤和愤慨。她们又不想让我们知道详情，所以只能背着我们表达她们的义愤。我不认识那个孩子，也不认识那个叔叔，更不知道事情的来龙去脉。但是我害怕和伤心。我不知道生活为什么会变得让我害怕起来。我想念那个快乐的、无所畏惧的孔令兮。我不想变成蒋韵。

有很多很多年，不知何时何地，我脑海里会忽然闪过一个画面：黄昏，夕照中，一个留妹妹头的小女孩儿，行色匆匆，面无表情，独自穿行在一条长长的小巷里，小巷里有很多人，却没有声音，那些人坐着、走着，却看不清他们的脸。这样一个寻常的、毫无怪异之处的画面，只要在我眼前和脑海里闪过，我就会骤然间说不出的难过：心慌，心乱，心跳得像是要从嘴里蹦出来，然后是浑身的虚汗，就像是低血糖导致的虚脱。我不知道为什么会这样，我只知道，那个小女孩是我,那个小巷,是回不去的永逝的时光。

等到"三年困难时期"过去,1961年秋,我也从幼儿园毕业,成为一名小学生了。

那一年,我七岁。

三　奶奶的日常食谱

生活渐渐地好起来。

我们搬家了。还是在医院的宿舍区，换了一个院子。以前那个日据时代的旧院落，叫"五院"和"六院"，新家则是大跃进时代的产物，也是平房，青砖青瓦，排成一排，方方正正，极其朴素简单，没有一分一毫多余的装饰，很有时代气息。在未来不远的年代，这样的院子，会被称为"向阳院"。

房屋和厨房之间，隔着院子。院子连着通行的道路，不能分割，但约定俗成，自家门前的那块空地可以画地为牢，由各家自主打理。奶奶就把我家门前的空地开垦了出来，种向日葵。

起先，也种过别的，种过南瓜、北瓜，种过豆角和西红柿，还种过蓖麻和玉米，小小一块地，凌乱而无序。我家的北瓜，是个壮举，在厨房门前给它搭了架子，它顺藤而上，在我们头顶悄无声息竟然长成脸盆那么巨大。当然一共没有几只果实，两只而已。我和我弟非常兴奋，引以为豪，不让奶奶摘下它们，天天引着同学来参观。一天夜里，下了暴雨，早晨起来，看见瓜架被压塌了，脸盆大的北瓜摔在地上，一身泥水，摔裂了。原来这就叫作——乐极生悲。

后来，这块地就是一块向日葵的园地了。因为市面上很难买到瓜子，而我们又嘴馋。春天，种下种子，看它发芽。夏天，看它开花，金灿灿一片，招来蜂飞蝶舞。秋天，它顶着果盘垂了头，果实一天天饱满、丰盈。到秋深时，就是收获的季节了。我们把一只只果盘抱在怀里，把瓜子搓下来，晾干，收好。到冬天，到年根时，奶奶会支上大铁锅，炒葵瓜子。奶奶的瓜子，炒得恰到火候，特别香脆，多一分就焦煳，少一分则生涩，且不添加任何佐料。炒好的瓜子，就是春节时最好的零嘴。

人人都爱吃我家的瓜子，我装满满两口袋瓜子出去，会被我的小伙伴们一抢而空。她们问我，怎么这么香？我答不上来。奶奶就是这样，惜物。大地上的万物，奶奶都珍惜。

假如是食材，她一定尽其所能让它呈现出最完美的味道，最佳的滋味，才觉得是对这恩物的敬重，是不辜负，是仁义和善。奶奶也不轻易冒险去触碰她不熟悉没把握的食材，她怕伤害和糟蹋它们。

我们这座黄土高原上的城市，物产不丰。在计划经济和票证的时代，市民的供应不要说比北京、比上海或者南方那些富庶的地方，就连周边的邻居，郑州、西安、石家庄也比不过。但是奶奶会过日子，会计划。困难时期之后，有几年时间，我家的餐桌上有了一段回光返照的中兴时光。节庆时的大菜，除了家族传统的老几样外，还添加了八宝鸭、狮子头、香酥鸡、虾子玉兰片烧豆腐等。平日里的家常菜，也差不多可以做到每天有一样荤菜。这荤菜通常是，奶奶买来两三毛钱的猪肉，切成细丝，裹一点面粉，加葱丝姜丝，热油烹炒。然后用这肉丝，和各种菜搭配。夏天，用它炒芹菜、柿子椒、韭菜，冬天用它炒白菜、腌雪里蕻、白萝卜丝、莲藕丝等。还有一种不受季节影响的搭配，就是肉丝炒玫瑰大头菜，这是我最喜欢的一种菜式。玫瑰大头菜的微甜，和肉丝的咸香，再加上青红辣椒不同的辣味，真是妙不可言，也非常下饭。无论主食是馒头窝头还是米饭面条，就算喝粥或者玉䅟面糊糊，堪称百搭。

哦，需要解释一下，玫瑰大头菜是一款咸菜，却发甜口。当年，副食店里都可以买到它。

食油始终是有定额的，只不过这定额会随着经济形势或增或减，但无论增减，对我们家来说，都是不够的。奶奶常常要去肉铺用肉票买来猪板油，或者用肥肉膘来炼油。炼油剩下的猪油渣，是好东西，趁热，加白糖或者加盐，搅拌均匀，掰开一个热馒头，夹进油渣，一口咬下去，哦，灵魂出窍。这样的好时光，是稀少的，油渣哪里能这样大手笔浪费？它的用武之处真是太多了，做素馅包子时，把它剁碎添加进去，炒白萝卜，烧菠菜粉丝汤冬瓜汤，亦可撒几粒来提味，权当海米，用得好，也算得上化腐朽为神奇。

"蒸菜蟒"和"炸菜角"，是奶奶常做的极具开封特色的家乡食物。它们的食材原料基本相同，都是白面粉和韭菜粉丝。只不过炸菜角里多了一味鸡蛋。说实话，奶奶主厨时期，我基本上不涉厨事，不仅是我，我母亲也不下厨房，所以，很多食物菜品，我见到的都是它们被堂而皇之端上餐桌时的样子，完全不知道它的诞生过程。后来，奶奶过世后，蒸菜蟒这款主食就从我家餐桌上消失了，原因我想，大概是我母亲不会做吧?

现在想想,蒸菜蟒的做法其实挺简单。首先,是把新鲜韭菜切碎,把泡好的粉丝剁碎,用盐、味精调味,然后把和好的面粉用小擀面杖擀开,擀薄,把馅料均匀铺到面皮上,卷起来,卷成长条状,码到笼屉上,形似蟒蛇而得名。特别是蒸熟后,薄薄的面皮晶莹剔透,韭菜的绿呼之欲出,就愈加地形似。食用时,自然是要切成一段一段,一层皮,一层馅,层层叠叠,与包子相比,又是另一番风景和滋味了。

至于炸菜角,就是烫面的韭菜鸡蛋馅素饺子,下热锅油炸,炸成金黄。皮的酥脆香软,馅的清鲜爽口,真是绝配。这道菜式的灵魂,是当时当令,吃的是春韭的新鲜。奶奶从不吃过季的韭菜,说:"六月韭,臭死狗。"此外,油温的控制,烫面与死面的比例,差一点,就谬之千里。这道菜,我后来在很多地方吃过,有时还是在很高端的酒店餐馆,但,恕我直言,我甚至觉得那根本不是炸菜角。对我而言,最好吃的、唯一的炸菜角,属于我奶奶,那是我奶奶的绝品,无人可比,前无古人,后无来者。

奶奶还会蒸一种"肉丁馒头",现在回忆,觉得它有些像广东的"叉烧包"。不同的是,奶奶用的是五花肉而非叉烧肉。她选偏肥的五花肉，切成丁，用酱油和白糖腌制入味，包进发面馒头里，每只馒头只包两三小丁。此生，我几乎不吃肥肉，但唯有这肉丁馒头里的肥五花肉，我不拒绝。太香了。馒头一出笼，袅袅的白气，如仙如幻，香气四溢。奶奶飞快地将它们一只只拣到秫秸箅子上。此刻，往往是我们刚好放学进屋，抑或是爸妈下班回家，奶奶掐准了时间。这馒头，凉了味道就大打折扣。趁热，咬一口，咬一口，再咬一口，哦，终于咬到了馅心。肥肉的油和咸香微甜的酱汁，在口腔里如熟樱桃般爆裂，那一瞬，真幸福。和蒸菜蟒一样，奶奶去世后，这款肉丁馒头，我再也没吃到过。

  土豆沙拉这款西餐，是我家的新菜品。我母亲喜欢西餐，从朋友那里学会了自制沙拉酱也就是蛋黄酱的方法，从此这款沙拉就成为了我家的保留菜式。那个年代没有沙拉酱卖，自己制作沙拉酱则需要一点技巧和耐心。选两个新鲜生鸡蛋，打在小碗里，撇去蛋清，只要蛋黄，然后，把烧热的食油晾凉后，倒进蛋黄里少许，然后朝一个方向用力搅拌，当油和蛋液充分融合后，再倒少许油进去，再搅。这样一直重复，倒油，搅拌，再倒油，再搅拌，一直到碗里的蛋黄变得粘稠，变成奶油状，沙拉酱就算大功告成。搅蛋黄是个力气活，往往，我和我弟，还有我父母，我们四人接力，很像一场游戏。这里所谓的技巧，就是，必须顺着一个方向搅拌，还有就是每次添加食油的分量，那个"少许"的掌握。记忆中，我们的沙拉酱没有失败过。

土豆沙拉，顾名思义，主料一定是土豆。我们这个高原省份，出产全世界最好吃的土豆，本省人叫它山药蛋，尤其是雁门关外，那里严寒苦焦，却是山药蛋和莜麦最适宜生长的地方。活在这样的地方，善食土豆几乎是每一个人的宿命。至今，我还没有遇见过，能把一盘炝炒土豆丝做得比我的山西老乡更好吃的外省人。同样，走了那么多的地方，我也再没吃到过当年那么好吃的土豆沙拉。

做法其实十分简单，土豆透彻地蒸熟，去皮，切成丁，一根洗净控干水分的黄瓜，两个煮熟的鸡蛋，一只苹果，适量的火腿肠，当年没有火腿肠的时候，我们就用梅林牌午餐肉替代。这些食材，也同样切成大小相同的丁，撒适量精盐，把预先搅拌成功的蛋黄沙拉酱倒进去，拌匀。一份土豆沙拉就做好了。我和我弟，我俩每人，都能吃一大碗。

教我母亲制作沙拉酱的，是她的一个同事，算是个忘年交，而教这忘年交的，则是一个苏联人。我们这个城市很多人都知道她的故事。当年,一个中国小伙子被派去苏联学习,认识了这个叫娜塔莎或者是玛莎的姑娘。那应该是中苏的蜜月时期吧?反正他回国时把这娜塔莎或者玛莎勇敢地带回了我们的城市,或者说,她勇敢地追随着爱情来到了这异国的深处。他们结婚、生子,两个混血的儿子长得都像妈妈,有蔚蓝色天空般澄明的眼睛。后来,中苏交恶,再后来,在珍宝岛打仗,她的丈夫因为她的缘故,受了牵累,被批斗,生病离世。这个娜塔莎或者玛莎,在我们这个城市,成了一个特别突兀、特别不合时宜和特别冒犯的存在。她深居简出,没有朋友,儿子也都不知去向,不知是去插队还是去了什么地方。一次她生病住院,认识了我母亲这位小同事。这位小同事来自北京,有神秘的家世和背景,人很豪放,不拘小节,所以敢和这个娜塔莎或者玛莎交往,她有交往的资本,而我母亲,则没有。

那些年,偶尔,在我们的马路上,会看到那个异域的女人,我甚至有一次在公交车上碰到过她。她肥胖、壮硕,神情漠然而高傲,眼睛直视窗外,不和任何一双眼睛对视。我望着她,想,就是在这样的身体里,住着一个娜塔莎或者玛莎吗?后来,不知从何时起,就再也没有她的踪影和消息了，她是回祖国回故乡了吗？没人知道也没人想知道。渐渐地，渐渐地，这个城市把她忘记了。曾经的传奇，曾经的浪漫，都被掩埋在了这城市的瓦砾堆里，时代的推土机轰隆轰隆把它碾压成了齑粉。在那之上，是新城市的崛起。

只是，我可能不会忘记，曾经，有个娜塔莎或者玛莎，给这个城市，留下过一点东西。那是在最闭塞的时代，最匮乏的时代，她给了这城市一点异域的味道。我甚至愿意相信，我们这城市，每一个会自制沙拉酱的人，都得自她间接、再间接、再再间接的传授。

四　关于蘑菇和采蘑菇的丁香

我家院子对面，有一个公园。和我们的院子只隔着一条马路。我父亲有年票，常常带我们去玩。

公园里，有松林，槐树林，榆树林，以及，我叫不出名字的杂木林。

有一年夏天，好像是早晨，许是夜里下过雨的缘故，我们走进树林，看到树下有许多的蘑菇，一簇簇，一丛丛，破土而出，这里那里，洁白丰腴。父亲动心了，说：

"咱们采点回去吧，让奶奶给我们炒蘑菇吃。"

我妈反对，说："不行，别冒险，你哪儿知道它们有没有毒啊？"

父亲看了看四周的树，说："没问题，你看，都是松树，松树下的蘑菇不会有毒。"

"那也不保险。"我妈坚持。

父亲说:"这是常识啊,是科学。"

最后,是父亲占了上风,因为有我和我弟这两个坚定的支持者。父亲指着树下的蘑菇说:"只能摘这种啊。"我们四散开去,很快地,父亲的大手帕和母亲的小手帕就包不住了。我们满载而归,兴高采烈。回到家里,妈妈和奶奶又小心翼翼甄选一遍,然后,反复清洗,最后,端到餐桌上的,是素烧还是肉炒,我已经不记得了。记得的只是,那份快乐,和新鲜蘑菇无与伦比的鲜美。

我妈始终战战兢兢,战战兢兢地采摘,战战兢兢地甄选、清洗,战战兢兢地看它们被端上餐桌,但她却毫不犹豫地在我们之前伸了筷子。她吃得非常勇敢甚至有点悲壮。小时候不懂,长大了,八十年代初叶,有一次看电影《蘑菇人》,好像是一部南美洲的片子,记不清了,只记得那种压抑的色彩和氛围。那所谓"蘑菇人",就是替豪门之家试吃采来的各种蘑菇,分辨哪种可食哪种有毒。每一次试吃,都有可能是赴死。那是在用生命作赌博。我忽然想起我家当年的冒险,想起我母亲当时的心境,想必是,既然她阻止不了我们的率性之举,那就只有同生共死了。

幸运的是，我们没犯错。父亲的判断是正确和"科学"的。第二天全家人安然无恙。这一下，我父亲觉得自己发现了新大陆，非常得意。于是，那个夏天，在下过雨之后的那些个早晨，我们就常常去采蘑菇了。从松树林，到槐林，到杂木林，越来越大胆。母亲也渐渐不再紧张，放松了心情。这样，采蘑菇才真正变成了一件快乐的事。那个夏天的餐桌上，肉片炒榆蘑，素烧松蘑，或者是什锦蘑菇汤，哪一样，都让人回味无穷。真鲜美啊。此后，再也没吃过如同那个夏天那么鲜美的蘑菇，那是我的蘑菇绝唱。

但是采蘑菇这件事戛然而止了。

有一天，我母亲下班回来得很晚，神色大异，进门来第一句话就是："以后再也不敢去采蘑菇了——"话音未落，她眼圈就红了。

原来，我母亲有个"老病人"，名字叫丁香，比我大不了两岁，多年来一直在我母亲那里看眼疾。时间久了，就认识了丁香的父母，甚至还有她的弟弟。那是圆满的一家人。丁香的父母，在我们城市的博物馆工作——省博物馆，他们家就住在博物馆的后面。我们的省博物馆，有两处地址，一处在纯阳宫，一处则是从前的文庙即孔庙。我不知道丁香家住在哪一处,而这两处地方,都有年代久远的松树、槐树等。有树的地方自然就有蘑菇。这丁香一家,近水楼台,在夏秋多雨的季节,经常在大树下采拾蘑菇,久而久之,颇积累了一些心得与经验。想来,我母亲怕是也向丁香的父母咨询过吧?所以她后来才放心让我们去采摘。没有想到的是,丁香家出事了。

那天早晨,我母亲一上班就听说了那个噩耗:昨天半夜,救护车拉来了丁香一家,他们由于误食毒蘑菇而中毒,经过一夜的抢救,只救活了一个大人,我已忘记了救活的是父亲还是母亲,而另外三人,丁香姐弟和父母中的一个,都走了。

我母亲听说了这不幸的噩耗,瞬间血涌脑门,惊出一身冷汗,想,太可怕了!许久,她才慢慢感到难过,为这一家人。她尤其心疼那两个孩子,特别是丁香。在那段日子里,她常常说起丁香,说她清秀文静,眉目如画,说她长大了一定是个古典美人……但是丁香没有机会长大了。

这桩惨烈的悲剧,源自小小一朵毒菇,为此,我母亲医院特地请来了一个蘑菇专家,给大家普及了关于野生蘑菇的知识,结论就是,蘑菇有毒或是无毒,一般人很难辨别,建议大家不要随便采食。即使没有专家警告，我们家采蘑菇的节目，也就此落幕了。

但我记住了这个叫丁香的永远没有长大的姑娘。

也因此，我心里有了阴影。

对野生的、天然的菌菇，心存警惕，爱恨交加，以致病态。有很长一段时间，整个少年和青春期，甚至结婚成家后，一口不敢碰。

八十年代初叶，曾经有一次，深入到了长白山腹地——东京城林场。那里地处张广才岭，山深林密。我和丈夫李锐，还有另外两个朋友，来到这里看另外一个写作的朋友。他安排我们住在林场的小招待所，除了我们，再无其他客人。那是一个浪漫的文学的年代，林场的主人对我们这几个文学青年很是热情。一天早晨，场里派了经验丰富的向导，说是带我们去采黄蘑，也就是榆蘑，中午给我们包黄蘑饺子吃。大家高兴极了。我恐怕就不止是高兴而是激动不已。在长白山大森林里，有行家指引，不用说是安全的。我想，终于，终于有机会，吃到我其实非常想念的天然的、新鲜的野生蘑菇了。

久违了啊。

我们挎了篮子，去真正的山林里采榆蘑。满载而归。

然后，就是在厨房里，大家动手包饺子。

饺子出锅了，脸盆大的盘子，一盘一盘端上来，无比豪迈。还有酒，啤酒，也是大碗大碗地满上。饺子就酒，越喝越有。喝啊，吃啊！主人热情地劝。哪里用得着劝？我们不客气。酒就不说了，那黄蘑饺子，一口咬下去，我丈夫就叫起来，说："这家伙黄蘑！"他原本是不怎么喜欢吃饺子的，但这黄蘑饺子，让他真心折服。不仅是他一人，我们这些山外来客，在这山珍面前，谁又能不折服呢？人人都吃得荡气回肠，喝得酣畅淋漓。碰杯，敬酒——敬友谊，敬长白山，敬森林，敬大自然，敬亲爱的黄蘑饺子……

我为这一切感动，为这氛围。但心里，却有一点点遗憾，黄蘑饺子确实精彩，但，它没有给我更多惊艳和震撼。它没有能击毁我，没能像当年第一次吃到亲手采来的松蘑那样震惊到魂灵出窍。那个味觉记忆，刀刻斧凿一般，是不能复制的。后来，随着时光的流逝，我越发体会到了这一点。我不知道别人是不是如此，但对我而言，有些美味，即那些初次相遇就让我震惊的美味，其实是一次性的，是仅此一次永不可重现的。那种奇迹般的惊喜，它们只能存在于记忆中，活在记忆里，随后的每一次重逢，都像是人对于神迹的模仿，是一次次"不完美"的印证。也因此，我永不可能成为一个美食家，更不可能成为一个好主厨。

那天，晚饭后，天还早，我们四人，沿着深幽的林中小路，散步，随意地走，渐渐走到了深处，来到一条溪水边。溪水哗哗喧响，在寂静的林中听上去有种深沉的快乐。水里有巨石，水清澈至极，我和女友突然像孩子一样撒欢儿跳进水里，打起了水仗。朋友甲比我们大几岁，站在水边，突然引吭高歌：

江南丰收有稻米，江北满仓是小麦，
高粱红啊棉花白，密麻麻牛羊盖地天山外……

那是《祖国颂》。

朋友甲是个小说家，也是个出色的男中音，他的歌声让人动容。我第一次觉得，这首歌如此入心，和这山、这水、这万千的树木、这大地上的一切，如此相融。我们停止了打闹，站在水中，静静地听，歌声和水声一起，天籁一般，流向深沉博大的、渐起的夜色之中，流向未知和神秘。我有些眩晕。黄蘑没有给我的震撼，这个夜晚，补偿了我。我被它震慑，灵魂出窍。

多年后，朋友甲去国离乡，从此再也没能踏上他如此动情讴歌过的大地。我们也再没有机会在这片土地上和他重逢，听他唱歌。命中注定，这个美好的夜晚，将和我的野生蘑菇一样，成为绝唱。

五　邻居，与美食无关

在我们没搬家前，同一排房子里，有户邻居，姓周，他家有两个女孩儿，一个叫周大妹，一个叫周小妹。她们的大名叫什么，我不知道。

小妹和我同岁，大妹则已经是个小学生了。

周家也不是本地土著。他们来自四川。据说，周先生曾经在峨眉山上修行过，师从某个得道高僧，他的医术就来自高僧的亲传。他妻子周太太也是四川人，满口川腔，管大妹叫"大门儿"，小妹自然就是"小门儿"。不用说，我和"小门儿"是朋友。

周先生是个名医。印象中他非常斯文，个子不算高，戴一副细细的金丝边眼镜，脸很白净，说话轻声细语。那时我看不出他的年龄，反正不是老头，也不年轻。正值困难时期，但他们家的日子却远胜于别家。有一次，周太太还送了一些什么家乡特产给我奶奶。经常有小汽车上门来接周先生，让他去给某位大领导看病。我母亲有个好朋友，也是我家的世交阿姨，她曾聆听过周先生的讲座，说周先生边讲边示范，竟能让身体腾空离开座椅。听上去简直像是魔术，匪夷所思。我母亲不信，觉得那阿姨走火入魔。

总之，周先生有些不同寻常。

后来，来了一个陶小妹。

陶小妹应该是周先生的病人，可她不住在病房里。那时，中医院的高干病房还没有落成，当然落成了，陶小妹也不适宜住在高干病房。她只是个小学生而已，比我们大不了几岁。可她显然也不是个普通病人，所以，就安排她住在了研究所这边的办公楼上，独自一个房间，有个保姆阿姨和她同住。

依稀有点记忆，是周小妹带我认识了陶小妹。她说，是她爸告诉她，让周小妹约我一起去找陶小妹玩，她一个人养病，太闷了。

已经不记得，陶小妹是生了什么病，只记得，她留着男孩子的小分头，显然，头发是被剪掉了。是不是因为生病剪掉的，就不知道了。我和周小妹去找陶小妹玩，那个保姆在一旁做针线活儿之类，面无表情，一句也不跟我们搭腔。陶小妹比我和周小妹大几岁，早已是小学生，所以和我们也没什么话题。房间里很沉闷，我们就拉着陶小妹去院子里玩。办公楼后面，有一个操场，支着篮球架，有时周末的晚上，会在这里挂起银幕演露天电影。似乎，医生是禁止她随便外出活动的，但我们不管，病人自己也不管，常常，趁她的阿姨午睡时，我们喊她出来，三个人，在操场上，玩跳房子，捉迷藏，讲故事，很是高兴。

记得有一天，是上午，我们在操场上正玩着什么，忽然陶小妹扬起了脸，说："听！"她不动了，支着耳朵，我们俩也不动了。一墙之隔的外面，隐隐传来了合唱的歌声：

太阳光，金亮亮，雄鸡唱三唱，
花儿醒来了，鸟儿忙梳妆……

"是我们学校——"陶小妹忽然兴奋地说，"是我们学校的同学！"

她朝墙那边跑，我们也跟着她跑，跑到墙根儿，她想爬上去，爬不上，歌声响亮起来，听得出是列队经过。她着急。我们也急。忽然看到操场上有堆砖头，我喊："砖头！"然后我们就跑去搬砖，三块五块垒起来，让陶小妹爬上去。她踮着脚尖朝墙外张望的时候，那歌唱的队伍已经过去了，她看到的只是队伍渐行渐远的背影。

歌声却还能听得见：

青青的叶儿红红的花，小蝴蝶谈玩耍，
不爱劳动不学习，我们大家不学它——

"是我们学校，"陶小妹趴在墙头上笃定地说，"这是我们唱的歌……"

其实，就在那时，我就已经知道了，这唱歌行进的队列，不一定，或者说，肯定不是陶小妹的学校。她的学校，叫九一小学，离这里很远很远，怎么可能走这么远到这里来呢？而这首歌，我也会唱，可我并不是九一小学的学生啊。

但我没有质疑和反驳。

我想，她一定是想念学校，想家，想读书上学的时光了，想念不生病的时光了。

后来，忽然地，就不让我们再去找陶小妹玩了，好像是她的病有所反复。至于她是什么时候出院回家的，早已不记得了。彼此也没有机会告别。就算是小孩子之间，我们也不算深交，不算朋友，浅浅的相识而已。或许她都记不住我们的名字，但我却记住了她努力爬上墙头，鼻尖冒汗，踮起脚尖朝墙外张望的样子。她让我心生一点怜悯。因为这是我认识的唯一一个住院病人。后来我才知道，她父亲，是刚刚调任做华北局书记的陶鲁笳，此前是山西省委书记。

再后来，我们搬家了。虽然还同属于医院和研究所的宿舍，但不在一个院子里，相对独立，和周小妹也就没了来往，记忆中，她和我上的也不是同一所幼儿园，似乎还比我早一年上了小学，所以鲜有交集。有一天早晨，刚起床，就看见家里大人神情有异，出家门，来到院子里，整个院子里的气氛都是异常的。大人们交头接耳，说，半夜里抓走的。还说，早几天就有人在他家周围监视了。说谁呢？我一头雾水。好半天，才弄明白，原来，是周小妹的父亲周先生被公安局抓走了。

我很吃惊。

那个温文尔雅的周先生，和蔼的周先生，那个总是车接车送、四处去给人看病、声名赫赫的他做了什么，会被逮捕？

那时，我已是一个小学生，这件事让我困惑不已，也让我害怕。生活原来有这么多危险和被掩藏的秘密啊。我悄悄地跑到了研究所那边的旧排房，想偷偷看看周小妹。但，他们家已是人去屋空，不，是住进了新人家。他们去了哪里呢？记得我问过母亲，母亲说，他们一家回四川老家了。

从此，我再没见过周小妹。

记得大约是四年级的时候，有一次，学校组织同学们在一个文化官看展览，展览的主题是"千万不要忘记阶级斗争"一类。意外地，我在展览上看到了历史反革命和现行反革命分子周某某，哦，心居然乱跳一阵，周先生在这里等着我呢。没有照片，只有一幅幅漫画。漫画上的那个人，穷凶极恶又鬼鬼祟祟，完全不是周先生的样子。具体罪行是什么，早已忘记了，隐约记得一些的是他参加过国民党军队，解放后拉拢腐蚀高干，借行医和讲座从事反革命活动等，他的刑期是十五年。

对一个十岁的孩子来说，十五年简直就像永恒一样长。

写这篇文章时，忽然心里一动，"百度"了一下，没想到，那个名字，真的跳了出来。原来，他还真有些来历啊。幼时，饱读经书，稍长入教会学校学习西医和拉丁文、英文，早年从军做过护士，后得岳父资助，入国立武汉大学，又以官费赴英国学军工化学。1939年患大病，遍寻名医医治无效，渐至不起。此时，救星出现了，峨眉山高僧永严法师救治了他，并将峨眉密传功法及医术精要传给了他，赠他法号"镇健居士"。据说，那是峨眉气功密术传于俗人的肇兴开端，是医学气功史上一个绕不过去的名字。尽管，我一点不了解也不喜欢气功。

他叫周潜川，字笛横。1971年卒于狱中。

自然，邻居中，名医、大医绝不止周先生一个。那时，我们这个省份中最负盛名的名医圣手，各科翘楚，几乎都汇聚在那几排灰砖灰瓦貌不惊人的平房里了。

有的蓄长髯，白须胜雪。永远一身中式裤褂，仙风道骨。

有的没胡子，也不穿中式服装，一身中山装，出来进去，气宇轩昂。

有的慈眉善目，极和气斯文，见人笑眯眯，脚步轻柔，像是怕踩死蚂蚁。

有的不苟言笑，生性严肃，凛然如冰。

这些人，人们统称他们"某老"：白老、李老、王老、韩老……即使他们身兼行政职务，人们也还是更喜欢以"老"呼之。

行文至此，忽然想念他们。想念那个不复存在的院落。

第三章　几样印象深刻的家常饭与朋友

一　饺　子

非常怀念那个时候一家人围坐在桌旁包饺子的情景。

特别是来了亲友时。

最喜欢的一个人,是徐叔叔。

常常,提前几天,父亲说:"妈,老徐星期天来家里吃饭,包饺子吧。"

徐叔叔特别喜欢吃我们家的饺子,他说,谁家的饺子都不如我奶奶包的好吃。

这话,我认为不是客套。我也认为,谁家的饺子,都不如我家的好吃。

首先,奶奶会先用水把肉馅打得十分鲜嫩,用酱油、料酒、剁碎的葱姜末煨出来。其次是菜肉的比例,掺多少菜进去,奶奶总是十分的有度。她最爱的是猪肉白菜的经典搭配，若是春韭时节，会加一些韭菜进去，而冬季，则加黄芽韭。奶奶拌饺子馅，从不加五香粉这一类夺味的调味品，只加盐、酱油、少许白糖和香油味精，味道既鲜且香。而奶奶的饺子皮，不硬不软，厚薄适宜，吃起来很有筋道。所以，关键的这几道程序：拌馅儿、和面、擀皮，以及煮饺子，都是奶奶亲力亲为。而我们做的，就是包饺子。

徐叔叔也总是和我们一起包。

一边包，一边聊天儿。

徐叔叔是北京人，一口京腔，说话抑扬顿挫，我和我弟都特别喜欢听徐叔叔说话。徐叔叔和我父亲一样，学医，专业是影像学，骨子里却是文艺至死。在学校里演过话剧，据说演的还是女角。会唱美声，喜欢文学、艺术，读过很多的书。在那样困顿的年代听他和父亲聊天，是一大乐事。他们的话题，没有眼前的苟且，而真的是那些遥远美好且涉嫌犯禁的事物：比如雨果、巴尔扎克，比如托尔斯泰、普希金，比如《桃花扇》或者《红楼梦》。我就是从徐叔叔那里，知道了法国的"巴比松"画派，并喜欢上了他们。也是从他那里，第一次听到了《窦娥冤》里那段呼天抢地的《滚绣球》："天地也，做得个怕硬欺软，却原来也这般顺水推船。地也,你不分好歹何为地?天也,你错勘贤愚枉做天——"听得我真是心惊肉跳。他最喜欢《桃花扇》里的《哀江南》,常背来给我们听:

你记得跨青溪半里桥,旧红板没一条。秋水长天人过少,冷清清的落照,剩一树柳弯腰。

诸如此类。

他还喜欢讲画,他说有幅画很有趣,只画了一个襁褓和一支红烛,题词却是"除夕生的小弟弟,过了一天长一岁"。我一直在心里想象那幅画会是怎样的色彩、笔调,作者又是谁?我猜测了几十年,至今,也无缘得见。只是在最近,我得知了,这幅画的作者,原来是丰子恺先生。也对,只有丰子恺先生,有这样的赤子之心和童趣。

一次听他说管教小孩子,引的是元春对贾政说的话:"不严不能成器,过严恐生不虞,且致父母之忧。"结论是:好头疼。

他只有一个儿子。孩子没有妈妈。

徐叔叔的妻子,我没有见过,只是听我妈说,那是个非常美丽的女子，一个美丽的女医生，和徐叔叔既是同学又是同事。她是天津人，家境优渥，若在民国，原本是该读家政系的。就算在新时代，也该念艺术系一类的，结果偏偏考上了北京医学院。也因此，结识了徐叔叔。什么是天造地设的一对璧人？人们说，看徐医生和李医生就知道了。

李医生有个闺蜜。1966年"红八月"到来后，这个闺蜜不知因何事被当作牛鬼蛇神揪了出来，大字报铺天盖地，揭发了她种种问题。终于，有一天，有人来找李医生谈话了，谈话内容十分严肃，责令她必须在第二天的全院批斗大会上，揭发那个闺蜜，以此和她划清界限。否则，后果自负。她知道那叫"最后通牒"，她知道这叫"站队"，她也知道大多数人会怎么选择。但她不是"大多数人"中的那个，她是李医生，一个完美主义者，一个美人，她不能容忍自己变丑，比如背叛，比如被人群羞辱。所以，她没得选择。

那一夜，徐医生恰巧值班。而他们五岁的小儿子，在上全托幼儿园，那幼儿园的名字叫"康乐"，只有周六才回家。第二天一早，徐医生值完夜班回去，发现妻子服用了安眠药，救不过来了。一个内科医生想用药物致死，是不会给人救活的机会的。她看上去很安静，衣着整洁，穿了一件她最喜欢的白色泡泡纱布拉吉，美如仙女。

徐医生就让她穿着那件仙女的衣服上路了。

这最后的形象，一刀一刀，刻在了徐叔叔的心里，刻得太深太深，血肉模糊，结了疤，永不能平复。

姑娘姑娘他死了，一去不复还，
头上盖着青青草，脚下石生苔。
敛衾遮体白如雪，鲜花红似雨，
花上盈盈有泪滴，伴郎坟墓去……

后来，等我读到朱生豪先生译的《哈姆雷特》，读到奥菲利亚自杀前吟诵的这段歌谣，心里想起的，是李医生最后的遗容。她也常常走进我的小说。有人问我，为什么你的小说里的女性，常常有那么决绝的死亡？原因在此，在我少年时被震撼到的记忆。

后来，徐医生被下放了。从他供职的省城大医院，下放到了乡下。李医生出事后，他们的孩子就被送回了北京奶奶身边，所以，赴乡下的也只是徐叔叔一人。星期天和徐叔叔一起包饺子的乐事,就此终结。直到七十年代后期,他重又回到了我们这个城市,去了郊外一家职工医院。又几年,听说他再婚了。那时,我奶奶已经去世,我也已经成家,听我母亲说他带着新人来我家拜访过,可惜我没见到。据说那天是我妈给他们包了饺子。至于那饺子是不是他心中的味道,就不得而知了。

他和我父亲保持了一生的友谊。上世纪八九十年代,堪称我父母、徐叔叔这一辈人职业生涯、或者说事业的第二春,他们都忙自己的工作,偶尔,他还是会来看望我父母。那时,我女儿在我父母家住,他一来,就叫我女儿说:"来来来,给徐爷爷背一段。"我四五岁的女儿,再大些,六七岁的女儿,就会噔噔噔跑过来,站在他面前,一点不犹豫,朗声背道:

山松野草带花挑,猛抬头秣陵重到。

残军留废垒,瘦马卧空壕。村郭萧条,城对着夕阳道。

……

那是《哀江南》。

你记得跨青溪半里桥,旧红板没一条。

秋水长天人过少,冷清清的落照,剩一树柳弯腰。

……

这全套《哀江南》,她能从头背到尾。是我父亲教她的吧?反正不是我。会不会是徐爷爷?我没问。只是,她的《哀江南》,是欢天喜地的。她欢天喜地地一直背到"诌一套哀江南,放悲声唱到老。"徐爷爷也笑呵呵地鼓掌,这种时候,我父母,还有笑呵呵的徐叔叔,心里一定百感交集吧?

他比我父亲小几岁,却走到了父亲的前面。

我想念他。

二　炸酱面

那时候,吃过的最好吃的炸酱面,是在万叔叔和吕姨的家里。

万叔叔和吕姨,是我们家的世交。

但是我们两家人在这个客居之城的相遇,却是偶然的。有一天,我母亲接待了一个病人,名字是陌生的,人进来了,一看,医生和病人都惊叫起来。

"大馨姐!"我妈喊。

"啊呀培源你怎么在这儿?"吕姨喊。

两人都兴奋无比。怎么也没想到,会在这样一个无根的城市里,遇到故人。

那时,吕姨和万叔叔,刚从北京下放到了我们城中。此前,吕姨的工作单位在国家某部委,万叔叔则是在"中国人大"教书，是个年轻的物理讲师。吕姨、万叔叔还有我妈以及吕姨的妹妹，他们是小时候的同学，非常要好。但1948年，我十八岁的母亲去了解放区读书，而他们则留在了"敌占区"，这一别，就没了音讯。

不想，山和山不能相遇，而人和人总会相逢，这话，真是没错。

万叔叔和改了名姓的吕姨，此时，下放在我们城中的一所中专教书。万叔叔教物理，吕姨教语文。他们的家，就安在那所学校的宿舍。从此，在这城中，我们终于有了一户可以亲密走动的"亲戚"。

万家四个孩子，男女平分秋色，后来有了一个小五，才打破了这平衡。我们两家人偶遇初期，"三年困难时期"刚刚过去，生活有了好转，于是两家人你来我往，星期天，不是他们举家来我家玩，就是我们举家往他家去。说起来，他们来我们家似乎更多一点，因为一来，大人们在家里聊天做饭，我们孩子们就呼啸着去了马路对面的公园，在小山上捉迷藏，或者，坐在湖畔水榭中，大家讲故事。

万家的老大，比我大两岁，我们都叫她琳姐。那时她也就是十岁左右，亮晶晶骄傲的大脑门，两只黑黑的美丽的大眼睛,沉静又有些忧郁。她是我们中间灵魂般的人物,尤其是我,深深被她吸引。我从小,就总是迷恋那些美丽的存在,无论是人,还是美景美物。我们坐在水榭里,湖水,蓝天,小山,山上绿意盎然的杂树,都叫我心生欢喜。琳姐望着湖水,心血来潮,说道:"我要改名字,我不喜欢琳这个字。"

"你想改成什么?"我问。

她想了想,说:"海燕吧。万海燕。"

在一个十岁孩子的心里,海燕是革命、浪漫和激情的象征。高尔基歌颂过啊。真好啊,我羡慕地想。我也想改名字了。改什么好呢?我看着对面小山上的树木,想起一支歌"革命人永远是年轻,他好比大松树冬夏长青",于是我说:"我也想改名字,我想叫青松。"

海燕是有翅膀的,它迷恋飞翔,向往天空。而树木则不会自己迁徙。没想到,这幼时的戏言,竟似乎藏有命运的隐喻。琳姐这一生,都在飞,从一处,飞向更远的一处,而我,则拥有一具沉重的、盘根错节的肉身,所以,我只能求"现世安稳"。

那一年,她还没满十六岁,就瞒着父母报名去了内蒙古建设兵团。其时,全社会大规模的"上山下乡"运动还没开始,她是真正自愿去农村去边疆的青年。据说,起初人家因为她的家庭出身,不要她,她就割破手指写了血书。那时,万叔叔和吕姨刚好回老家探亲,正好给她留了空子。她临上火车前,我家给她践行,奶奶包了饺子,送行饺子接风面,是我们这边的习俗。那顿饺子,只有她一人吃得很香,我奶奶、我父母,人人心慌意乱,而我,则是又羡慕又抱怨又依依不舍。羡慕她能去内蒙古大草原,去建设兵团,那是多么浪漫的事!抱怨她为什么在报名时没有想到我?这让我好沮丧。她安慰我说:"我先去打前站,你和我妹妹可以来找我嘛,我等着你们。"

送她去车站的,是我和她妹妹小蔚。月台上人头攒动,车一开,我和小蔚都哭了。

忘了她是第几年回家探亲的,再见她时,变了很多。

黑了,强壮了,不再清秀。人变得忧郁和神经质。不怎么说自己的生活,只是郁郁寡欢。后来,她的神经质愈演愈烈,怀疑自己有机磷中毒。她对我们说:"你们看,我的半边脸完全没有表情。我笑,这半边脸不笑。我哭,也只有一只眼睛流泪。"我们努力盯着她的脸看,看不出什么。那时不懂，想来，她其实已经是有心理疾患的病人了。

这让万叔叔十分心痛。

万叔叔是我见过的最温柔的一个父亲。万家五个孩子中，他最爱的又偏偏就是这个长女，如今就更是怜惜。琳姐探亲回家的日子，我们总是在她家相聚。从十六岁那年开始，我有了一份工作，在郊外东山脚下的涧河滩上码砖坯，对生活同样失望、苦闷。我们这些苦闷忧伤的孩子聚在一起，万叔叔除了倾其所有，款待我们之外，还尽量给我们营造一个私密、宽松的小环境，接纳、容纳我们所有的不合时宜。在万叔叔家里，我们可以宣泄，可以排遣，可以放大我们的悲伤，也可以夸张我们的快乐。偶尔，万叔叔会参加进来，他安静地听我们或放肆、或犯忌地说呀说，最后，总会宽慰我们：

"孩子们啊，你们的路还长着呢，生活是有各种可能的啊。记住一句话，你们配拥有更好的生活。"

这样平常的话，从他嘴里说出来，就有一种庄严感，仿佛是生活本身给我们的庄重承诺。

万叔叔生性安静、沉静、宽厚、慈悲，同时又是个博学、有趣的人。他个子不算很高，胖胖的，一张团团脸，戴副眼镜，可不知为什么在他身边就感到踏实，安心。小时候，喜欢听他讲故事，学物理的他多半讲的是一些科学家的趣事，爱因斯坦啦，居里夫人啦，等等。比如，某次，记者采访爱因斯坦，让他谈谈他新近发表的论文《关于辐射的量子理论》，当时爱因斯坦在生火炉，烟熏火燎，怎么也生不着，他对记者说："您等等，我们还是先来解决这个炉子的辐射问题吧。"诸如此类。他还通俗地给我弟他们讲"四维时空""弯曲时空"这些相对论的概念，我弟他们听得十分痴迷，我却一头雾水，一脸懵懂。他崇尚科学，可同时，我人生中第一次听说瑜伽的奇迹，也是小时候从万叔叔这里。似乎是，在印度，有个瑜伽师被埋进土里多长时间却依然存活，细节记不清了。但，记得的是那份惊讶，还隐约知道了一点点：天地间有多少奥秘、神迹，是人类所无法认知的。总之，万叔叔就像光，吸引着黑暗中孩子们的眼睛。

万叔叔是个没有父亲的孤儿。他出生三个月，父亲就亡故了。他父亲是豫西人，绿林出身，做过啸聚山林劫富济贫的"刀客"，后来被国民革命军收编，参加了北伐，做了冯玉祥的部下，英勇善战，一路升迁，直至做到河南省主席。

1930年，由于奔父葬，返乡途中，被他的部下设鸿门宴拘禁，押解至南京。其时正是蒋冯阎大战期间，蒋介石亲自劝降，许他只要让军队调转枪口，就仍保他稳坐河南省封疆大吏，但，万叔叔的父亲，抵死不从，被蒋介石一怒之下杀害。他死时，万叔叔才是个三个月大的婴儿。

万叔叔的父亲，叫万选才。而拘禁他的部下，叫刘茂恩。刘茂恩知道他的人应该不少，就是后来的民国河南省主席。

以上这些资料，"百度一下，就能知道"。但，我们从小听到的这段历史，则更有传奇性。说万选才是被蒋介石斩首的，死后抛尸野外乱坟坑，不许人收尸。是他的勤务兵冒死从乱坟坑中背回了他的遗体，但头却没能找到。于是，冯玉祥就给他打了一颗金头入殓。这颗金头，让我们这些小孩子感到十分神秘。连带着，觉得万叔叔也有了一点神秘感。

只是，无论如何，从万叔叔身上，看不到一点点绿林、刀客和血雨腥风的痕迹。他从容、儒雅、沉静如一方温润的白玉。忘不了有一次，琳姐心血来潮，要去汾河游泳。那时流经我们城市的汾河，已是一条泥沙俱下的小河沟，没有人在那泥汤中游泳。琳姐执意要去，万叔叔说："好。"就陪她去了，同行的还有我。他们家离汾河不远，从他们院子的后门出去，走不多远，就上了坝堰。从前，当汾河还是一条壮阔的大河时，这坝堰想来就是河岸，如今，则离那条浊流还有很长一段距离。我们陪她下坝堰，穿过野草滩，来到河边。她脱去外衣，里面是一件黑色的泳装。她径自下水，朝深处走。我和万叔叔，就在岸边坐下。我们望着她的背影。那是太阳西斜的时分，水面金波粼粼。她也变成了一具金身：如此美丽又如此悲怆。我回头望望万叔叔，看到他眼睛里有泪光闪烁。

一个柔情似水的父亲啊。

不记得在万叔叔家吃过多少次饭，真是数也数不清。印象最深的，是吕姨的炸酱面。面食，是我们这个省份的强项，一碗面，不知能翻出多少种花样：削面、剔尖、擦尖、抿圪斗、拉面、切疙瘩、剪刀面，数不胜数。浇头却不算丰富。而吕姨家的面，就是最普通的刀切面，只是非常筋道，有麦香。难得的是那炸酱：地道的老北京炸酱，和本地炸酱很不同。吕姨做炸酱，非常用心，偏肥的肉丁，大小切得极其均匀，酱用两种，三分之二的黄酱加三分之一的甜面酱，比例非常合适，既不很甜，又恰如其分地中和了过咸的黄酱。当然，吕姨也舍得用油，酱炸得足够火候，十分透彻，油汪汪一碗，略带焦香。菜码不算丰富，但在那个年月，也算齐全。黄瓜丝、水萝卜丝、焯过水的绿豆芽。冬天没有黄瓜、水萝卜，就改成细细的白萝卜丝、碎碎的雪里蕻末，等等。通常，我们每个人，都可以一口气吃两大碗。太香了呀。只是，这一顿饭吃完，一家人一个月供应的白面，恐怕就下去一多半了。

但是吕姨、万叔叔，从来没有不舍得。能让他们心疼的女儿开心，哪怕只是片刻，他们也觉得安慰。他们实在希望能营造一个"盛宴不散"的幻象啊。我们这一群孩子，热热闹闹地来，热热闹闹地吃，热热闹闹地聚，也从来没想过他们操持这一顿一顿待客饭的不易。那时，常来万家的年轻人，除了我，还有琳姐的兵团战友，也是她的同班同学家彤。当年，她俩一起报名去了内蒙，后来，家彤病退回城，但她和琳姐始终是最好的闺蜜。此外，还有她的两三个中学时期的好友，以及吕姨当年在北京的同事的侄子，一个在我们省份插队的北京知青。那时，这个北插，已是一个无父无母的孤儿，因此，吕姨格外怜惜他，只要他一来，必定倾其所有，来款待这个急需营养和温情的不幸的孩子。

再贫瘠、严酷的岁月，青春也是顽强和美丽的。这种青春的聚会，有着特殊的魅力，当我们彼此袒露出自己的伤口、自己的疼痛时，就是一种疗救的方式，一种从现实出逃的瞬间。何况，我们还真有逃处，那就是书。我们都爱书。古今中外的小说、诗歌，就是我们的至爱。当然，也有爱画、爱音乐的。我们很容易从人群中辨识出这些同类，那是我们的江湖。

如今，万叔叔和吕姨都已经不在这个世界了，我回想从前，回想那个仅仅两居室的单元房，仍然涌动起柔情。那曾是我们的方舟，我们的乐园，我们心灵的密室。而万叔叔，则是这密室里的一盏灯。

琳姐最终还是走在了万叔叔和吕姨的前面，幼年丧父的万叔叔，在晚年，又经历了丧女的大悲痛。琳姐始终是个有心理疾患的人。虽然，后来她也和我们一样，参加了1977年的高考，读了大学，学了外语。但她在生活中的挫折，比如，失恋之类，都会使她做出极端和决绝的乃至疯狂的举动。她曾把劈腿男友叫到我们家中，寻死觅活地大闹，逼迫对方与她海誓山盟。而我和朋友们很轻易就发现，对方从一开始就没有诚意，不过是校园里那种不伤筋动骨还带有投机色彩的露水恋情。那段时间她住在我家里，我日日劝，夜夜劝，说得我口干舌燥，自己也快疯了。最后我也只能对着她大吼，说："傻瓜！他根本就不爱你，从来也没爱过你，他也不值得你爱——"她大怒，抓起一只茶杯就朝我扔来。茶杯落到地上，摔得粉身碎骨。记得那天万叔叔也在，是来劝她回家，看她这样发疯，满脸的悲伤、绝望和歉疚，对我说："韵啊，对不起，对不起，万叔对不起你——"我哭了，不是为她，是为万叔叔。我想，她有万叔叔这样的父亲，是多么幸运，而万叔叔有她这样的女儿，又是多么不幸……万叔叔明显地苍老了，衰老了，她却一如既往还是一个叛逆的少女，不管她年龄多大，她永远都是少女，青春期无限漫长。我真的觉得累了，厌烦了，受不了了。那时，她仍然坚信自己是有机磷中毒，经常在镜子前面一照就是半天，说："看，我现在这半边脸，不光没有表情，而且完全僵硬了。有机磷中毒是不可逆的啊。"确实是没有表情了，僵硬了。我心酸地承认，但不是半边，而是整副面孔。后来，她终于出嫁了，远嫁到了德国，嫁给了一个比她大许多的德国工程师，结婚，又迅速离异，一切皆是率性之举，也根本不容人松口气。她一点不爱她自己，有时我觉得她是以折磨自己让亲人们痛苦为乐。那时我们这些朋友们，都逐渐疏远了她，觉得她不可理喻。我们谁都没有意识到她是病态的，我们严苛地要求着她，特别是我，不能容忍我童年时那么美好的姐姐，那个偶像般的存在幻灭，变得面目全非，价值观也严重分歧。我一点不喜欢她的这桩异国婚姻，我觉得，这婚姻里没有多少爱情的成分而更多的是为了出国做跳板。也因此，她婚后，我几乎和她断了所有的联系。直到有一天，她的骨灰被她妹妹从德国杜伊斯堡带回祖国，带回我们的城市，我才突然感到了巨大的悲痛和后悔，后悔我是多么薄情，多么不宽容，多么冷酷，后悔我辜负了我们曾经拥有过的那一切。在她最无助、最煎熬的时候，我掉头而去。

她死于急性胰腺炎。那是一个能让人活活疼死的急病。据说救护车把她拉到医院时她就已经不行了，她疼得死去活来的那个长夜，身边没有一个亲人。

她妹妹小蔚，也是我的好友。原本是在卫校教内科学，后来毅然改学了心理学，远赴瑞士，在苏黎世的荣格心理学院苦修多年，拿下了博士学位。多年后回国探亲，见了我，说道：

"我姐其实早就是个病人了,可是没人知道这个。"我知道她不是在谴责我们,她是在悲哀和遗憾。

她姐姐的病,得因于一直没能走出伤害了她的那个时代。

第四章 母亲主厨时期

一　　周末晚餐

奶奶于1979年去世。逝于9月，北方的金秋。最美丽的季节。

奶奶最向往的事，是能够猝死，用她的话说，就是："不碾床卧铺。"她经常跟我们说，谁谁谁刚才还在吃饭呢，撂下碗，头一歪，走了。看人家，修得多好！特别羡慕。

奶奶最怕的事，是火葬。也常忧心忡忡跟我们说，扔到那炼人炉里去烧，疼不疼？

但是这两件事，都是不可抗力。前者的权力在天，后者的权力在政府，都不是我们能够掌控的。

奶奶因为脑梗，倒下了，在床上躺了两年。那时，无论是医疗条件医学水平还是家里的状况，和现在都不能相比。

躺倒后的奶奶，糊涂了。那时，我刚刚成为本城一所师范专科学校的学生，住校，只有周六才能回家，新的生活、新的时代、新的一切占据了我整个的身心，几乎没留下缝隙让我牵挂别的。就是人回了家，心也好像没跟着回来，像个风筝一样在天上忽忽悠悠飘着。一次，我欢喜地来到奶奶的病床边，叫她，她望着我，许久，忽然颤声叫道："小妹妹——"苍老浑浊的眼睛里满是祈求。我惊住了，说："是我呀奶奶，是小兮！"她不回答。我握住了她的手，她说："小妹妹——"眼角慢慢渗出一滴浑浊的泪水。

奶奶去世后，这一声颤巍巍的"小妹妹"，让我半生不能释怀，那是我的至痛。我是她最爱的孩子，可是在她生命的尽头，她把我错认作什么人了吗？还是她以为我是个陌生人呢？她向一个陌生人祈求什么？她以为自己来到一个陌生的地方了吗？她以为所有亲人都弃她而去了吗？这种推想，猜测，永远没有答案。小妹妹，小妹妹，小妹妹，我有时会在心里这样自己叫自己，一声声，叫得我断肠。我是在代替奶奶惩罚我的薄情。

1977年冬天，在一个落雪的日子里，我走进了恢复高考后的第一个考场，那也是我人生中的第一个正式考场。此前，我连小学毕业这样的考场都没进过。1966年夏天，我该升六年级，但是学校因为闹革命停课了。这一停就是三年。三年后，随着"复课闹革命"的大潮，我进了初中，那是我们这个城市最好的中学，和我家只隔一条马路，当然无须考试，学区划片，就近入学。这个学校的老师，在当年，都是教育界的翘楚、大腕儿。只是，他们中好多人都还在"学习班"里，没有解放，就是可以上讲台的，也没有太多的用武之地。那一年，上课的时间十分有限，大多时间是学工、学农、学军，还要挖战备防空洞。一年下来，又有新的小学生毕业，中学实在装不下，于是，就让我们这些已经耽搁的学生提前结业了，成为了待业的"社会青年"。我在上大学之前，最后的教育就终止在一张粗陋的"初中结业证"上。

然后，我就来到了东山脚下的涧河滩上，开始了我的壮工生涯。

我曾多次写过，那一年的初中教育，给予我的，很多，但却不是课堂上的知识。如果单说课堂知识，实在少得可怜：数学学了一元一次方程；"工业基础知识"简称"工基"也就是物理，讲了杠杆原理；语文除了时政文章，只讲了一篇古文《愚公移山》；英语除了一些单词外，学了唯一一句完整的句型，就是对于领袖的祝福语。我携带着这些知识走入了"社会"，竟然，还走入了1977年的高考考场，也真是胆大包天，不知道天高地厚啊。

也因此，我从不知道考试的厉害，所以，不害怕。第一场，考的科目是语文。考卷刚一发下来，心怦怦乱跳了几下，待看了一遍试卷，静了下来。那天，我是整个考场第一个交卷的考生，走出教室，校园里白茫茫一片，上面没有一个脚印，也没有声音。这种庄严的空旷和安静，忽然让我害怕了，让我意识到这是一个命运的时刻：万籁俱寂之中，命运在敲门。

接下来的几场，我都老老实实等待着终场铃响才交卷。就连数学，尽管我几乎连一道题都不会做，白白坐在那里，百无聊赖，也坚持到了最后——我对这个敲门的命运表达了我由衷的尊敬。

我人生中最快乐的时刻，最激动的时刻，就是在我接到了当年的高考"初选通知书"的时候。那快乐是无与伦比的：我将可能告别我厌倦、甚至是憎恨的生活，而走进一个梦想之中去了。我以我小学五年级、初中一年级结业的学历和资质，混迹在浩浩荡荡五百七十万考生之中，居然能够得以进入最后的初选圈，可谓近乎奇迹。之前，我是一个极自卑的人，灰暗的人，活着，却看不到生活的希望。而此刻，终于，有一束光，一个神迹照耀进了我的人生里。那光，刺着我不适应的眼睛，原来，极致的快乐是疼痛的。

　　接下来，体检、报志愿，每一项，对我来说，都是人生中的第一次。我虽然冒了如此大险，却也并非没有自知之明，我知道自己的考试分数处于危险的边缘，毫无竞争力，所以，填报志愿时，我很冷静。我的第一志愿报的是：雁北师专，第二志愿：山西大学，第三志愿：北京大学。当然都是汉语言文学专业。我想，把"北京大学"当第三志愿报的，恐怕我是独此一人吧？第一志愿，是现实，第二志愿，是侥幸与奢望，第三志愿，纯粹就是我的梦了。北大啊，今生怕是与你无缘，又为什么不可以在梦里爽一把、任性一把呢？

　　后来我知道了，我的分数，距离本科的分数线差四分，恰恰是因为我报了专科，所以，我被调配到了我们城市的这所刚刚恢复了专科资质的学校，而我其实是做好了出雁门关，去有烽火台和古长城遗迹的塞外读书的准备的。而有许多曾经的高中毕业生,老北插们,有名校出身的背景,诸如清华附中、101中学、师大女附中、男四中等等,他们考了很高的分数,比我的分数高太多,但志愿也报得太高,而当年重点院校在山西录取老三届,据说是有比例控制的,所以,他们不少人高分落榜了。最后,在扩招时,被招进了我们的学校,做了我的同窗。所以,我的学校,虽然名不见经传,却委实是藏龙卧虎。

那时,我弟也被我们省的那所工大录取。他的高考分数,也比我高太多,本来可以上更好的学校,但是由于种种原因,比如不同学校的政审标准,总之也是报错了志愿,最终他上了本省的这所"著名"工科大学。这样,一下子,我家就有了两个念书的大学生了。

在我俩接到录取通知书的时候,我父母双双戒掉了香烟:生活有奔头了,要爱惜自己,也要节约。

周六回家,餐桌上的团聚,是我父母最快乐的时刻。他们几乎在这一周里,就计划着这一顿周末晚餐的食谱。那时我们城市还在实行计划供应制,但在七十年代末八十年代初,情况已经要好许多,市场明显变得不那么匮乏。而我父母的薪水也在变化着。我们大二那年,我父亲平反了,右派问题改正了，恢复了原先的级别，接下来落实了各项知识分子的政策，一切向好。所以，一周一次的团聚晚餐，总是十分丰盛。我父母在平常的日子里，一周的其他时间，一日三餐，省吃俭用，就为了周末那一顿豪放派的夜宴。当时海鲜市场在我们这个北方内陆城市还没有出现，新鲜鱼虾不容易买到，所以餐桌上的主打菜基本是肉、蛋、鸡一类。我母亲大半生时间，没有下过厨房。奶奶病倒后，母亲才接掌了厨事，不想母亲原来竟是有些天赋的，到奶奶去世，我们也都读大二时，两年的时间，母亲的厨艺已经颇拿得出手，除了我家传统的那些菜品之外，母亲不断推出自己的代表作。那段时间，她喜欢做的菜式有：香酥鸡、咖喱牛肉、咖喱鸡、红烧排骨、炸樱桃丸子、清蒸或红烧狮子头等等，都是所谓硬菜，特别解馋那种。尤其是她的香酥鸡，从没失过手，皮脆肉嫩，焦香诱人，色香味俱佳，一上桌，总能赢得满堂彩。

我家的周末晚餐，很少只有我们一家四口围桌而坐的时候，往往，我和我弟，总要呼朋唤友。那时，我俩的朋友，大多也和我们一样，进了各个大学。有77级的，亦有78级的，有在外地的，也有留在本城的。周末，正是彼此见面的好机会。家家都没有电话，如今已经忘了当年是怎么邀约的。可能是写信吧？或许根本不用邀约，知道彼此想念着对方，知道在某个人家，某张餐桌旁，总会有张"虚席以待"的座位，知道自己永远都是被欢迎的，所以，可以不请自来。

回忆那个年代，我永远怀有深情。记得入学第一天，开班会，同学们自我介绍，许多人的介绍让我感动不已。我们班，只有两个人算是应届毕业生，其余，都是如我一样，早已在"社会上"打拼了多年，在生活的泥淖中滚了一身泥水的"老青年"。我们班，最大的和最小的同学，相差十三岁，有很多，都是孩子的爸爸和妈妈。有的，甚至有三个孩子需要抚养。当年的政策，有六年还是八年的工龄可以带工资上学，所以他们这些父亲和母亲才可能重归校园圆他们的大学梦。当然这只限于城市的同学，而那些来自农村的父母们，则没有国家的工资供养，他们每一个人能够走进这所学校，坐在这个教室里，都付出了太多太多的曲折艰辛，都有一个长长的令人动容的故事。我同窗们的自我介绍，有的慷慨激昂，有的静水深流，有的平淡从容，却都在表达一个相似的意思，那就是：珍惜这来之不易的、近似于重生再造的机会，让我深深共鸣。

每一个人，似乎，都不约而同创造着一个共同的梦境，一个时代之梦——伸展双臂、舒张每一个毛孔，全身心迎接着生活的剧变。

是的，生活在改变。

我也在改变着。

我参加了班里的文学社。我们文学社的名字，没有那么文艺，很直白，就叫作"五四文学社"。晚上，晚自习后，教室熄灯了，点起蜡烛，用借来的油印机印刷我们的社刊，直至天色微明。

有许多自发的活动，让人难忘。突然之间摒弃了那些我们在公共生活中常见的、常用的程式化语言，可以用以往属于私人空间的语言说话，表达某些真实的思想、真实的情感、真实的困惑疑问，仅此，聚集在一起的时刻就足以让人震撼和感动。记得有一次在某个剧场看一场大学生的演出，山西大学中文系和历史系的新生们，身穿日常的服装，素颜，一排一排，高高低低站在那里，一只手风琴伴奏，一支一支，唱着我们童年、少年的歌：

太阳光,金亮亮,雄鸡唱三唱……

我们的祖国是花园,花园的花朵真鲜艳……

你看那,万里东风浩浩荡荡,万里东风浩浩荡荡……

让我们荡起双桨,小船儿推开波浪……

准备好了吗?时刻准备着,我们都是共产儿童团,将来的主人,必定是我们,嘀嘀嗒嘀嗒嘀嘀嗒嘀嗒……

我们新中国的儿童,我们新少年的先锋,团结起来,继承我们的父兄,不怕艰难,不怕担子重……

唱歌的人里,不乏胡子拉碴的男子汉,这些昔日的孩子、少年,此时,泪光闪闪,台下的我们,也同样热泪奔涌,感慨万千。我们都知道,那就像是一种祭奠的仪式,一种凭吊,凭吊我们无可挽回的逝去的时光。

所以,有许多话许多感慨是需要和朋友分享的。周末的餐桌是最好的场合。我的朋友,我弟的朋友,彼此也都已经熟识,一张折叠餐桌,大家挤坐在一起,分享美食和话题。渐渐地,来吃晚餐的,就不仅是老朋友了,餐桌边逐渐有了新成员,那是在我开始写小说后。因为小说,结识了我的男友,也结识了几个同道者。我男友就不用说了,自然不缺席，就连那同道的朋友也会偶尔从相邻的小城匆匆赶来。而这一切，也是促使我母亲厨艺不断进步不断探索的动力，她也和贾宝玉一样，是个喜聚不喜散的人。

那时，学校的伙食太差，尤其是我的学校。要说对新的校园生活有什么不满的地方，这是最显著的一件。我的学校，在上世纪六十年代初期，经济困难时期，从大专"下马"成为了中等师范学校。一直到1977年，才重新恢复为大专院校。我们是恢复为大专后招收的第一批学生。而之前的中师的学生们，还有没毕业的，所以，学校的管理在某种程度上还保留了一些管理中学生的方式。大一第一个学期，我们吃饭，完全是仿照兵营的样式，集体打饭。一个班几个组，每组一只大冰铁桶，两只脸盆。冰铁桶里装稀饭，脸盆里，则一只装窝头或者馒头，一只装菜。餐厅里没有桌椅，一日三餐，大家按组围成一圈，席地而坐，或者蹲着，有时甚至是蹲在户外，由值日生负责把菜饭打回来，分给每一个人。那菜，基本是水煮，毫无滋味，难得看见一点油星或者肉片。而馒头窝头，也总是出状况，不是碱大就是碱小。后来，在同学们的强烈抗议下，情况逐渐改善一些，印制了饭票，可以自己打饭买菜了，但菜饭仍旧没有太多选择的余地，菜还是大锅的水煮菜。这样的菜饭，一周吃下来，人馋得要死，喉咙里都恨不得长出手来去抢点什么吃。何况，我们的学校，在空旷寂寥的汾河边上，远离闹市，周围是菜田、庄稼地、苗圃，和苍老的河水，连小卖部都没有一个。所以，盼望周末回家，盼望餐桌上的美味佳肴，如同久旱盼望甘霖。

父母深知这一点，所以，周末晚餐桌上，满满一桌菜，必以荤菜为主，主菜一定要是硬菜，且必须两个以上，比如，一个香酥鸡，还要有一大碗红烧肉卤蛋；一个煎带鱼，就要有份清蒸狮子头或者是烧排骨。主菜之外，再配两三个"半荤菜"：茭白炒肉丝、青椒熘肉片、青蒜爆炒猪肝或者腰花。有时还有豆制品，烧豆腐或者卤干丝。凉盘则是酱牛肉、酱鸡胗、凉拌海蜇皮，有时则是从六味斋买来的"肥而不腻，瘦而不柴"的酱肉、小肚之类，再搭配个凉拌皮蛋黄瓜、炝莲藕等，视季节而定。汤比较简单，可以是西红柿蛋花汤、冬瓜火腿汤、海米白菜粉丝汤，但要预先吊一锅清汤高汤备在那里，鸡汤、棒骨汤、白肉汤，都可以，用起来方便。

人多热闹，一顿晚饭，必是吃得热火朝天，聊得热火朝天。大家围坐在简易的折叠餐桌旁，守着狼藉的见底的盘盏，久久不散。喜聚不喜散的，又何止我母亲一个？那一餐又一餐，吃下的不仅是美食，还有那个时代给予我们的精神养分。

那张旧餐桌，还在。虽然它作为餐桌的使命已经结束了，但家里人一直没丢弃它。只不过，曾围在它四周吃饭的那些人们，却已经是七零八落了。

二　姥姥家

我女儿叫我母亲姥姥，是北方的习惯叫法。但她叫我父亲，则叫"外外"，是外公的简称，却很少见。而外公又是南方的叫法。所以，从称呼上，体现出了我们这个家庭南北组合的地域色彩。

女儿出生二十八天，我母亲接我这个产妇和外孙女回娘家，本地习俗，把这叫作"挪窝"。只是，我们这一挪，女儿就回不来了。我父亲不放我女儿回家，说："你看，这屋子，满屋子都是阳光，多好啊，不让孩子在这么好的阳光里待着让谁待？不能不讲道理嘛！"我父亲就用这个"道理"把我女儿留下了，留了十八年。

不能说这不是道理。那时，我们的小家安在省作协的院子里，那是阎锡山时期的旧建筑，如今门前挂着牌子，写着

"阎氏故居"，算文保单位。这样的老房子，采光的确要差一些。万物生长靠太阳啊。

后来，我们搬进了新房里，又几年，搬进了更大的新房，女儿的卧室是全屋最好的一间，坐北朝南，和阳台相连，洒满阳光。阳台上摆满了绿植，橡皮树、龟背竹、甚至还有一棵小梧桐树，长势喜人。只是，这阳光灿烂的卧房基本等同虚设，女儿很少回来。不仅人回不来，连户口也迁移过去了。

当然，这就更得"讲道理"了。因为，我父母家，守着两个好学校，一个是好小学，一个是好中学，都是市重点，也都是我的母校。这两个学校，离孩子的姥姥家特别近，出小区后门，左拐，朝东，五六十米之外就是小学，右拐，朝西，也不过百米的距离，过一条马路，就是中学，是名副其实的"学区房"。我女儿小学六年、中学六年，整整十二年的学生时光，没有离开过这条街和这条路。

街叫邮电后街。路叫青年路。

在我的童年、少年、青年时代，我始终认为，青年路是我们这个城市最美的一条路。它不算宽阔，很清幽。在从前，夕阳西下时，常常有马车"咯噔咯噔"走过这条马路，车上，拉的是送往某菜场的西红柿或者茄子。路两旁，栽种的行道树是夜合欢，也就是《红楼梦》里薛宝钗所说的"椿树"。这种树，除了在我们这个城市，这条路上，我没在任何一个地方看到它被当作行道树的。它生有羽状的叶子，在夏天，开粉红色絮状的花朵，轻灵如梦。尤其是黄昏，在它将要闭合时，开得似乎格外用力和走心。满树的繁花，粉红的繁花，连成了片，望不到头，真可谓云蒸霞蔚。那种颜色，既娇羞又狂放，让人心动不已。而且，它还有种淡淡的清香，当它蔚然成林时，那淡香就变得强大，整个夏季，整个花季，我们的青年路，都被这清香笼盖。

我弟说，他对花香味过敏，闻不得。但唯有这夜合欢的香气，让他喜欢。

那时，我们其实不知道它的名字，就叫它绒花树。

两排夹道的绒花树下，各自还有一排灌木的小榆树，这也是少见的一类树种。有一年，院里的孩子不知从哪里寻来了蚕籽，大家养蚕玩。蚕是要吃桑叶的，这谁都知道。可我们到哪里找桑树去？于是，不知是谁，第一个摘了那小榆叶喂蚕，于是大家都去采榆叶，蚕宝宝居然吃这叶子。记得，我也养了几条玩，喂它们榆叶，居然，它们没有嫌弃，还吐丝结茧。那茧，虽然又黄又瘦，可毕竟是神奇的：我们用榆叶养活了它们。

我们的小区，从前叫宿舍院，邻着青年路一侧的院墙，是用青砖搭建的镂空花墙。而马路对面，与我们的花墙相对的，是那所著名的中学——五中的木栅栏围墙。木栅栏漆成绿色，矮矮的，如波浪般起伏，栅栏后是校园一侧的花园，种着丁香、榆叶梅等灌木，从墙外经过，可以看到它们开花时的妖娆。

这条路上，还有我们这个城市最大的公园：迎泽公园，就是我们去采蘑菇的那个公园。它的东门，与我们的中医院大门只隔一条马路，说它是我们的后花园似乎也没什么不妥。我们小时候，几乎每个星期天都去公园里玩。园里有个人工湖，夏天，老师们极其严厉地告诫孩子们，不许去那湖里游泳。可年年总还是会有人偷着下水，也因此，差不多年年都有溺毙者。也有人在那里投湖自尽。1966 年，我们院子里第一个自杀的人，就是跳了迎泽湖。那是我的小伙伴的母亲。我清楚地记得，那个早晨，我站在我家小院子边刷牙，她沉着脸从我身后走过，这一走，就再也没回来。

她的小女儿后来告诉我，前一晚，临睡前，她妈对她说:"我的小丝绵袄在柜顶上的牛皮箱子里。"过一会儿,又说,"人死了,是要穿棉袄的。"她的女儿,比我小两岁,那一年,十岁了,却没有明白母亲这话是在嘱咐后事。

等到我女儿到来时,我们的青年路早已没有了往昔的幽静美好。无论是我们的宿舍院,还是五中,当年那种独具审美感的围墙早已被拆除了,为安全起见,变成了密不透风高高的砖墙,上面还插着尖利的玻璃。合欢树和小榆树灌木,都被伐掉了。两排小银杏树取代了它们。银杏树也漂亮,尤其是秋天,只是,路变得嘈杂,人也就没有了欣赏行道树的心境。还有,我们这个城市远远不止一条街道栽种了银杏。再也没有那种云蒸霞蔚柔美的独一无二了。

但是迎泽公园还在那里。它真就成了我女儿的后花园。我女儿是早也游,晚也游,午觉后还去游。那些树木花草,那些长廊古建,对一个孩子的浸淫,是浑然天成的。一岁多的时候,抱她经过太湖石,她会嫣然一笑,说:"石头对我笑了。"两岁多的时候,抱她经过藏经楼,她会认真告诉你:"中国的。"公园旁边,一墙之隔,有一条叫作沙河的河沟,沙河上有一座小木桥,虽然河沟里流着污水,但长满野草,有时我们也会带她到那里去。某个黄昏,这个两岁的孩子站在小木桥上，望着脚下混沌的流水和眼前的落日，忽然叹道："水啊！向西流——"没人知道水为什么要向西流……所以，哪怕不是学区房什么的，选择让一个城市孩子在这样一个地方长大，也是"讲道理"的。

于是，在长达十八年的时间里，外婆家，姥姥家，是一个事实上的"三代同堂"的家庭。只要不出差，只要不去外地开会，那么，我和我丈夫，每天的晚餐，是必定要回姥姥家去吃的。在女儿读小学的时候，尽管离家很近，但我每天下午也必去学校门口接她，和她一起回家。这点极其必要，因为，我的女儿，她有异于常人的记性，也有异于常人的忘性——永远记不住老师布置的作业，需要我每天和她的同学核对清楚，写什么，写多少，在几号本子上写，一一记录下来。那时候他们的作业可真多啊。我知道她是潜意识在抵触。为此，我曾写过一篇散文，叫《记性》，说的就是这个。

回姥姥家吃晚饭，在我们俩，可谓雷打不动。无论春夏秋冬，无论风霜雨雪。我们俩，都不坐班，所以，每天傍晚我们下楼走在作协的胡同里，碰见我们的人就会这样打招呼，说："上班去啊？"特别是在女儿小时，晚上我几乎从不参加任何应酬,到她上了中学,不需要我天天去校门口接她,偶尔,晚上实在推不了的一些场合,或者老朋友来,会向女儿和母亲事先请假。

所以,在姥姥家,每天的晚餐,是一天中最重要的时刻。特别是在我父亲心里,更是"悠悠万事,唯此为大"。假如有一天,饭桌上的菜不尽如人意,那一定会引来我父亲愤怒甚至是悲愤的讨伐。没条件的时候,他隐忍、不挑剔,挑剔也没用。但是,有条件了,有东西了,却把好好的食材做坏,做不出应有的滋味,他觉得那简直就是对造物的冒犯,也是对他人生的虐待。可以说,我父亲谈不上是一个美食家,但,他称得上是一个信徒,"吃"是他的宗教。

既然是姥姥家,主厨肯定是我妈。虽然自从女儿出生,家里就一直请了阿姨,但晚饭时的主菜,掌勺的依然是我母亲,自然是怕阿姨失手的缘故。其实,我家的阿姨们,平时做菜下厨,也都是我妈的风格,是她一手调教出来的。所以,姥姥家的饭菜,外婆家的饭菜,才是我女儿走遍天涯铭记于心的"家的味道"。

女儿出生、长大后的城市,日益繁荣,和我们小时候不可同日而语。有了超市,有了硕大的水产市场,海鲜市场,有了如雨后春笋般遍布的各种餐馆，家里的菜谱，自然而然也在改变着。我父亲、我丈夫、我女儿，都极爱吃鱼和虾蟹这些水里的动物。所以，晚餐的主菜，一周中至少要有两三次是属于鱼虾类的。鲈鱼和鳜鱼是最常吃的，烹饪的方法一般都是清蒸。罗非鱼则用来红烧，鲫鱼好像只是和萝卜丝一起煮汤，不记得家里做过葱烤。而且因为鲫鱼刺多，怕挑不干净扎着女儿，所以吃得比较少。一度，我们城市盛行吃一种虹鳟鱼，据说这鱼是从朝鲜引进的，需要在温水里养殖，所以我们吃的虹鳟鱼就来自于我们城市的热电厂蓄水池，不知是否真是如此。吃虹鳟鱼，多是红烧，很少清蒸。而后来，不知从何时起，这虹鳟鱼在我们城市里渐渐消失了。消失的，还有黄花鱼。随之到来的，则是多宝、石斑这一类以前北方鲜见的鱼了。

　　从前，这城中的孩子，在公园或别的什么场所，看到谈恋爱的男女，就会冲着人家喊："对虾对虾，一块两毛八——"可其实，哪里有对虾卖啊？别说海虾，就连河虾，市场上也很少见到。所以，这城中的人，基本不吃虾。忽然，某一天，一个新鲜的词汇"生猛海鲜"侵入了北方世界，铺天盖地碾压过来，虾，才真正走进了我们内陆人的食单。关于鱼虾蟹、关于"生猛海鲜",我的知识实在有限,而我家常吃的虾,我叫得出名字的,好像只有一种——基围虾。烹煮的方式,就是白灼,这是地球人都知道的,仅此而已。

虾的另一种吃法就是油焖。这个菜式,需要什么样的虾做食材,我从没关心过。红彤彤油亮的一大盘端上来,色泽十分诱人。这道菜,我母亲也从没失过手。

我母亲后来还学会了更多的虾的烹饪方法。

后来,她就不做了。

三　虾与我母亲还有我女儿的故事

虾是我女儿的最爱。当然，还有蟹。

她特别小时，一两岁时，活虾还没有真正抵达我们内陆高原的日常生活。可只要有谁出差到海边，总会买优质的海米。用海米做汤、炒菜，她就会用小手指着汤碗或菜盘中哪只弯曲的大海米，说："吃虾吃虾！"

后来，"生猛海鲜"到了，海鲜市场有了。我母亲首先做的，就是给她外孙女买真正的活蹦乱跳的鲜虾吃。

在我女儿十二三、十四五岁，发育最快的那段时期，她一顿，独自一人可以潇洒地吃下一斤半白灼基围虾，简直是当饭吃。不过，她吃虾，不吃头尾，一只虾拈起来，极熟练地，两头一掐，只负责吃中间的身体，头和尾，就由她外公和她老爸负责善后了。在家如此，习惯成自然，出门在外，也依旧这样行事,要好的朋友们就批评我们家教不好,说:"太惯孩子了!"委婉些的,就说:"你们这种方式爱孩子,孩子会觉得负担的。"

我问女儿:"你有负担吗?"

女儿头也不抬,回答说:"完全没有。"

于是照旧,女儿吃身体,外公和老爸吃头尾。姥姥例外,女儿从不把头尾给姥姥吃,女儿总是招呼姥姥说:"姥姥,你吃啊!"姥姥的回答永远是:"姥姥不爱吃。"

至于我,是真的不爱。不仅是虾,这世上,我不爱吃、不能吃、甚至不能碰不能闻的东西,太多太多了。留待以后再讲。

除了白灼和油焖大虾,我母亲不断地开发着有关虾的菜谱。买来的大虾,去头尾,去壳,挑出虾线,剥出虾仁,清炒。还喜欢做一道菜,叫"面包虾仁"。这后来成为我母亲的独家私房菜。

那是她小时候的记忆。

我母亲的爷爷,和万叔叔的父亲一样,也是绿林刀客出身,就是土匪出身吧。只不过,他比万叔叔的父亲要大十几岁,他在豫西山区,和王天纵、憨玉琨等弟兄十人,在一个叫杨山的地方轰轰烈烈拉起竿子渐渐做大的时候，时逢辛亥革命，革命党派人进山联络了他们，于是，他们响应了推翻清廷、建立民国的"武昌起义"，在"同盟会"领导下，攻嵩县，打洛阳，又率众赴陕西参加了张钫领导的"秦陇复汉东征军"，东征西杀。民国成立后，又被袁世凯收编为"镇嵩军"，做了一个军的军长。后来的事，我就说不清了，风云际会、军阀混战，打打杀杀，我母亲的爷爷最终站到了北洋政府一边，最后败在了冯玉祥手下。兵败后的他1931年下野，在天津做了寓公。这是"百度"上的大致内容，但据我母亲说，他下野的时间应该是1930年，因为，我母亲是那一年出生的，而她的出生地，是天津。

天津有家著名的西餐厅：起士林。我母亲的西餐启蒙就源自那里，也是她记忆了一辈子的地方。

我妈小时候的家，在著名的五大道之一的大理道上，一个叫永和里的小巷，地处当时的英租界。十几年前，我和丈夫去天津，在大理道寻找这个"永和里"，怎么也找不到。问人，竟无人知晓。后来去了派出所查询，才知道它早就改了名字，叫民园东里了。有了名字，果然，一找就找到了。

它是一条很小的小巷，有十一户人家。红砖的建筑，安静而破败。

总记得母亲说,她的家,是三层的洋房,很大。看来,孩子的记忆和现实永远是有相当距离的。民园东里的建筑,就像如今的"townhouse",联排别墅,三层,带地下室,但几乎没有院子。里面的格局,拥挤、逼仄,早已不是独家独户,已经完全看不出曾经的容颜了。

但我似乎又能感觉到某种从前的气息,像潜流,推得我有点站不稳。

我记得我母亲说过,她小时候,有一年,我姥姥生病了,病得很重,是肺痨。那时,治疗肺结核的特效药雷米封还没问世,肺痨无疑就是绝症了。我姥姥那时已是四个孩子的母亲,她写信从家乡叫来了她的哥哥,我妈的亲舅舅,我的舅公,告诉他,一旦她有不测,这四个孩子,就托付给他了。

她让她哥发誓,替她带大孩子。

她说:"哥啊,我的孩子,我不能让她们落到后娘手里。"

她是在托孤。舅公自然得答应啊,病人为大。可他心里清楚,放着亲生的父亲,放着天津这样的家,这样的环境,他怎么可能把他的外甥女们带回到家乡去呢？他妹夫又怎么可能答应？

那时，我姥姥一定很伤心，因为此前我姥爷曾经出轨。在我的散文《青梅》中，我曾经写过这段故事。我姥爷毕业于北京的"中国大学"，用老北京话说，算是个"顽主"。他爱运动、爱摄影、爱收集手表、爱冶游和广交朋友。我姥姥真是不放心把孩子们交给这样一个心不在家、玩心甚重的父亲。可冷静下来，她又何尝不清楚，就算她兄长答应替她抚孤，可还有舅妈呀，孩子们落在舅妈手里，又会怎样呢？思来想去，一句话，不能死。

我姥姥素来不信西医。但这次，她让我姥爷请来了天津城最好的西医。她对德国医生说：

"大夫，我不能死。不能现在死。"

医生回答说："好。但你要听我的。"

"我听。"我姥姥回答得斩钉截铁。

"我给你开个药方，你要严格按照我的方子来吃。"医生严肃地吩咐。

药方开好了，我姥姥一看，上面写的，不是药，全是食物。牛奶、鸡蛋、牛肉、鸡鸭、鱼虾……甚至还有一道道菜名。医生说:"按照这些菜名,每天,让人去起士林买。"

"这些,能治病?"我姥姥有些疑惑。

"说实话,我也不能保证。我只能说,这个病,两点最要紧:一是新鲜空气和太阳,二是营养。营养非常重要,营养上去了,体质增强了,就有希望。"

我姥姥想了想,说:"懂了,食谷者生。"她说了《红楼梦》里宝钗劝黛玉的话。

从此我姥姥严格遵照了医嘱。首先,和家人隔离,她的卧房成了禁区,孩子们不得出入。还有晒太阳,她的房间通往阳台,阳台上一张躺椅,只要有太阳,她就让自己长时间沐浴在海风和阳光中。然后就是吃了。除了家里的厨师按照医生的吩咐做以外,就是叫人坐了洋车,去起士林买现成的西餐。我姥姥这样一个老中国的女性,老中国的胃,毫不犹豫地,天天吃下去那些她不习惯也不喜欢的食物,带血丝的牛排、黄油焖的乳鸽、撒满起司的鱼或者蔬菜,等等。她不是在吃饭,她是在服药。她要活。

每天,去起士林买餐的,除了佣人,有时是我姥爷。我姥爷去时,我妈常常跟在他身边。他会给我妈买一些她爱吃的东西,蛋糕啦、面包啦,有时父女两人也会吃了饭再回家。"面包虾仁"就是我母亲爱吃且常吃的一道菜。也因为她爱吃,就常常让人给她母亲买回去。

居然,如同奇迹,我姥姥真的一天天好起来。在没有特效药的年代,活了下来。是阳光、空气和足够的蛋白质救了她吧?在那样的年代,她真是何其幸运。而多少人是没有这能力、这营养、这银子来救命的啊。姥姥懂得这个,她感谢上苍,感谢佛陀,感谢菩萨的恩义,让她继续做她孩子们的母亲。她对我妈说:

"要做善事。"

后来,我母亲成为了一个医生,这让我姥姥非常高兴。一个刀头上舐血的土匪后代,一个打打杀杀的小军阀家的长孙女,居然成为了治病救人的白衣天使,在我姥姥心里,可能,这个家,到此才算是修成了善果吧?

上世纪六十年代,我姥姥来我们家小住,我父亲曾给她拍过一个X光胸片,记得我父亲说,从我姥姥肺部钙化的情形看,她当年的肺结核应该是很严重的。"侥幸",我父亲说。我姥姥微笑不语。现在想来,那不是侥幸,那是搏斗和厮杀。我姥姥赢了。

尽管如此,我姥姥仍然没有爱上西餐。爱上西餐的,是我母亲。

我母亲对"起士林",有着特殊的情感。

某一天,她凭着记忆,忽然复制出了那道她喜欢的菜式:面包虾仁。

我从没去过起士林,也不知道如今的起士林,还有没有这道菜肴,所以更无从判断那菜品是否地道。但我信我母亲,她说是,那就是了。

这道菜,我没见过料理过程,只见过我妈端上桌时的品相,虾仁洁白,面包金黄,其间点缀着几粒青豌豆,没有鲜豌豆的季节,就以黄瓜丁替代。虾仁是一粒一粒现剥出来的,面包切丁,在热油中迅速汆炸至微黄,然后重新起锅,爆炒虾仁、青豌豆,最后再下面包丁,起锅时,需淋少许什么汁。这道菜,虾仁鲜甜,面包丁香脆,豌豆清新,有回味和余音。

我母亲健康时,我从没和她讨论过任何一件与烹饪有关的事情,我觉得那不是我的事。我关心那些事情干什么,有我妈呢。我以为我妈是一个永恒不变的存在,千秋万代的存在,有她,我不需要操心这些。只是偶尔在餐桌上聊起来,评价一下哪个菜好吃哪个菜不好而已。如今回想,面包虾仁这道菜，有中西合璧的嫌疑，不像一道纯粹的西式菜肴。记得我妈好像说过，面包丁是要用黄油煎的，而且，需要一种特殊的面包，但我妈则使用了我们的色拉油，和普通的主食面包。这道菜，我女儿很喜欢，而我，实话实说，我只是用筷头挑一两块面包丁和豌豆过过口而已。但一家人除我之外都喜欢，不仅是我家人，来我家做客的人，都喜欢这道菜，觉得它有点特别。

这道菜做法不复杂，但要做好却不容易。最不好掌握的是面包丁的做法，油温、余炸的时间，都非常紧要。时间一长，面包吸油过多，整盘菜就油腻了。炸制时间略短，则不够香脆。它到底需要什么样的面包？是否需要裹蛋液？后来，我向家里的阿姨描述这道菜时，她们总是这样问我。我回答不出来，黯然神伤，说："算了，不用做了。"

其实后来，我母亲也不做这道菜了。一是觉得油炸食物毕竟不够健康，而最主要、最最主要的，是因为我女儿。

女儿十八岁出国留学，去法国念书。她一走，我母亲做饭的心劲和热情就跟着走了一大半，好像也漂洋过海去了法兰西。所以，即使是最重要的晚餐，主打菜，也都交给阿姨去做了。那时，我们回家吃饭，餐桌上，她总是一一批评，这个菜咸了，那个鱼蒸老了，那个那个肉烧硬了。可是，批评归批评，她就是不想去围着灶台转了。

从前，有我奶奶的时候，她不下厨，也什么都不会做。可是，奶奶走了，我有了女儿，作为一个姥姥她学会了太多太多的事情。她开始重视所有传统的节日，清明节必要在家里给我奶奶摆供。元宵节一定要吃元宵和汤圆。端午必要有粽子。中秋月饼就是再不爱吃也必须有，皓月当空，摆一盘月饼，一盘瓜果，让女儿拜月。为了女儿，我妈学会了包汤圆，包粽子。后来有了速冻的汤圆，我妈就只包粽子了。

我妈说，一个中国孩子，就得好好过这些节，才有意思。

其实，年年端午，亲戚朋友送粽子的不少，可母亲仍然坚持自己包，因为我女儿特别爱吃她姥姥包的粽子。枣泥豆沙这些馅料都是自己做的，豆子浸泡后去皮，红枣蒸煮后也要去核去皮，费时费力，但做出的豆沙和枣泥极其细腻。而我女儿最爱的，更为直白，就是北方最传统的糯米红枣粽，简单朴素，不需要任何花头，可就是好吃到令人销魂。女儿去国后，只有端午节的粽子，我母亲是必定要自己动手包的。买什么样的糯米、什么样的红枣、什么样的粽叶和马莲草,只有她最清楚。粽子包好,煮好,晾凉后,我妈就用保鲜袋分装二三十只,放到冰箱里冷冻起来,留着,等我女儿暑假回家,给她拿出来吃。

我妈说:"不能让我孩儿忘了粽子的滋味呀。"

确实,在国外,想买到速冻水饺、速冻汤圆都不算难事,但是要吃到正宗的北方红枣糯米粽,几乎是没有可能的。所以,年年盛夏,我母亲要给她外孙女补上这个遗憾和残缺。

其实,我一直以为,煮粽子时的香味,要远胜于吃到嘴里时的味道。苇叶、马莲草、糯米和红枣在逐渐成熟与融和的过程中,那种奇异的清香和甜香,满屋弥漫,满城弥漫,是粽子出窍的灵魂和精华啊。冷冻后的粽子,解冻后,无论怎样加热,水煮或上笼蒸,那香味,要逊色许多。这让我母亲惋惜,每年端午时节煮粽子时,她就总是感慨道:"可惜呀,我孩儿闻不到啊……"

每年,也就是暑假,女儿归来的那些日子,我妈恢复了旧容颜,容光焕发,在厨房里忙进忙出,做每一道女儿爱吃的菜。是在女儿第三次回国度假的那个夏天,母亲买来了基围虾和竹节虾,基围虾白灼,竹节虾则做了面包虾仁。姥姥

意气风发把它们端上餐桌后,我女儿忽然说道:

"姥姥,我不能吃虾了。"

"为什么?"

"不知道,我对虾过敏了。"女儿这样回答,"还有蟹。"

简直像晴天霹雳一样,震晕了我们所有人。

"怎么可能?"她爸爸第一个喊起来,"你从小吃虾从来也不过敏呀!"

"你吃一斤半虾也没事啊!"我也喊。

可就是有事了。

女儿说,她和朋友们去餐馆吃饭,吃了大虾,在回家的地铁上就发作了,不仅是皮肤起疙瘩,而且呼吸急促,喘不上气,几乎窒息。幸而她包里总是装一瓶扑尔敏(她是过敏性皮肤,所以常备这药),马上吞了一粒,才渐渐平复。她不能确定这就是虾导致的过敏,怀疑也可能是食材不新鲜所致。所以,又一次,她出去吃饭,故意点了虾。结果,同样的事情在地铁上又发生了。

我母亲非常伤心、难过。

"最爱吃的东西不能吃了,我孩儿可怜啊。"她念叨。

后来，她对我说，人就像树啊、花草啊，移植到陌生的水土之上，就有各种的状况。那是基因在抗拒。

也许，有道理。

女儿其实还是不死心的。她后来又瞒着我们在国内做过多种尝试，比如，在海边，在最新鲜的海鲜产地，备好抗过敏药，冒死吃过大虾、龙虾，还有蟹类，反应强烈。在若干次失败之后，她终于放弃了抵抗，说："认命吧。"

从此，只要她在家，我母亲就不会让餐桌上出现这些我女儿不能吃的东西。

后来，除了大闸蟹上市的季节，我父亲是死都不能错过的之外，像海蟹、大虾，基本在我家餐桌上就绝迹了。我妈见不得它们。

再后来，就是女儿回来度假，我母亲也不下厨了。不是不愿意，是不能了。

母亲成了一个失智的人。

我弟，我表妹，这些亲人们，还有我们的老邻居老朋友们，都说，假如，泡泡一直在我母亲身边，她也许不会得这个该死的病。即使生病，也不会发展得这么快、这么凶猛。

泡泡就是我的女儿。

可是我们放走了泡泡。我们从她身边夺走了她的最爱。不能耽搁孩子的前程啊，我们"讲道理"。但是，我母亲不想讲这个道理了。她从这个叫泡泡的孩子出生二十八天起，捧在掌心里，一天一天养到十八岁，忽然有一天，被一架飞机带到了千重山万重水之外，这是什么道理？

她嘴里不能说。她都懂。但是她病了。

病可以最终让她忘记想念。

她失去语言能力之前，有时，会拿着我女儿的照片，结结巴巴、十分费力地，跟人说："我外孙女……在……外边，念书呢。"但这个外孙女后来站到了她面前，喊她"姥姥"，她已经是一脸懵懂，不认识了。

她认识的，记住的，刻骨铭心的，是照片上的那个泡泡，十六岁、十四岁、十岁或者更小的那个泡泡，至于那个长大成人，长发披肩、后来甚至还结婚生女的人，那是谁？那是路人甲了。

如今，在北京的家里，和我们生活在一起的，是母亲的遗照。那上面的母亲，才是我女儿记忆中的姥姥，眼睛清明，气质端庄，神态优雅。她从残忍的病痛中终于挣脱出来，破茧而出，如同凤凰涅槃。我女儿有时会对着照片说：

"姥姥，你现在一定认出我了，我是泡泡啊。"

海鲜里，我女儿可以吃的，是鱼类。不能吃的，是节肢动物中甲壳纲类的生命。

贝类也不行。

但是贝类中，有一个例外，就是鲍鱼。鲍鱼她不过敏。

所以，有朋友请我们全家吃饭，点餐时，假如我和她爸爸一再强调，女儿不能吃海鲜，也是不想让人家太破费时，我女儿就会在旁边礼貌地、温文尔雅地补充一句："对不起，我鲍鱼不过敏。"

第五章　我做主妇

一　饕餮协会

轮到我出场了。但我有自知之明,我不敢说"我做主厨"这样的话,怕了解我厨艺的人笑掉大牙。

许多许多年前,上世纪八十年代,我们这里,我的朋友中间,流行着一个"段子",说:"蒋韵可会做饭了,她最拿手的饭,是方便面,最拿手的菜,是午餐肉,还是梅林牌的。"

女儿出生之前,我和丈夫,基本不开伙。那时,山西作协有一个职工小食堂,掌厨的,是平遥人范师傅。这范师傅,一辈子没有成家,早年间,在那个著名的"常家大院"里的常家当差,服侍过常家某位在山西大学读书的公子。建国后,省作协一成立,他就来了作协,是名副其实的老前辈。

可是他的厨艺，实在不能恭维。每天中午，雷打不动的刀削面，又粗又硬，菜就是一个浇面的卤，如同水煮一般没有滋味。甚至都不记得他是否给拌过凉菜。尽管不好吃，但毕竟省事啊，节省时间。话说，那个年代，还真算是一个奋斗的年代，人活得有心气，有"事业心"，当然，这是"大话"。最主要的还是，年轻时的我，不爱下厨，我的厨艺还不如范师傅。范师傅端给我们的，至少还是削面，而我，则只会买半斤压好的面条回来，一煮了事。

结婚时，家就安在了作协的机关院子里。那是一个老院子，历史民居。有人说，当年，阎锡山的五妹子在这里住过，也有人说，那里曾经是阎锡山的五金商会。我没有考证过，但我私心里希望那是五妹子的公馆，五金商会听上去有点冷冰冰的，索然无味。而五妹子，则像是一个传奇。

五妹子阎慧卿，其实，是阎锡山的堂妹，小名叫五鲜，阎锡山长她二十七岁，就叫她"五鲜子"。五鲜子和堂哥，很亲，是那种血浓于水的亲情，并非像传闻中有苟且之事。阎锡山阎督军曾有很严重的胃病，阎夫人为此特别揪心，据说是五鲜子想了各种方法，仔细为哥哥调理饮食，搭配食谱，照料一日三餐，用食疗的方式治愈了阎锡山的胃病。阎锡山和阎夫人十分感动。阎夫人去世前，就把阎锡山的日常起居，郑重托付给了五鲜子。于是阎慧卿就成了哥哥阎长官身边最贴己也是最得力的生活秘书。

上世纪九十年代，有一年，我丈夫应邀赴台北参加一个文学活动，台北的朋友知道我丈夫来自太原，就对他说："你原来是从五百义士那个地方来的呀！"我丈夫一脸懵懂，从不知道什么"五百义士"，只知道守四行仓库的"八百壮士"，那还是近些年的事。他回来跟我说，这"五百义士"的故事，台湾孩子都知道，因为是选入他们的教材。我比我丈夫更惊讶，他一个北京知青，不知道也就罢了，我这个在本乡本土活了半辈子的人，居然一点也没听说过，对这个城市，也真算无知到家了。

慌忙查了一些资料。

原来，临近解放，我解放大军围攻太原的时刻，阎锡山给他的军官和要员们，每人发了一瓶烈性毒药，信誓旦旦，宣称，要与这个城市、这片故土共存亡。但到最后关头，代总统李宗仁一封电报，说是请阎锡山赴南京商谈和谈之事，他得以从围城脱逃。临行，为了安抚人心，表示自己还要回来，于是，他留下了他最最舍不得的阎慧卿，他的五鲜子。

他怎么可能还会回来呢？在南京，他倒是曾派飞机回来过，想接走妹妹，只是，飞机在危城上空绕了三匝，我军炮火猛烈，无法降落，只好空返而归。破城前夜，躲在省府梅山地下室的阎慧卿，和她的情人，也是阎锡山的政要及姨侄梁化之，双双服毒自杀。临死，阎慧卿给她的哥哥发去了一封绝命电文：

连日炮声如雷，震耳欲聋。弹飞似雨，骇魄惊心。屋外炎焰弥漫，一片火海；室内昏黑死寂，万念俱灰。大势已去，巷战不支。徐端赴难，敦厚殉城。军民千万，浴血街头，同仁五百，成仁火中。

妹虽女流，死志已绝，目睹玉碎，岂敢瓦全？……今生已矣，一别永诀。来生再见，愿非虚幻。妹今发电时刻尚在人间，大哥至阅电之时，已成隔世！前楼火起，后山崩颓。死在眉睫，心转平安。

嗟乎，果上苍之有召耶？

痛哉！抑列祖之矜悯耶？

据说，阎锡山收到电文，读罢，热泪涟涟，称战死和自裁官兵，为"五百完人"。

后来，我渐渐知道，曾经，阎锡山给阎慧卿修建过一座花园，但并不在我们南华门，是在离我们这里不远的东米市。花园有名，叫"四美园"，因园中有四座清代绿琉璃塔而得名。但，不管那么多，或许，我们这里，曾是她暂居过的一处地方？要不，如今我们的大门前，何以会挂一块"阎锡山故居"的牌匾？

总之，这是一个有时间感的建筑，一个有时间感的院落。

院子不大，种了两棵梧桐树。楼房是青砖的建筑，三层，不知道什么风格，谈不上好看，算是中西合璧吧。旁边的一座楼房，应该是建国后加盖的小楼，但风格还算一致，看上去并不违和。主建筑后面，另有一个二层的建筑，和主建筑呼应着，围成一个小天井，有点像骑马楼，上下两排整整齐齐的房间，带出檐和围栏，漂亮的花砖铺地，形成一个贯通的走廊。我们的新房，就是这一排中的一间，原本是我丈夫的单身宿舍。邻居是画家王莹。我家与王莹老师家，中间原本有扇门，被封死了。后来王莹老师搬走了，他的那间房，分给了我们，门一开，现成的，就成了我家的客厅。那时，作协的前辈们，对年轻人，真是厚道啊。

我爱我的家。

他们说，我们这个小二楼，过去，是勤务兵、马弁和佣人住的地方。从位置上看，很像。但房间内的形制，几乎和主建筑一样。同样是红木的地板铺地，同样是一人高的红木墙裙，配乳黄色墙壁，真是沉稳典雅好看。我们住进去时，地板、墙裙、墙壁，都维护得极好，几件简单的家具摆进去，竟一点不显寒酸。

那是1981年啊。这样好的房子，以前，我何曾见过。

所以，我珍惜。

虽然，我不爱做饭，但我爱收拾房间。

我想了很多办法，买来了地板蜡，每周，用蜡打一次地板。那时，客人来访，还没有换拖鞋的习惯，于是，我又想办法，买来了外贸的尾货：手编地垫和草编地毯。地垫铺在门口，来客进门，先擦擦鞋底。幸运的是，作协还分给我们一个有自来水的小房间，其实也不算小，足有十二三平米的样子，在对面的一层底楼拐角，这个房间是简陋的，水泥地面，白灰的四面墙。就作了我们的厨房、餐厅、起居室，甚至是客房。

那间房里，我们放了张单人的铁架床，支了一张折叠桌，几把折叠椅。吃饭是它，客人来了，围桌而坐喝茶也是它。有时，它还是我的工作台，堆着书和杂志，以及纸笔。这间房间，我任由它凌乱。但它给人一种放松感。所以，相熟的朋友们来了，爱在这里聊天。假如，这朋友是远道而来，也不用找旅馆，住下就是。就算同城的朋友，聊天晚了，误了末班车，或者天气恶劣，没关系，别走了。那单人的铁架床，简单的被褥，就是为这样的朋友们准备的。只要你不嫌弃这房间的简陋。

常来的人中，有我的几个闺蜜。那时，她们都还没成家，要好的这些女友、同学之中，我居然是第一个结婚。而当年，也是我最高调地宣称自己是"独身主义者"。我们这些人，称得上是患难之交，我的家，对她们来说，算是这茫茫城市中的一个小驿站吧。柴扉开着，有灯光，有炉火，有温情。

那时，她们每个人，都正在恋爱或失恋之中，又是大学刚毕业不久，都有需要面对的各种问题。来了，聚在一起，说啊说，说不完的话，恨不得说个通宵达旦。我的这间小屋，这间陋室，曾经装过多少秘密，多少心事，多少难言之隐，多少眼泪和多少欢乐？说它是间密室，或者，一个见证者，一点也不夸张。

我的女友中有美食家，所以，她们来了，我们自然就不再去吃食堂。点起一只蜂窝煤炉（那时还没有煤气），买来肉、菜之类，摆开架势做饭。所谓"摆开架势"，其实，就是包饺子。最常吃的，就是饺子。包饺子这件事，我还在行，得了我奶奶和我妈的真传。只不过，我奶奶我妈，是自己剁肉馅，后来有了绞肉机，是自己买肉来绞，我则是买现成的绞肉馅。我买来绞肉馅，要细细地，把里面那些白筋、血管和所有看着不顺眼的东西挑拣出去，干干净净、清清爽爽的，再用葱姜末和酱油、料酒煨起来。我的馅料里，也如同奶奶她们，不放那些五香粉之类，却要放一点白糖提鲜。这在从前的北方地域，比较鲜见。

我的朋友，都爱吃我的饺子。

吃饺子，就不需要什么佐餐的菜了。凉拌个黄瓜、剥几个皮蛋松花蛋，再开瓶酒，就是正餐。这是我讨巧，因为我不会做别的。

后来，我女友中，有人写了文章，说我的饺子，是"南华门第一"。

南华门东四条，是山西省作家协会的地址，也是我的家。

写文章的女友，后来，以"兰若"为笔名，出了一本书，叫《兰若的灶间闲话》，是把她在微博上的文章筛选出版的。兰若写美食，自成一家，体会至深。而最关键的，是她写的好多菜品和烘焙的美食，我都吃到过。没有一道是华而不实的奢侈品，却格调极高，可化平凡为神奇。遗憾的是，她的书中，没有收录写我的饺子那一篇。我特别想让她来给我正名，我最拿手的菜，不仅仅是午餐肉。

我女友中，既然有烹饪高人，所以，她们来了，就常常会露一手。我家东西不齐全，做不了特别的菜，但至少，烧个红烧肉、排骨之类是没问题的，再炒两个青菜，焖一锅米饭，好，开饭。有时，则是她们在家里做好了成品，用饭盒装来，加热一下就可以吃。几乎每个星期，总有这样吃吃喝喝小聚的一天。于是，我们开玩笑，戏称说，我们是"饕餮协会"。

苏东坡做《老饕赋》，那是美食家的心得，却更是理想与梦想的境界。苏子一声"老饕"，化解了"饕餮"这凶兽身上的狰狞和戾气，从此我中华大地上所有的吃货、美食家,有了这样一个共同的、戏谑与自谦的名字。所以,尽管我们聚会的餐桌上,从来也没有过"尝项上之一脔,嚼霜前之两螯。烂樱桃之煎蜜,瀹杏酪之蒸羔。蛤半熟而含酒,蟹微生而带糟……"如此精致的珍馐美馔,也没有"盖聚物之天美,以养吾之老饕"的浩气与豪气,可并不妨碍我们也竟敢以"老饕"自居。怕什么?我们没有"南海玻黎",可我们也有"凉州之葡萄"啊!请问,神州大地上,哪一处的葡萄不是来自于西域凉州呢?至少,我们这个省份,我们城市,是这样。我们的清徐县,早在汉代时,就有商人把西域的葡萄带回了此地,从此扎下根来,开枝散叶,开花结果。也因此,有了葡萄酒。我们的葡萄酒,没有脱糖,很甜,也很好喝,还特别便宜,记得当时,只有六角多钱一瓶。所以,可以满足我们的"豪饮",可以让我们哪怕只对着一盘凉拌黄瓜,也可以高喊:"一醉方休!"可以在醺醺然间,学苏子"一笑而起,渺海阔而天高。"那是那个时代赐予我们的自信。

二 葡萄、青梅与竹叶

这几种，都是酿酒的原料。

确切地说，前两种是原料，而竹叶则是辅料。

清徐露酒厂，自然在清徐，离省城三十公里左右。清徐出葡萄，这是在论的。民歌里不是这样唱："平遥的牛肉太谷的饼，清徐的葡萄甜个盈盈——"汾河河谷太原盆地方言中多用叠字。据说，把葡萄带到清徐的，是汉代时一个姓王的商人，我觉得他一定是个浪漫的人，否则，千山万水，戈壁沙漠火焰山，带几株娇嫩的幼苗千辛万苦回中原，应该不仅仅是利益和商人本能的驱使。

用古法酿造葡萄酒，在清徐，历史悠久。但元代以来，游牧民族带来蒸馏法，白酒因此在中原崛起，而葡萄酒渐渐式微。后来，传教士来了，清徐一带，起了教堂，有了天主和基督的信众，望弥撒时，葡萄酒不可或缺。于是，神父或者牧师们开始酿酒。到上世纪二十年代，成立了酿酒厂，就是清徐露酒厂的前身。而董事长，就是一个神职人员。

可别瞧不起我们的露酒厂，中华人民共和国开国大典的宴会上，喝的就是我们的红葡萄酒呢。

真是物美价廉。

同样可以和这葡萄酒媲美的，是他们厂出产的青梅酒。葡萄酒红，青梅酒绿，这一红一绿，当年，是我们最爱的佳酿。

那时，常常来我家小屋聚会的，不仅仅是我的闺蜜女友，更多的，是文学同道。作协院子里，两座老楼对面，有一栋简易的二层小楼房，是七十年代毫无特点的建筑，那时，辟出上面一层，作了作协的招待所，接待县乡和周边城市来改稿或办事的作者们。住在那招待所，一迈腿，三步五步，就到了我们的小屋。晚上，吃过范师傅寡淡无味的晚餐，信步就到了我们家。我会拿出葡萄酒或者青梅酒，若是夏天，拍两根顶花带刺的嫩黄瓜，剥两个皮蛋，用姜末和醋一拌，就是一盘下酒菜。若是冬天，家里有白菜，就拌一盘白菜心，有萝卜，就拌一盘白萝卜丝，再开一盒午餐肉罐头,就是我们美好的文学之夜。

那时,对文学的爱,是真的赤诚。

爱得又单纯,又热烈,又痛苦。

同道朋友相聚,坐在一起,几乎没有别的话题,就是文学,文学,文学,还有和文学有关的那些事物。比如绘画,比如电影,比如戏剧。总之,那是一个崭新的世界和天地,浩渺,美,神秘。我不知道别的省份、别的地域、别的城市是否如此,反正,我们这里,南华门东四条小院,我的陋室中,来来往往的朋友们,无一不是如此。

聊自己的小说,正在写的,或者将要写的,聊别人的小说,褒扬或者批评。聊读过和正在读的那些经典名著或者以前从没接触过的现代先锋的作品。聊正在进行中、后来走进了文学史的那些事件,如文学的寻根,等等。有时齐声喝彩,有时则争论得面红耳赤,恨不得要拍烂我家的桌子。聊得口干舌燥,吵得声嘶力竭,一看,杯盘狼藉,酒喝光了,菜也见了盘底。夜深人静,忽然相互一笑,说:"吵饿了。"

于是,作为女主人的我,就给大家煮方便面——一直到今天,我都认为那是方便面中最好吃的那一款:美味肉蓉面。若有西红柿，就煮两个进去。西红柿去皮，但不能用开水烫，那样烫出的西红柿完全变了味道，要借助勺柄，把表皮刮松，洗干净手，把皮一点点剥下来。我也从不用刀切西红柿，刀切它会残留一股铁腥味，就用手，把它掰成块状。炒西红柿鸡蛋也用同样的方式料理西红柿。这样煮出的方便面，人人都说，鲜美。

吃完方便面，也算酒足饭饱，该散场了。

有时，就会有人说："算了，不回去了，同屋的人睡了，回去还得吵人家。"好，就不用回去，在那张小铁架单人床上，住下便是。

也常有朋友，星期天，从邻近的城市，专程跑来小聚，那就不能煮方便面了。如果时间富裕，我就可以跑去买肉包饺子，假如时间不那么富裕，就去买现成的切面，买菜，再买一些卤味，还有两瓶竹叶青回来待客。

竹叶青，是我姥姥、我妈的最爱。对竹叶青的喜欢，得自家传。

曾经，竹叶青声名赫赫，上世纪初年，曾在巴拿马世界博览会上拿过金奖，它产自著名的杏花村，比我们的葡萄酒、青梅酒来头要大，当然，价格也贵。记得，在八十年代，一瓶竹叶青要两块多钱，而一瓶清徐露酒厂的红葡萄酒和青梅酒，则不足一元钱。据说，它的底酒，是汾酒原浆，在那原浆中添加了多种药材和竹叶，浸泡发酵而成。其实，说句实话，我爱它的颜色，胜于它的味道。那种颜色，既是金黄，又是碧绿，全在于光的瞬间映照，极其灵动、流丽而微妙。翻开三十年代的小说，竹叶青可是常常出现呢，记得老舍先生笔下，就不止一次让他故事里的人物，在酒肆饭馆里，小酌几盅竹叶青。

我们也是小酌，助谈兴而已。

那时，出了东四条小胡同，南华门街上，渐渐聚集起了各种摊贩，临街有了不少的摊位和店面，卖肉、卖鱼、卖切面馒头、卖吊炉烧饼、卖早餐的油条、卖水果蔬菜，形成了一个自由市场。生活变得越来越便利。短短一条街，一下子，竟有了两家卖熟肉卤味的小门面，摊主还都是年轻女人。其中一人，长得十分端庄美丽，明眸皓齿，楚楚动人。人好看，性子也好，随和，善良，诚恳，热情，很会做生意，从不缺斤短两，东西干净，进货的渠道也安全可靠，我们院里的人，都喜欢到她的门面去买下酒菜，不知是谁，送了她个现成绰号，叫她"卤肉西施"。

我买卤味，买的就是"卤肉西施"家的松仁小肚、香干和一条熏制的、纯瘦的通脊肉。

我是一个有点怪癖的人，不喜欢摆弄生的荤腥。所有动物的尸体，我都不愿意触碰。它们让我生理反感。不仅仅是因为"不忍"，不是"君子远庖厨"，而真的是生理性的排斥与拒绝。我知道那是一种疾病，可已经治不好了。所以，我有自知之明，知道此生也没有希望成为一个拥有好厨艺的主妇。可我又不是一个真正的素食主义者，那么，在我主厨的餐桌上，只有想办法变通。

熏制的通脊肉就是变通之一。

一度，我们城市突然出现了这种熏制的里脊肉，宽宽厚厚的一长条，颜色非常漂亮。买来切片装盘，十分美味方便。最关键的，我还可以用它来炒菜。通脊肉片炒青蒜苗香干，炒芹菜，炒柿子椒，都很不错。也可以切丁，与土豆丁、黄瓜丁同炒。所以，遇到朋友来小聚，一条通脊肉可以让我变出几个菜来，再配上我最拿手的西红柿炒鸡蛋，无论是吃面条还是吃米饭，以我的水平和标准，就算说得过去了。

说来，黄土高原上的这个省份，出产五谷杂粮，所以，这里的人们，在一碗面里倾注了智慧和机巧，好面（就是白面）、高粱面、玉茭面、豆面、荞面、莜面、榆皮面，数不清的种类，演变出数不清的面食花样。如今，这已经是国人皆知的常识。但这个省份的物产，其实并不丰厚，它决定了本土人朴素、朴实的饮食习惯和口味。那些曾经的豪门大户，巨型庄园里的乔家、王家、曹家之类，你去参观，听解说，他们的豪门家宴，八碟八碗几蒸几炒，其实也都是很普通的食材、原料和烹饪手法，鲜有奢侈的海味山珍。和南方的豪门之家，比如刘文彩家，不可同日而语。

豪门如此，寻常人家，在饮食上，更为朴素、简单。小时候，我们院子里，同学家，像我家那样，一顿饭要烧三四个菜的，都是外乡人。而本省、本市的人家，常常，一碗面，红面擦尖或者白面拨鱼，就是一勺用油和花椒烹出的"醋调和"，和一大碗炒酸菜一拌，就是一餐午饭。有时则是一碗西红柿卤，冬天则是吃自己腌制的西红柿酱，那酱里面并不是经常出现嫩黄的鸡蛋的哦。西红柿鸡蛋卤成为几乎顿顿离不了的"面条伴侣"，是八十年代以后、生活日益丰足之后的城市风景了。若是讲究的人家，待客的那碗面条，则要准备四种浇头：一样西红柿鸡蛋卤，一样小炒肉，一样肉炸酱，还有一种或是白菜或是茄子丁的素卤。自然，最要紧的，是面的品质，拉面要长，削面要薄，剔尖要细而筋道，绝不能用买来的机器切面搪塞。然后，再备两三样下酒菜，一顿饭，其乐融融。

而像我这样，用机器切面待客，客人一定是最相熟相知的朋友，他们没人计较我餐桌的贫瘠与寒素，没人挑剔我不登大雅之堂的厨艺，他们来，不是来吃饭，是来会同道。我家的餐桌，我家的陋室，大概多少是有些魅惑的，在那个文学的年代，黄金的时代，迎来送往，有过多少这样把酒言欢的日子，有过多少话题，多少想法，多少争论，多少推心置腹的长谈，甚至是彻夜的长谈。当然，也有过撕心裂肺的大痛苦。那时，我们中大多数人，还是文学的赤子。

后来，我们搬家了，搬出了机关小院。

我们的家，在新建的楼房里，和大多数人家一样，拥有了一套单元房。那是一个相对封闭的居处了。

后来，不知什么时候，我家那间厨房小屋，被拆掉了。

我有时会想，那些被拆下来的旧砖破瓦，它们流落到了何处？或许，它们每一块身上，都残留着片言只语的记忆吧？每一块身上，都浸润和储存了一点点那个浪漫年代微弱的气息吧？储存着某个关键词，记忆着某个难忘的名字。它们一定和别的破砖旧瓦有所区别，它们每一块都要更重一些。

再后来，我们这个城市，就再看不到清徐露酒厂出产的葡萄酒和青梅酒了，那个厂，倒闭了，消失了。而名酒竹叶青，也渐渐退出了这城市大小宴饮的餐桌，取而代之的，先是洋酒 XO 之类，后来，就是各路汇聚而来的干红葡萄酒了。

不知为什么，熏制的通脊肉也不见了踪影。是因为健康的缘故吗？都说吃熏制食品容易罹患癌症。

话说回来，就算是还有熏制通脊肉，我们家也不能再吃了。不知从什么时候开始，我丈夫忽然开始对食品中的防腐剂过敏。凡是有防腐剂的熟食，以及不新鲜的蛋白，都会导致他严重腹泻和胃痛。曾经，在马来西亚，因为一口虾酱，在美国，因为一口涂在饼干上的鱼子酱，他腹泻到几近虚脱。那些想吃什么就吃什么的健康时光，一去不复返了。

而曾经，最经常出入我家厨房小屋、在那桌边吃饭聊天，也是在铁架小床上留宿最多的，有两个人。一个，就是在长白山原始密林里，在清澈如玉的溪水边，为静夜、为万物之美而感动，引吭高歌《祖国颂》的那个好友，那个曾经的兄长。如今，他远离了这片土地，至今不知归期。还有一个，是钟道新，此刻，他远在天国。

一切，都远去了。

三　阿姨们

跳过几十年吧。说说现在。

定居北京，是因为我们做了外公外婆。外孙女如意出生那年，恰好我六十岁，退休了。

那是2014年。

我的本命年。

这一年，猝不及防，发生了我家历史上几件大事。如意出生，丈夫重病，还有一件，就不提了。

如今，在京郊顺义，我们是一个三代同堂的大家庭。

我掌家，但主厨的是阿姨。家里有小孩，有病人，我一个人就是有三头六臂也忙不过来，何况我没有，何况我本来就不是一个能干的、吃苦耐劳的人，帮手是不可或缺的。几年下来，主厨的阿姨换了好几任，天南地北，各具风味，倒很有趣。

有四川阿姨、有云南阿姨、有东北阿姨，也因此，我家餐桌上的画风，总是在变化之中。

请过一个安徽的阿姨，家在九华山下，八五后，比我女儿还要年轻。我去家政公司看人，说是"面试"，来了几个。我只问一个问题："会做饭吗？"别人都说："会。"只有她，听完我的话，爽朗一笑，说："阿姨，我最爱的事就是做饭。"

她笑得特别自信，特别开朗。我喜欢她的笑容，喜欢她的回答，喜欢她一口如玉的白牙。还有什么可挑的？

事实证明，她真是一个热爱厨艺的姑娘。

她一到来，首先，是检阅厨房，看看刀具，看看锅灶，看看烤箱和冰箱之类。又仔细询问了我家里人的饮食习惯和口味，再一天，就开出了单子，对我说："阿姨，这些是需要添置的东西，你看看。"

我一看，嗬！烘焙模具、烤肉钎子、锡箔纸、小天平秤、木炭、各种香料、干荷叶、意面、番茄酱、苹果醋、马苏里拉奶酪……她解释说："叔叔不是防腐剂过敏吗？不能吃买来的熟食，我来给叔叔烤面包。顺便给宝贝烤蛋糕、曲奇和素点心。姐姐爱吃披萨、意面，我也可以给她做。"我惊得下巴都要掉下来了，知道自己遇到了一个宝。

果然，她身手不凡，能干异常。

她和老公，都在北京打工，孩子则在老家，由婆婆带着，是留守儿童。她不能做住家阿姨，因为他们在顺义一个村里租了房子，那是他们的家。在北京，她有家和老公要照顾，这感觉，于她，是重要的。

清早，她骑电动车，走左堤路，过桥，再走右堤路，来我家"上班"（这是她的原话）。途经一个大农贸市场和超市，顺便把一天要吃的菜、肉、蛋、鱼、水果，买齐全，用车驮着，风风火火，呼啸而来。什么东西需要在超市买，什么东西要在农贸市场采办，她心中特别有谱。不是说，她把我家当作了自己的家，像从前的那些老保姆们一样，而是，她敬业，尊敬这个职业，尊敬自己。比如，让她花钱买了又贵又不好不新鲜的东西，她觉得那是一种耻辱。

所以，我很放心。

有一次，家里要来客人，我和她一起去了顺义这边某家著名的"婕妮王"，她挑了两块进口牛尾，又去买别的，让我等着称重。结果，回家才发现，两块牛尾中大的那块不新鲜。她很生气，一口咬定是称重时被调了包，抱怨我说："阿姨你怎么就没看见呢？这么大动作你都看不见？"我真是没看见啊。主要我没留心看，所以我怎么能确定一定是人家调包了呢？她又说："阿姨你以后永远也不要去这家超市了！"这家店，伤害了她。

她是安徽人，可做饭，却是五湖四海的风格。她有几样拿手菜，比如：荷叶鸡、荷叶蒸糯米排骨、剁椒大鱼头、东坡肉、红烧黄辣丁、笋干烧肉、干锅花菜、上汤娃娃菜、奥尔良烤翅、烤大虾、烤披萨等等，汇聚了天南地北的菜式，且都很地道。除此而外，她还会做她家乡的点心：九华山素饼。自己煮红豆炒豆沙、做枣泥、炒芝麻。烤出来的酥皮素饼，香极了，面皮薄如纸，一层一层，一点不输给那些专业的面案大厨。她做的绿豆糕，我分赠给邻居们，人人称奇。而她的烤面包，则比较一般，和我的朋友兰若相比，还有很大的进步空间。

那两年，我女儿很热衷呼朋唤友，来家里吃饭。招待她的朋友，阿姨采用中西合璧的方式，烤一张香气四溢的披萨，拌一大盆水果沙拉或者蔬菜沙拉，烧番茄牛尾汤，再来各种烤串，像烤大虾（女儿不能吃，但是，和她小时候一样,她的女儿很爱吃虾)、烤鸡翅、烤羊肉串,等等,非常受追捧。有时,画风一变,端上来的主菜则是剁椒鱼头泡饼。嫩白的鱼肉、鲜红的剁椒、金黄的烙饼,鲜艳如画。女儿的朋友,欢呼着,送她一个尊称:大神。他们"大神!大神"地喊,她很开心,也很有成就感。

以前,我丈夫众多的兄弟姐妹来我们家,家人聚会,我们都是选择到餐馆。自从有了安徽阿姨,她说:"有我在,去餐馆干什么?"就真的开起了家宴。招待我们这种年龄的家人,自然不会烤披萨之类,荷叶鸡经常是主打菜之一。那荷叶鸡,食材是三黄鸡,上锅蒸制前,要用黄酒、姜和各种香料腌制二十四小时。吃的是时间和工夫。上桌时,荷叶包裹得整整齐齐,一掀荷叶,嗬!香味如鬼魅一样袅袅四散,腌制入味的鸡肉里又渗入了荷叶的清香,入口,味道奇妙。家人中,颇有几个老饕和美食家,口味挑剔,可对我们的安徽小阿姨,很服气,说:"专业。"

这道看家菜,安徽小阿姨离开时,曾留下了详细的菜谱和香料配方。后来的继任者,也按图索骥来做,可是,味道总是有点差别,有点距离,最要紧的,是没有了那种神韵,端上桌,也不过就是一道还不错的菜品,远不是令人惊艳的神品了。

如意三岁那年，过生日，她妈妈要给她在家里开生日趴。那年，如意刚上幼儿园不久，还没有学会交朋友，所以，她妈妈请的大多是她自己朋友的小孩，顺便也就请了她的朋友们作陪。一算，大大小小，差不多要请十几人，还不算我们自己家人。我觉得这是个大工程，都有心想找承办家庭趴体的公司来操办了。安徽小阿姨说：

"阿姨，用不着，交给我吧。"

记得提前好几天，她开车（忘了说了，她有驾照，会开车），带我去了一个大型批发市场，去采买自助宴的各种餐具。主要是买大大小小不同型号白色的盘子，一次性刀叉筷子之类，家里的餐具要应付这么多人显然是不够的。接下来，我和她一起讨论菜谱，我的意思，不需要准备太多的菜品，有几样冷盘和炸鸡柳、披萨之类就可以了。她还是那句话："阿姨，你放心，交给我吧。"

到了正日子，她前一晚住到了我家里，忙到很晚才睡，家里的灶具们也在忙个不停，烤箱忙着烤素饼、烤各种小面包曲奇，燃气灶则忙着酱牛肉、蒸东西。而她，不慌不忙，开着手机，插着耳机，边忙边听不知道什么音乐。看她听音乐，我耳朵里，竟莫名其妙地，响起了《斗牛士之歌》的主旋律。

斗牛士快准备起来，

斗牛勇士，斗牛勇士，

在英勇的战斗中你要记着，

有双黑色的眼睛充满了爱情，

在等着你，在等着你勇士……

她真像个斗士。她不用任何人提醒也不会忘记，有一双黑色的眼睛，日日夜夜在望着她。那是她的小女儿。她留在家乡的亲爱的孩子，比如意大两岁。她跟我说过，她的理想，她的梦想，是有一天，能在北京，开一个家乡风味的餐馆，把女儿接来，一家人，在这大北京，扎下根来，让女儿能够在这里上学，受教育，哪怕只是借读。她所做的一切，她所有的努力，都是为了这个伟大的目标。

第二天，她迎来了她职业生涯中辉煌的一天。那是一个丰盛的、美丽的午宴，尽管是自助的形式。餐桌、餐边柜、大长条案、厨房料理台上，摆满了琳琅满目的美食：各种形状的小曲奇饼干、面包、红豆沙和什锦黑芝麻馅料的九华山素饼、香菇培根火腿披萨、番茄肉酱意粉、酱牛肉、烤鸡翅、卤鸡蛋和卤鹌鹑蛋、炸鸡柳鸡块、鸡丝拌粉丝黄瓜蛋皮、水果沙拉、笋干红烧肉、香煎鳕鱼、清炒芦笋、干锅千叶豆腐,还有一大锅酷似汤城小厨的番茄玉米土豆龙骨汤,电饭煲里是真正的五常大米白饭……除了生日蛋糕,其他的都是她的作品,她的杰作,她的骄傲。

一片喝彩。人人发自内心。

南方北方、东方西方,济济一堂,有荤有素,有甜有咸,有浓油赤酱,有云淡风轻,不管大人孩子,不管何种口味,都能找到自己的所好。

她是生活家,是天才,是大神。

天才和大神,凡人家是留不住的。两年多后,她离开了。原因很多。最重要的,她离开的不仅仅是我家,没多久,就离开了北京。

离开北京,是因为,上了小学的孩子,期末考试,全班倒数几名。

她急了。

她的婆婆,比我年轻十岁左右,应该是上世纪六十年代生人，可竟然是一个文盲，据说，一天学也没上过，不认识自己的名字。我很惊诧。因为，那里，毕竟不是我们山西的大山深处，而是鱼米之乡的富饶的安徽啊。

她回去陪她的孩子。我问过她，还想在北京开餐馆吗？她反问我："阿姨，你说还可能吗？北京是我们这样的人能扎根的地方吗？"

我默然。

北京的房价，北京的租金，北京对所有奔向它而来的、草根劳动者的冷漠。

不言而喻。

她曾让我看过她家乡房子的照片，是徽派风格的白墙黑瓦新农村小楼，很漂亮，比他们在北京租住的房子好太多太多，尽管，里面还没有完全装修到位。我对她说，那，就在家乡开餐馆吧。开一个北京风味的餐馆。我想，以她的才华，她的能干，她闯北京的种种体验，应该是可行的吧？至少，菜品方面，她完全没有问题，我相信她能出奇制胜，创造性地拿出一份独属于她自己的"北京风味"。那味道一定是丰富和复杂的，一言难尽。

现在，我家主厨的，是一个来自黑龙江的阿姨。

一个美人，尽管已经做了祖母。

她大概就属于时下所说的那种"冻龄人"。你看不出她的年龄，三十？四十？还是多大呢？没有意义。只需要知道，那是一个美人就可以了。

皮肤白皙，如玉如瓷。没有岁月留下的那些沧桑痕迹。每天，要化一点淡妆，穿衣的风格，接近浪漫的波西米亚风。尽管，她并不知道这样一个词汇。

干活，却是非常严谨，有条理，会安排计划。会省钱。

但是开车，好家伙，可谓风风火火，假如没有导航提示，一定超速。所幸，北京拥堵的路况，拯救了她，使她不至于把一年的分罚光。

在家乡时，她养过大车，就是我们在高速公路上常见的那种大型货车。她养大货车，雇了一个司机，跑运输，给人运货，贩牛。

她的家乡，地处小兴安岭与松嫩平原的过渡地带，丘陵起伏，有许多林牧场，也有许多人家养牛。他们从各个牛场把牛赶上车，再长途贩运到各个屠宰场。司机只管开车，而挑牛、选牛、讲价，一路上，给牛喂饲料喂水，照料它们，都是她的工作。她穿着长筒靴,工装裤,踩着满车厢的牛粪,这样的场景,和她,真是有一种南辕北辙的违和。

我问她,在你们那里,女人贩牛的多吗?她笑了,她真是特别爱笑,回答说:"不多吧?反正我知道的,就我自己。"

她的车,不光贩牛,还跑运输拉货。有一年冬天,他们拉货归来途中,遇大雪。雪停后,地面滑如溜冰场。车走在山路上,爬一个大陡坡,车轮打滑,死活上不去,直往下溜。山路很窄,上下行都只是单车道,错车很困难。一边,是山坡,一边,则是深深的崖底。车一直朝下溜,溜,刹不住,她对司机喊:"跳车!跳车——"她那时想,车不要了,人不能出事啊!可是司机拧,不跳。她绝望了,忽然想起,车上好像散落着一些煤渣。上次拉货时没卸干净。她急忙开门跳车,又匆忙爬上后车厢,果然,煤渣在那里。她拼命用手朝雪地上胡撸,朝车轮的位置,拼命胡撸。谢天谢地,奇迹发生了。车停了下来。

她瘫坐在车厢上,冷汗透了内衣。

冰天雪地的小兴安岭,一片死寂,美如仙境。

涉险的事情,不止这一件。那一次,是贩牛的时候,从车顶上,不知怎么让牛踹下去了。腰椎受了重伤,动了手术,在床上,整整躺了三个月。下地时,都不会走路了。就此,终止了她的贩牛生涯。

后来,自然还有更多的故事是我所不知道的。我不问。

后来,她来闯北京,入了家政这一行。

她擅长面食,包子、水饺、烙饼、春饼、馅饼,一周的食谱,排开了,轮番上场,很有规律。包子和水饺,每次要做三种馅料,一种是如意要吃的猪肉大葱或者猪肉鲜虾馅,一种是我丈夫和女儿吃的菜肉馅,一种是我和阿姨爱吃的纯素馅。菜肉馅多是白菜猪肉、韭菜猪肉,有荠菜的季节就吃荠菜猪肉。而纯素馅就变化多端了:胡萝卜香菇、角瓜鸡蛋、韭菜鸡蛋、青椒尖椒鸡蛋、香干白菜芫荽粉条,等等,非常丰富。她做这么多样馅料,不慌不忙,有条不紊,用她的话说,"分分钟的事"。

做菜,她没有安徽阿姨那么多种类,也不善烘焙。自从安徽阿姨走后,我家的大烤箱就沉寂着。但一般的家常菜,她做得很好,像清蒸鱼、红烧鱼、红烧肉、红烧排骨、卤鸡翅、炒鸡丝鸡丁等,都很拿得出手。自然,也引入了东北风,像东北风格的㸆炖鱼、地三鲜之类,更是地道。

还有最重要的一个人，如意的阿姨。

在我心中，她更是一个"大神"般的存在。

也是一个东北人。

非常奇怪，如今地域歧视在有些领域非常鲜明。比如，家政公司在微信上替客户们发布的那些招聘信息，请育儿嫂或是请普通住家阿姨，是做饭还是照顾老人，抑或是接送和辅导小孩子，每个人开出的要求各有不同，五花八门，除了常见的讲卫生、有做家务的技能、人品好这些之外，另有一些严格、近似苛刻的条件。比如，有人要求阿姨要有英语四级或六级证书，有的要求有澳洲签证或者美、加签证，有的要求最好曾做过幼儿园或小学老师，等等，但有一条确实经常可以看到，那就是：河南籍、东北籍人士免谈。

幸好，我们没有这样的偏见。因为我自己就是一个河南人。也因此，我们没有错过一个珍宝。

如意不满两岁，这位黑龙江克东阿姨就来到了我们家，如今，如意六岁了，她还在。

如意三四岁时，就像当年的我问我的奶奶一样，问她的克东阿姨，说："阿姨，你会死吗？我可不让你死！"她比我有气魄，她不要答案，她下命令。

因为如意爱她，像爱妈妈。

因为她爱如意，像爱自己的孩子。

如意永远这样宣称："我第一爱我阿姨，第二爱妈妈。"好在她妈妈很有自知之明，听了她女儿这样的告白，呵呵一笑，说："谢谢了，我这排名挺靠前嘛。"十分满足。

私底下，见过我家阿姨和如意相处的人，都说："你们怎么这么有运气？怎么这么好的人让你们碰上了？"是啊，我们何德何能啊，只能说，是如意这小东西太幸运了！

也可以说，她们娘俩有前缘。

阿姨脾气好，特别有耐心。人非常聪明、智慧、开朗，笑起来，极其豪爽。这一点，如意像她，喜欢爽声大笑，笑得像绿林豪杰一般，用她妈妈的话说："笑得像鲁智深似的。"其实她妈妈也是一个笑点很低的人。除此而外，阿姨还有着难得的大度和宽容，最要紧的，是非常善良。对了，忘了说，她信主，是基督徒。

所以，从如意嘴里，有时会冒出"是上帝的意思"这一类语言，也并不让人奇怪。

比如，这些日子，在家上网课。一天，有篇文章，讲运动会，说有个项目，是一只勺子上，放一个鸡蛋，人举着勺子跑步，问，鸡蛋可以一直、永远不掉下来吗？如意听了，回答说："不会吧？只有上帝才是完美的呀。"

说得非常诚恳。

如同我奶奶一样，阿姨从小给如意做饭，也是包小小的饺子，小小的馄饨。买来糯米粉，搓小小的汤圆。她不限制如意吃糯米类的食品，但她限制如意吃凉东西。她说，女孩儿吃多了凉东西，长大会痛经。

阿姨包饺子、包子，十分漂亮和利落。曾经，在哈尔滨，她开过包子铺。她租下的店面，位置很好，挨着学校，她的包子，真材实料，味道好，又干净，价格还合理，因此很火了两年。我问她为什么不干了，是后来生意萧条了吗？她说，不是，是她实在应付不了各种麻烦事，一会儿是城管，一会儿是卫生检疫，一会儿是消防检查，一会儿这里不合格，一会儿那里有问题，一会儿让停业，一会儿要整顿。"都是变着法儿来要钱的呗"，她说，"我这直肠子，应付不了那些事，不是做生意的那块料儿。"于是，不干了，入了家政这一行。

于是，我们有福了。

一度，如意迷上了日本"食玩"，天天让我下单从网上购买。买回来，阿姨教她，照着说明书，一步一步制作，做各种软糖、棉花糖、果冻、小糕饼点心。那是很需要一点细心和耐心的，很麻烦，也很精确，一点不能出错。而做出的每一样成品，都精巧可爱，颜色形状十分诱人。尽管说明书上声明，可以食用，但阿姨是不许她吃的，怕里面各种添加剂和色素不健康。但阿姨愿意不厌其烦地、细致地教她、陪她制作，"顺便"告诉她：

"如意，你看，咱们吃的每样东西，就算小小一粒糖，一块饼干，做起来，不容易吧？"

如意回答说："我知道了，这就叫，粒粒皆辛苦。"

她从来都是抓住时机，因势利导，从不说空话。这样的例子举不胜举。什么叫"润物细无声"？这就是。当然，当下，如意也不一定就能真的理解那其中的深意，但，我相信，这样点点滴滴的用心，会在如意心里结出果实的。

她没有上过幼师，只参加过家政公司短期的培训，可我觉得，她是一个非常称职的幼儿教育者，她有这样的天赋。我女儿常常对我说："可惜了呀。王姐要是当年上了学，一定前途无量。"

那是如意阿姨的心病。

当年，家里穷。尽管她学习比弟弟要好，但，一个家供不起两个学生啊。初中毕业那年，她想考幼师，父母歉疚地对她说："老闺女呀，别念了，让你弟念吧。"她是他们的女儿，她当然不能任性。比起她的姐姐，她已经好太多，姐姐是连学校的校门都没进去过……于是，她出外打工，把机会留给了弟弟。

这是多少乡村的女儿们共同的命运。

她们其实才是家庭的中流砥柱和脊梁。

如今，她凭一己之力，凭多年的劳动，终于，在家乡的县城，买了商品房。房子是为了儿子结婚买的，虽然儿子目前还没有女朋友。

她说，新房有电梯，有暖气，她要让父母以后冬天就在新房里"猫冬"。这样说的时候，她微笑，很有成就感。

这些年，我做主妇，全赖这些阿姨们鼎力相助，帮我撑起了一个家，和我一起度过了许多艰难时刻。我们休戚与共。这些年，很多朋友说我，坚强、坚韧、能扛。我想说，是因为，我运气好，碰到了我生命中的贵人们，这些阿姨。

　　来来往往的她们，这些天南地北的中国女性，母亲们，妻子们，女儿们，她们哪个人没有故事？哪个人不是一本情节曲折的大书？她们人人都是勇士一般，像当年闯关东一样闯北京，闯四方，怀揣着一点希望和梦想，历尽艰辛，流汗甚至流血，却不屈不挠。那是她们自己的选择，她们选择付出自己，创造一个让儿女可以改变命运的机会。我从她们身上，不仅仅认识着南北各地的饮食风味，也认识着今天的中国。

# 第六章　味觉记忆

一　　我的老师

我女儿小时候，特别喜欢我的一个老师。那时候，她对我说："我希望我长大了，是一个像尤老师那样的女人。"我有点心虚地问道："不是像我这样的？"她斜我一眼，斩钉截铁回答说："当然不是！"

尤老师是我的大学老师，教我们现代文学。

她常常在她的课堂上，把我叫起来，叫我给大家读那些诗歌，读郭沫若、戴望舒、徐志摩、冯至、卞之琳、李金发还有田间、艾青等等。我是她的课代表。

她是苏州人，毕业于南京大学中文系。

当年，我们这所小小的师专，师资力量可谓雄厚，里面藏龙卧虎。我们的系主任成立先生，毕业于北大中文系。教我们当代文学的郑波光先生，毕业于厦门大学。八十年代初期，他就在复刊不久的《文学评论》上发表了评王蒙先生作品的长文，在当时的文学评论界颇有一些反响。教我们现代汉语的马先生，则是中国社科院五十年代中晚期的研究生，好像，是那里的第一届研究生。他教我们调值调类，不仅教我们用赵元任的"五度标记法"来标注方言的声调，还教我们怎样用音乐的简谱来标注，非常敬业和负责，常常忘了我们不过只是师范院校的大专生。我们的老师们，都常常忘记这一点，那真是我们的幸事。还有一个潘慎潘先生，则是最早发现永州女书、也是第一个写论文来介绍和研究女书的学者。他们来自四面八方，毕业于不同的名校，却有一点是共同的，那就是，他们大多有坎坷的人生际遇。比如潘先生，他在劳改农场的时间，长于他人生其他的时光。

尤老师是经典的江南女性，我没见过她年轻的时候，但我可以想象她的柔美，即使是人到中年，她也仍然有着北方女性所没有的如水的姿态。

我第一次去她家，是在毕业留校不久，还很有些拘束，和另外一个同学，拘谨地并排坐在一张双人沙发上。说了一会儿话，只见尤老师站起来，走到厨房，从里面端出来一只小瓷盆，放到我们面前的茶几上。里面，是满满一盆炸得金黄金黄的小面饺。

"尝尝看，"尤老师说，"小点心。"

小心翼翼地，翘起手指拈了一个，放到唇边轻轻一咬，哦，好香。里面的馅料，是切成小丁的广式香肠和别的什么东西，忘记是什么了，当时也没好意思问吧？只记得，面皮也很酥脆甜香，她说，面皮里是掺了奶粉和鸡蛋。"我自己瞎琢磨着做的，我家孩子们很爱吃。俩兄妹坐在那里，一会儿，大半盆就下去了。"

那时候我想，做她的孩子可真好。

渐渐的，知道了，尤老师特别会做饭，也爱做饭，还爱招待我们这些后辈。中文系的年轻教师，特别是我们这些留校的、她曾经的学生们，没有一个人没去过她家吃饭的。常常，在周末的晚上，或是某个假日，老师召饮，呼啦啦地，我们欢天喜地结伴而来，早没了当初的拘谨。记得老师家的餐桌，曾经是一张大圆折叠桌，后来，搬了家，换成了西式长餐台。但上面的菜式，一成不变得好吃，而那份欢乐，更是不变。

常常有一份红烧肉，有时，和鲜笋烧，有时，和笋干烧，和百叶烧，有时，是和鱿鱼烧。无论和什么烧，都是大家的最爱。

如果能买到新鲜的鳜鱼，餐桌上就会出现一道江南名菜：松鼠鳜鱼。如果是春天，就会有一大盘油焖春笋。假如只是女生聚会，菜品就清淡，也更细致，比如，可能就会有一盘洁白如玉的龙井虾仁，有桂花莲藕；假如桌上男士居多，河虾就会被海虾取代，上一盘油焖大虾或者白灼椒盐两吃。她还特别善做熏鱼，那是男生女生都喜欢的佐酒佳品。

平日里，去老师家拜望或者小坐，也常有意外之喜。有一年深秋，她刚从苏杭、南京一带探亲回来，我去看她，她端上来一小碗西湖藕粉，上面撒着新鲜的桂花糖，是她南方的亲戚采下桂花自制的，香气馥郁，让我惊喜不已。那是一个没有网购的时代，像桂花糖桂花酱这种南方美味，在我们这里，是很难买到地道的佳品的。

冬天，聚会的餐桌上，常有温过的黄酒，里面加了几粒话梅，那是我们女士们的佳酿。男士们的首选，永远是白酒。对于很多本土的男士而言，最好的白酒，不是茅台，不是五粮液，而是我们自己的汾酒，汾阳杏花村老汾酒，最好是二十年陈酿，青花瓷瓶包装的那种，那是可以让他们灵魂出窍的恩物。但是到了老师这里，入乡随俗，也喝起了陈酿花雕。

老师的先生,是南京人,姓梁。梁先生也是一个热情、好客的人,所以他们的家,才有可能成为我们这些学生的"第二客厅"。等我有了女儿,有好些年,我很少参加先生家的聚会。后来女儿大了,尤老师说:"把泡泡给我带来吧。"于是,我的女儿,就欢天喜地地成为了我老师家的座上宾。

女儿来,老师家餐桌上,就格外地丰盛,也格外地热闹。我的女儿是大家的宠儿。那时,我其实已经离开了我的母校,成为了一名专职作家,可是,我从不会把我的女儿带到那个所谓同行的圈子里去。但我可以放心地、快乐地,领着我的宝贝,出入我老师的家,和先生一家、和我的师兄师姐们欢聚。在这里,女儿也毫不拘束,她特别爱吃尤老师烧的菜,尤其是那款鱿鱼红烧肉。尤老师也特别细心,摸准了我女儿的口味,只要她来,桌上的菜,样样都让她欢喜。

我女儿迷上了尤老师的餐桌,也迷上了尤老师。

女儿从小吃我母亲的饭菜长大,我母亲的厨艺,大多源自我的奶奶,基本属于北方的风味格调。它的美,朴素、饱满、沉稳,又有激情,浑厚如同北方的河山。而尤老师饭菜的滋味，则更微妙、婉约，也更丰富，曲径通幽，优雅如南方的园林。两者我都喜欢。记得我曾问过女儿，我说："你觉得尤老师的菜和姥姥的菜，有什么不同吗？"女儿想想了，回答说："打个比方吧。姥姥的菜是天空，蓝天白云，而尤老师的菜，是有焰火的夜空。"

我听了，暗自赞叹。

后来，退休后的尤老师，还迷上了做衣服。

她曾送我一件居家服，是她自己设计和缝纫的，一件夹衣。里子是纯棉布料，面子是灯芯绒。深墨绿底，上面有咖色和橙色花纹。样式宽松舒适随意，没有纽扣，两根带子，在前边随手打个结，有点日式风格。尤老师的儿子，在日本留学，博士毕业后，就留在了那边工作。尤老师去探望儿子，回来说，那边的猪肉真是太难吃了，怎么做也做不出中国的味道，家的味道。她不喜欢儿子客居的那个地方，住不惯，但喜欢那个地方的服饰，所以做了这样一件家居服送我。

我很喜欢。也很珍惜。

尽管，它并不是多么精致，多么无懈可击，可我爱它。穿了许多年。这些年，一边喊着"断舍离"，清理过剩的衣物送人和支援贫困地区，一边不停地买买买，但这件衣服，尤老师的作品，我则一直收藏在我山西的家里。

我女儿也喜欢这件衣服。

她们这一代人，八〇后，是读着日本漫画长大的。对日本文化和日本，有着复杂的心结。

我女儿出国读书前，她姥姥和她有过一次私密的谈话。她姥姥说："泡泡，姥姥求你一件事，你一定要答应姥姥。"

女儿说："什么事？"

姥姥说："姥姥求你，你可以和任何一个国家的人谈恋爱，但是，你一定不能给我领一个日本女婿回来。姥姥这辈子就只求你这一件事。"

我女儿很震撼。但她当然答应了她的姥姥。

很多年后，当她姥姥已经丧失了语言和行动能力之后，某一天，在姥姥的病床边，她告诉了我这件事。

我理解。

我母亲伊河边的老家，她爷爷发达后盖起的大宅院，雕梁画栋，抗战时期，做了流亡在那里的河南大学的校址之一，后来，被日本人的炸弹彻底摧毁了。我十几岁的母亲，看着她父亲蹲在断壁残垣面前,捂住眼睛痛哭。她的妹妹,因为逃难,生了病,缺医少药,耽搁了,死在了她母亲怀中。她母亲那种疯狂的痛苦和绝望,如刀刻一般,刻在了我母亲的心里。

我女儿遵守了和她姥姥的约定。

但,她姥姥却没办法改变她的审美。

以及,她的某些口味。

她酷爱吃刺身。当然,她现在只能吃鱼类的。不过,鱼类也足够她吃了。浩浩汤汤的大海里,有多少种鱼啊,数也数不清吧,比人的种类多多了。现在是人吃鱼,谁知道未来怎样?或许,有一天,这地球上,没了人类,只剩下鱼了也说不定啊。

有一段时间,我女儿在家,也爱穿这件和式的衣服。

舒服。她说。

"妈,你怎么什么都不会呢?"女儿有时会这样质问我,"你看看人家尤老师。"

我只好回答说:"俗话说,巧妈笨闺女。只怪你姥姥啥都会干,所以我就笨了呗。"

我安慰她:"同理,笨妈巧闺女。我这么笨,你将来一定很巧。"

但是迄今，我没看到一点这样的迹象和苗头。曾经，在法国的八年，她真是下厨做饭，我和她爸还都在法国吃过女儿做的中餐，还真的像模像样。只是，回国后，就再没见她下过一次厨房。我问她：

"你不是说，想做尤老师那样的女人吗？"

"是啊，"她回答，"精神上是啊。"

我想想，她说得还真对，叫我无语。

尤老师退休后，没几年，梁先生也退休了。他们的女儿，在大连安了家，有了孩子，所以，尤老师他们就移师大连了。他们的家，还在老地方，但人去楼空。有一段时间，我觉得这个城市都变空了。偶尔，他们回来，我们相聚的地方，就变成了餐馆、饭店，或是"上岛咖啡"这一类地方，找个包间，几个人坐坐，喝个茶，吃个便餐。聚时是开心的，但散场时，走在路上，我却比任何时候都更深切地意识到，这个城市，是没有尤老师的城市了。

大约在2004年前后，某一天，我的师姐和好朋友给我打电话，告诉我，梁先生病了。尤老师和梁先生要回我们城市看病。

无痛血尿。

我的心一沉,知道这不是个好兆头。

果然,是膀胱癌。

他做手术那天,我们几个弟子,陪着尤老师,守在手术室外。我嘴里不说,心里却存了幻想,幻想是误诊,幻想它不过是个良性的肿瘤。主刀的医生,是我们这个省份泌尿专科第一把刀,很厉害。手术很漫长。但结果是残酷的,晚期,而且,扩散得很厉害。

接下来就是痛苦的化疗。

住院,出院,又住院。请了护工,先生的女儿也回来陪护。我们这些学生,也跟着忙。跑医院,送饭,去家里陪伴尤老师。尤老师给梁先生煲汤煮粥做饭,可是梁先生吃不下去。

梁先生曾经写过一篇文章,是写他小时候遭遇南京大屠杀的经历。记不清内容了,记得一个细节,破城前一天还是当天早晨,他妈妈给他做了他爱吃的酱油蛋炒饭。我曾问尤老师,酱油蛋炒饭是什么样子?尤老师说:"嗨,就是蛋炒饭里加酱油,并不好吃。"可从此我做蛋炒饭时,就爱做酱油蛋炒饭了,直到今天,也仍旧如此。

在梁先生最后的日子里，我和我丈夫去病房探望他。他已经瘦得脱形了。我们貌似平静地说话，说些自己也不相信的安慰话。梁先生喘息着，说：

"李锐，等我好了，出院了，我们一起去吃海鲜……去海外海，我请客……"

"好，梁老师，"我丈夫回答，"我等着您，在海外海请我……"

海外海，是我们城市最好的餐厅之一，主打海鲜。

出了病房门，我流泪了。

那是我最后一次看见梁先生，那是我们最后的对话。

几天后，梁先生走了。

没有了梁先生，尤老师很少很少回我们这个城市了。那个家里，一定有太多她不敢去触碰的回忆。我的城，真是一个没有了尤老师的城市了。我和我的朋友，我的师姐，一直说要去大连看尤老师，却一直因为这样那样的原因，因为七事八事，未能成行。

其实，梦里，我已经去过了不止一次。

还想说说成立先生。

成立先生是浙江人，毕业于上世纪五十年代晚期的北大。

那时，他是我们的系主任。多年前，我离开师专前，曾在一篇文章中这样写过：

"成立先生是我们系执牛耳者。我永远以是他的学生为骄傲。"

我还写过，我说，我不知道他在学术界是否很有名望，但在我心里，他是一个真正的学者。他严谨、谦和、自尊、亲切，你面对他，就像面对一本博大精深却又深入浅出的巨著。

我还写过，作为一个教师，他从不讨巧，从不卖弄，也从不迁就。他不是个要急于赢得廉价喝彩的布道者，我们甚至都有些怕他。他话不多，更没有废话。但他时常会在讲课或者说话时突然温和、腼腆地一笑，他的亲切就隐藏在这非常动人的迷人一笑中：没有胸怀的人，阴暗的人，是不会这样微笑的。

我们 77 级学生，入校时，是 1978 年春季，十年浩劫，百废待兴，还根本没有统一的国家教学大纲和各科的统一教材。我指的是中文系汉语言文学专业，理工科的情形我就不知道了。老师们讲什么？用什么教材，这很重要。成立老师教我们文艺理论，那时，和我们同届的山西大学的文艺理论课，就选了《讲话》做教材。成立老师的教案，则不同。他给我们拉了两条线，东西方各一条，为我们梳理了文艺理论的源头和流变，以及各种学说和流派。西方，从苏格拉底、柏拉图、亚里士多德讲起，一直到别、车、杜。中国则从孔子、老庄等一直到王国维。要知道，那是 1978 年啊。后来，他还率先给我们开了一门选修课：西方美学史。

我已经说过，我们这批 77 级学生中，有许多曾经的老高三学生，他们大多出自各地的中学名校，有很强的实力。各科老师对他们都非常看重。我的母校，又是一个恢复不久的新学校，师资力量急需补充。所以，我们毕业时，成立老师他们这些系主任，经过多方努力，为每个系都争取到了好几个留校名额，中文系争取到了七八个。经过自愿报名和考试，最终，留校的学生中，都是曾经的实力雄厚的老高中生。当然，除了我。

他们都比我大六七岁。

也都在入学前结婚成家生子。

而我，一毕业，刚刚留校，就办了一件大事，结婚。一年多后，突然发现，怀孕了。

才五十多天，可是怀孕的反应，突如其来。我一下子就躺倒了。那时，我很瘦，体重八十多斤。我丈夫惊喜地说：

"哎呀，竹竿怀芦苇了！"

可是，我的怀孕反应，可以用一个词形容：排山倒海。那汹涌的来势，真是吓人。我不能吃任何东西，连喝水都吐。人根本不能站立，甚至连眼镜都不能戴。在这之前，之后，我都没见过比我反应更强烈的孕妇。我一天不知道吐多少次，为了孩子的发育，强撑着吃下一点东西，接下来就是翻江倒海。胃吐空了，就吐胆汁，胆汁吐完，接下来就是吐血。我一直不清楚那血是怎么回事，后来想，可能是把食道吐破了吧？看到那一盆血水，人总是要惊慌的。我想，大概是要死了吧？

成立老师他们来家里看我的那天，我刚好吐出一脸盆血水，趴在床上，气喘吁吁，满脸是泪。

成立老师站在床边，看着那一盆血水，沉默不语，神情紧张。估计他也从来没见过怀孕怀得如此壮烈的阵仗。我爬不起来，说："抱歉，成老师，我还得请几天假——"

他打断了我："你安心在家休息吧，什么都不用管。你的课，我们回去重新安排别人上。你的任务，就是安全地度过孕期，安全地生下孩子。现在，没有什么比这件事更重要。"

就这样，整个孕期，我都没有去工作。一直到孩子生下来，休完产假以后，我才重新去上班，那时，孩子已经七个月了。一个职业女性，在中国，能够在整个孕期脱产脱岗的，掰着指头数，能有几个人呢？尤其是后来，听过多少职业女性在怀孕期间遭遇的各种不易、各种不公、各种辛酸，那时，我会想，我何德何能，竟然能够受到师长们如此的照顾？只能说，我太幸运，能够遇到这样人性善良的老师和领导。

记得我们刚留校不久，系里就组织了一次"青年教师学术报告会"。报告人是我们这些昨天的学生，听报告的是我们的先生，这当然让我们紧张、不适应。但是坐在下面的老师给予了我们诚心诚意的掌声，他们倾听时那种专注和投入，让我们每一个人都深深感动。而作为主持的成立先生，就坐在讲台一旁，给我们每一个作报告的学生倒茶水。

我爱师专。

它现在叫太原师院。

后来，成立先生调走了。回到了他的家乡，做了杭州师大的中文系主任。那是在上世纪八十年代中期吧？

后来，我也走了。先是去了艺术系。再后来，则离开了我的母校。

某一年，成立先生来山西开会，尤老师提前好几天告诉了我们这个消息。我们这些学生，和成先生鲜有联系，尽管很是想念。和成先生交往，特别能体会那句话，"君子之交"。听说成先生要回来，我们高兴极了，大家一起策划，怎么聚会，怎么玩儿。安排得很是圆满。

成先生来了。开完该开的会，剩下的就是我们的时间。看得出故地重游、故交师生相聚，成先生是开心的，甚至兴奋。我忽然发现，成先生的日程上，有个小小的空档，于是，我竟斗胆，请成先生去我家吃晚饭。话一出口，我自己也吓了一跳。

我拿什么招待我的老师？

自己也蒙了。

好在，先生说，连日来大鱼大肉，腻了，想吃清淡些，喝粥。

那一个下午，我骑着自行车，几乎跑遍了全城，去寻找一把鲜花。那时,我们这个城市,鲜花店还属于凤毛麟角的稀罕事物,不像后来,遍地开花。好容易,找到一家,买到几支打蔫的玫瑰,回来插瓶,布置了餐桌,就当它是主菜一般。

我常常干这样本末倒置的事。

当然,也是因为,私心里,我太知道自己的厨艺拿不出手,可我希望先生知道我是多么看重这晚餐,所以,我需要一点仪式感。

真的就只是煮了一锅"二米粥",用了大米和小米。粉丝蛋皮丝黄瓜丝凉拌了满满一大沙拉碗,切了一盘皮蛋,炒了一盘青菜,一盘西红柿炒蛋,还有一碟新东阳肉松也拿来凑数了。好在,是喝粥,还不算太离谱。

只是,由于浪费了太多时间在买花上,时间太紧张,凉拌的粉丝没有剪开,太长了,第一口,成立先生就被没剪短的粉丝呛了一下。

作陪的人,还有尤老师和我的师姐。一顿饭下来,尤老师评价了一句,说:"蒋韵杯子擦得真亮。"

后来,我知道了,在杭州成先生的家里,有个七十平米的小花园,种的全是玫瑰。

那次，可能是太劳累了，成先生身体不适，改签了飞机票。隔天，我们去尤老师家看望成先生，可能，是我那顿饭给他印象太深了，闲聊中，成先生对我说：

"你拿纸笔，记一下，我来教你做几个菜。"

于是，教我西方美学史和文学概论的先生，在一个很热的北方的下午，教我做了：梅干菜烧肉、冻豆、糖醋排骨、红烧肘花、藕饼、鱼头炖豆腐这几样具有江南风味的家常菜。他一样样说，我一笔笔记，我认真地记录了每一道程序，每一种配料、刀法以及火候的大小、烹制的时间等等。而心里，我知道，我一字一句记下的这些，这一切，它们珍藏的意义远远大于实用的意义。那将是供我追忆的时光。

至今，我的厨艺，仍然没有多少进步。

二　　一些难忘的地方

六合小馆

真的是一家小馆子,不是自谦,不是某种修辞。它开在浸会大学的旁边,去那里吃饭的,大多是浸大的学生。

2004年,香港浸会大学开办了首届"国际作家工作坊",邀请了世界各地九名作家到浸大做访问作家,我是其中之一。

要在香港生活一个月。

那时,我的城市还没有直飞香港的航班,我需要到北京转机。上午,我从太原飞到北京,而我飞香港的航班,是晚上八点起飞。白天和北京的亲戚聚会,没有休息,待飞到香港大屿山机场,落地,早已是深夜。和接机的人再乘车去酒店，安顿下来，凌晨一点多钟了。

这一天，这一路，喝水很少。到酒店，发现没有电热水壶。冰箱里有饮料，也有赠送的矿泉水，可是，我觉得胃有点痛，不想喝冷水。也因为很累，也因为太晚了，就没有打电话要电热壶，睡了。

第二天上午，作家坊的工作人员小何（后来我们成了很好的朋友），来带我办理一系列手续，跟着她，到银行、到办公室，东跑西跑，忙碌一上午，中午我们一起吃了午饭，她送我回到酒店，说让我休息。这时，我其实已经很不舒服了。

不停上洗手间，疼痛难忍，愈演愈烈。

泌尿系统感染。

到晚上，开始血尿。鲜红的血尿映衬着洁白的马桶，分外醒目，恐怖。看得让人心惊肉跳。

我手脚冰凉，一身冷汗。慌乱中，把带来的各种抗生素，都吞下去了。

凌晨，疼痛稍稍缓解，昏死一样睡着了。电话铃吵醒我的时候，已是下午。

是骆以军。他刚到。

他说:"蒋大姐,可以过去看你吗?"

我说:"好啊。半小时后。"

自始至终,我没和任何人说我生病。不想给人家添麻烦。尽管工作坊给我们每个人预先都上了医疗保险,但,活动还没开始,先病倒,总归是麻烦和不吉利的。显然,口服抗生素起作用了,血尿止住了。疼痛消失了。当我看到马桶里没有了骇人的鲜红时,一阵狂喜:知道自己挺过来了。佛祖、菩萨、上帝、各路神明,他们保佑了我。

当晚,马家辉先生请骆以军、马来西亚的黎紫书、还有我,我们这几个使用汉语的作家,去了九龙城里一个不大的餐馆,据说,是蔡澜先生常去的一家馆子。是不是就是传说中的那种"苍蝇馆子",我不能判断。那天,我完全不在状态,浑身酸软乏力,头也昏沉,更没有食欲。那一晚,吃了什么,谈了什么,如今回忆,一片空白。连餐馆的名字也毫无印象。只记得马家辉先生特地点了几样那家的看家菜,也是蔡澜先生推荐的。叫什么?不记得了。

真是遗憾。

接下来,就是工作坊盛大的开幕仪式,各路访谈、各种活动和宴请,我撑着。

身体没什么问题了，但食欲一直很差。

有一天，终于消停了，没有任何活动，也没有宴会，我一个人，出了酒店，随意走走。我不辨东西南北，瞎走。居然就是学校的方向，走着走着，就看见了那家小饭店。

六合小馆。

吸引我的，是这名字。什么是"六合"呢？

想着，就走了进去。

还不到饭点的高潮，小店里，人不算多，记得是里外两间屋子，还有空位。我一看，有各种粥，就要了一碗皮蛋瘦肉粥。端上来，很大的一碗，上面撒了金黄的薄脆。一口下去，哦，真好喝啊。米香和毫无腥气的皮蛋香，融合得天衣无缝。从没有喝过这么好喝的皮蛋瘦肉粥。和我在我的城市里喝的那种，完全像是两种食物。我喝得很慢，很从容，很庄重，体会着粥在我身体里的那种神奇裂变，一碗粥喝完，我知道，我痊愈了。

我喜欢上了"六合小馆"。

那里卖各种粥。艇仔粥、状元粥、白粥，等等。而我只喝一种，就是皮蛋瘦肉粥。

也卖各种盖浇饭、馄饨面之类，简言之，就是一个吃快餐的地方。

来来往往的，大多都是学生，鲜见我这种年龄的中老年人。可见，浸大的老师们是不来这里的。也从没见我们工作坊的人光顾此处。他们做的，可能就是大学生的生意。

除了粥，我有时会叫一盘盖浇饭。这里的盖浇饭种类很多，而我叫的，是最简单的一种：火腿蛋盖饭。一大片火腿肠、两只溏心煎蛋，两根菜心，盖在白饭上，上面，浇一点酱油。极其简单直白，甚至，粗鄙，但，匪夷所思得好吃：那正是人在旅途的味道。

但，我只在一个人的时候，才去那里吃饭。我从不邀请人和我同去。我觉得，它是我的一个秘境。有些地方，是迫不及待需要和人分享的，比如"糖朝""陆羽"等等，而有些，则只是你一个人的：你一个人的私藏。若干若干年后，看日本电视剧《孤独的美食家》，我忽然想起了我的"六合小馆"，那个地方，也曾让我体会过如同五郎一般那种孤独的、隐秘的幸福。

记得，去过几次之后，有一天，刚进去坐下，服务员就走来了，一边掏出点餐本一边说："来了？"我起初没反应过来，愣了一愣。她微微一笑，又说一句："来了？吃皮蛋粥还是火腿蛋盖饭？"

我笑了。心里一阵温暖。

那是一个高个子、大脸盘的中年女性，眼睛明亮，扎一条马尾辫。她使我在那一刻，忘记了我是这个城市的陌生人。

不知道它现在还在不在那里？

如今的香港，想来，也不是那时候的香港了。

中国厨房

还想说一个地方。鹿园。

鹿园，是中国作家都不陌生的名字，那是聂华苓老师的家。

2002年，和李锐一起，参加了美国爱荷华大学的"国际写作计划"，有机会，走进了传说中的那个鹿园。

它建在山坡上，树林中。当树叶落光的时候，站在它的平台上，可以看见山下流淌着的爱荷华河。

每天傍晚，有野鹿会光顾这里，觅食，其实是吃聂老师给它们准备的晚餐。第一天，屏着呼吸，隔着玻璃窗偷窥它们被夕阳笼罩的轻灵的身影，有种梦幻感，好美。

那后院，还曾经见过一只肥胖的獾。

当然，也可以在那里烧烤，烤牛排。

只要没有必须出席的集体活动，我们几人，晚饭后，必要到鹿园来。当然，也常常到鹿园来吃晚餐。

那一年，参加"IWP"的中国作家，除了李锐和我，还有西川和他的妻子、雕塑家姜杰、先锋导演孟京辉以及他的妻子、作家与剧作家廖一梅，这样一种"混搭"的组合和相遇，是奇妙的。假如不是鹿园，我们和有些人，可能就会永远错过。

是鹿园有魔力吗？还是因为什么原因，我们六个人，年龄不同，职业不同，性情不同，各自境遇不同，却一见如故。每天，聚在一起，说不完的话，聊不尽的话题。聊着聊着，大家发现，其实，尽管有那么多的不同，可更多的是相同的地方：都热爱自己的职业，尊重它，视它为一项严肃的事业；都面临着种种困惑，比如，面对世界，我们是谁？我们怎样发出自己的声音？而不仅仅是一种回声？怎样的表达是自由的、真诚的、自己的表达，而不仅仅是"摸脉"或者某种符号？又或者，需不需要证明，我们是谁？又向谁证明?……太多太多的困惑、纠结、矛盾、迷茫甚至是痛苦,充斥在我们心里,原来我们每个人都走到了这样一个关口。这使我们变得一天比一天亲近,仿佛,回到了久违的八十年代。

怎么会有那么多的话题和故事啊!每个夜晚,都想聚在一起,说啊说。说到会心处,拍案叫绝,有时争论起来,也能吵得天翻地覆。当然,不会只聊严肃的话题,也聊八卦。一次李锐说了件什么事,竟能让孟京辉笑得从椅子上滑坐到地上。也有时,我们变得很安静,坐在那里,静静地,听聂老师给我们讲故事,桌上,是白兰地和切成小粒的奶酪。

Cognac。康尼雅克。干邑白兰地。那是聂老师的最爱。

聂老师家的大长餐桌,就是我们经常围坐的地方。常常,聂老师会让我们来吃晚饭。傍晚,我们从城的那一边,一路走来,刚爬到半山坡上,就会闻到某种肉香。我们像孩子一样欢呼,加快脚步。果然,厨房里,红烧小排骨出锅了。那是聂老师最拿手的菜。红亮亮的一大盘,漂亮极了。砂锅里,煨着鸡汤,也是香气缭绕。电锅里,是满满一大锅泰国香米饭,再炒两盘绿色的青菜,我们在爱荷华河边的晚餐,就这样简洁完美地摆在了餐桌上。

聂老师烧的小排骨，不仅好看，更好吃，非常鲜嫩入味。满满一大盘，总是被我们一抢而光，连汤汁也不剩下，用来浇饭。聂老师说，当年，上世纪六七十年代，她刚到爱荷华的时候，这里的人，没人吃排骨，肉店里也不出售这种东西。起初，聂老师来买，卖肉的人很奇怪，不知道她为什么要买这种东西。所以，不要钱，干脆就送她。后来，一年又一年，华人多起来，再后来，有了中餐馆，买排骨的人，越来越多，终于，水涨船高，排骨的价格早已不是当初可比的了。

饭后，大家七手八脚，收拾好餐桌，把餐具归置到洗碗机里，聂老师拿出了酒杯和"康尼雅克"。柔和的灯光，洒在桌面上，洒在酒杯里。康尼雅克金灿灿的，散发出幽幽的芳香。我们的夜晚开始了。

喜欢看聂老师酒喝高了的样子，眼睛如少女般明亮，水光潋滟，哈哈哈大笑，爽朗如豪杰。

我们这几个年轻和中年的后辈，没一个人，及得上她的酒量。

佐酒的是奶酪，我永远记不住那些奶酪的名字。为了照顾我们的口味，聂老师买来的奶酪，味道都是中庸而祥和的，很好吃。这让我产生了错觉，以为奶酪不过如此。后来，有一年，在巴黎，参加一个文学活动，有一位来自意大利的女教授，请我们去她家吃饭。她是韩少功等人的朋友，也认识李锐，大家就去了。端来了餐前开胃小食，是各色奶酪，我一边说话一边顺手捡了一粒放进了嘴里。"轰"一声，我脑子炸了，眼前一黑。天，佛祖！上帝！那是什么味道啊！腥膻恶臭，我咽不下又不敢吐出，眼泪几乎要出来了。我含着，忍着，终于趁人不备跑到卫生间里吐了，用手掬起自来水，反复漱口。这才知道了奶酪的厉害和摧枯拉朽的攻击性。

也更体会了聂老师对我们的细心。

酒使我们每个人的眼睛，都有了水光，也更兴奋。话题绵绵不绝，谁也不舍得从这光明的餐桌前离去。可是，夜深了，宴席该散了。我们终于起身，几个人，说笑着下山，然后，沿着爱荷华河，一路走回我们的旅舍。从前，IWP 的作家们，是住在"五月花酒店"，那里离鹿园要近许多。而如今我们下榻的旅舍，则要更远。我们走在河边，闻着河水的腥气，闻着草叶、树叶和夜的香气。月光洒在河面上，有时，没有月色，爱荷华在沉睡，偶尔，能听到河水"扑啦啦"的响动，是鱼在跃出水面。鱼醒着，是被我们的说笑声、歌声吵醒了。

这条路，越走越熟。我们从夏末秋初，一直走到了深秋，走到了初冬。

天冷了。孟京辉穿上了皮夹克。西川披上了聂老师送他的保罗·安格尔的大衣。一梅则戴上了帽子。那帽子，我叫它"保尔"帽，两边有长长的护耳，很别致，很好看。她的脸，如白瓷一样闪着某种幽光。空气寒冷清冽，星星亮得如同神迹。真好。但是，就是那句话，千里搭长棚，没有不散的宴席。这样朝夕相处的日子，不多了。我心里一阵依恋。

那时，在国内，同行们见面，谁要是不识时务地谈论写作的事情，那只能让人觉得你是个傻×。你是个搅局者。买房买车、吃喝玩乐、打牌打麻将、古玩收藏、足球 NBA，当然还有各种八卦，聊这些，才是一个潇洒的、值得交往的朋友。我想，假如，换一个地方，我们几人，是在国内相遇，还有可能，成为这样的忘年之交吗？又或者，回到那个氛围之中，我们还有可能，延续我们这样难能可贵的友情吗？

我突然很伤感。

姜杰是最先离开的。她在中央美院执教，不能全程参加。临行前，她做了一件大事，为IWP的创始人之一、聂老师的先生、诗人保罗·安格尔，创作了一尊塑像。那几日，我天天陪她去学校艺术系的教室里，看她创作。那是我此生第一次也是唯一的一次，见证了一件雕塑艺术品的诞生。看它怎样从一块一块、一团一团胶泥，从混沌、茫然和无知无觉中，长出生命。长出一个血肉丰满的、生动的诗人。他像爱灵魂和诗一样，爱他的妻子。

后来，这雕像，被铸成了铜像。那是在我们离开之后了。

后来，十几年之后。我女儿也来到了IWP，来到了鹿园。那一天，手机响了，我听到了聂老师遥远的声音，九十岁的声音。她很兴奋，问我：

"蒋韵，你猜猜看，现在谁在我家里啊？"

我不用猜。我知道。

一下子，鹿园的夜晚，鹿园缠绵的灯光，壁炉里熊熊的火光和红烧小排骨的香气，汹涌着，来到我的心里。

涧河滩

我往回走。

看见一个美人。

我喜欢美人。天然地,想亲近她们。

她站在荒凉的河滩,近五十年前的涧河滩。她风姿绰约,穿一件中西式结合的蓝地花罩衫,两根齐肩的麻花辫,眉目如画。

可是,她却有一个不好听的绰号:酸馄饨。

那算是人以地名。

那一年,我十八。她二十。

曾经,她是我们这个"建筑材料厂"西山"车间"的四大美人之一,备受景仰。我没有见过她的鼎盛时期,当她从开采石方的西山下到我们东山脚下的河滩上时,已经今非昔比,被人嫌弃地称作是"酸馄饨"了。

她家住在我们这个城市最中心的地带——钟楼街开化寺。

那是条极热闹的商业街。大大小小的商铺云集于此。星期天，走在开化寺窄窄的街上，人流汹涌，几乎难以通行。这条街中间，有个不大的饭店，叫"鸿福居馄饨馆"，她家就住在这个馄饨馆里。

那整条街，都是老建筑。"鸿福居"店面临街，穿过店面，则是一个不大的天井院，后厨面案都设在天井院。院里，有一道楼梯，通往地下室，地下室其中的一间，就是老酸一家四口的家。

星期天，去逛钟楼街，逛累了，常常就拐进了开化寺街，穿过馄饨馆的店堂，走进天井后院，走下楼梯，来到她家里，歇歇脚，喝杯开水。

我俩很要好。

她脾气暴躁，任性，说话尖刻，有时阴阳怪气，却又有一点小小的文艺腔，目中无人，心高气傲，不把我们那个生产石灰、红砖、麻刀以及开采石方的集体所有制小厂放在眼里，更不把那些烧砖背窑推砖坯、炸石头赶马车的男人们放在眼里。曾经，有多少人追求她，把她捧在手心一般呵护，但是，她很快就让那些怀揣梦想的人醒悟了，她不属于他们，永远。

于是，渐渐地，她就变成了他们嘴里的"酸馄饨"，算是人以地名。再简化，就成了"老酸"。常常，当着面也这样叫她。

背地里，喜欢取笑她的家，暗无天日，没有窗户，白天晚上一个样，永远都得开灯。

这条街上的居民，我觉得，人人都有来历。

她母亲，是旁边开化寺商场的营业员，她父亲，则在一家单位食堂上班。那是他们建国后的身份，民国时期，他们做什么，就不知道了。只知道，她父亲，解放后曾入狱判刑，什么缘故，我没问过。

同一条街上，还有一个我们厂的青工，有一次，我去鸿福居，在他家门口碰上了，他盛情邀请我去他家坐坐。家门就临着街，毫无遮挡。我进去了，吃了一惊。家很小，很逼仄，很破旧，却赫然摆放了一张大铜床，黄铜的、带栏杆的西式大床，惊艳无比，霸道无比，和这个家格格不入，似乎，这个破屋子就是一个储藏它的库房，或者，一个埋葬它的坟墓。我寒暄两句逃了出来，知道这人家也是有故事的。

那时，我朋友其实在恋爱。

对方是很帅的一个男士，很"港气"。那时我们这个城市把时髦的人物称为"港气"。当然，也只有这样的人才配得上我美艳的朋友吧？这个男朋友，也是个普通工人，但，家庭出身似乎很复杂，他母亲的家族谱系，似乎，和越南的阮朝皇室有瓜葛，不知道是他姥姥还是谁，是个什么公主之类。我朋友弄不清楚，估计，她男友也未必清楚，甚至，真假难辨。但，我朋友的父母，坚决反对他们交往。他们家已经是个污点家庭，哪里还能容忍和更浑浊的家庭结亲？这样下去，哪一天才有出头之日？

我朋友的母亲，性子刚烈。她说："你要不和他断，咱俩就一块儿喝耗子药！"

她知道，她妈不是吓唬她。

也就真的断了。这样的故事，在那个年代，又有什么稀奇？

但她脾气变得更坏，说话也更尖酸。有人对面走过，和她打招呼，讨好地笑，她不理。我说："你咋不理人？"

"理谁？"她反问。

"谁谁谁呀。刚过去。"

她冷笑一声："他？一米短三尺，掉地上找不见，谁看得见他？"

我知道她失恋，心情不好，放她一马。

用今天的话说,她是个颜值控,"外貌协会"死忠粉。

我在从前的小说里,无数次描绘过我们的涧河滩,我们的"厂"。它被一条枯干的河流围困着。河道里,没有一滴水,流的都是大大小小的石头。这道枯河,就是我们厂的"厂界"。没有围墙,没有门。那真是山根下一片辽阔的荒滩,满眼赤黄,方圆十几里,只有一棵树。一棵白杨树,高高地长在我们的井台上。风一吹,树叶像风铃一样哗啦啦响。荒滩上,散落着十几座老式的砖窑,冒着一缕缕呛人的青烟。天很蓝,蓝得让人心慌。除了砖窑,还散落着几间瓦房,高高低低,高处的,挨着山根,最大的一间,是我们的"机房",装着一套制作泥砖坯的机器。用炸药炸出的黄土,一平车一平车,被人推送到粉碎机里,经过数道工序,再推出来时,就是湿漉漉的泥砖坯。年轻的小伙子们,用特制的坯车,推着一板板泥坯飞奔而下,熟练的人,姿态优美轻盈,奔跑的姿势如同羚羊;新手一眼就可看出,战战兢兢,控制不住车辆,呼哧呼哧,蠢笨如熊。他们向着砖窑旁的晒坯场一路奔来,奔向我们这些年轻黝黑、挥汗如雨的姑娘,接下来的工作,就是我们的了。

我们叫"码坯工"。

一板一板的泥坯，每一板，重达百多斤，两个女孩儿，分站坯行两边，一板一板卸下来。熟练的工人，卸坯板的动作，如行云流水，"唰——"一悠，颇有舞台感，配合默契，使的是巧劲。然后，一块一块，用叉子叉起来，每一块都有十多斤重，有规律地、整齐地码到低低的坯台上。烈日当头，河滩毫无遮挡，人弯着腰，汗水不是滴，而是流到泥坯上、地上。我们的工作服，和人家正规工厂的也不一样，是用"再生布"制成，很容易被汗水浸透。于是，每一张弯着的脊背上，都有大大的白色汗碱画出的地图。

我码的砖坯，非常整齐，甚至是漂亮。间距、行距均匀，外表光洁，有一种几何美。只是，没人注意，无人欣赏。人累成了狗，哪有多余的力气去审美？可我就像一个强迫症患者，我码给天空看，码给过往的白云看，给风看，给驻足的小鸟和爬行的蜈蚣看，给钻出地面的"打碗碗花"看……那时，我不知道有一天我会变成一个码字的，我码字，也力图尽善尽美。但，它们的命运，和旷野中无人瞩目的坯架，相差无几：它们注定寂寞。我，不在乎。

有一天，她过来了，站到我的坯架前，说："真好看。"

"啥？"我一下子没反应上来。

"你码得真好看,"她回答,"码那么好看有啥用?又不是绣花,晒干了,还不是背进窑里去烧去炼?费那心思是傻了吧?"

我无语。她说得不错。

"不过,看着真是顺眼。"她冲我一笑,"好看一天是一天。"

我也笑了。我等着她这句呢。

那是我们亲近的开始。

河滩上,那几排青砖房,住着从五台和定襄招来的背窑工。余下的,只剩伙房和一间会议室。说是会议室,其实破败无比,没有一张板凳桌椅,人们拖来草帘子,席地而坐。不开会的时候,就是我们所有人的饭堂和午休的地方。也有不喜欢扎堆的人,就钻到坯行里吃饭。两架坯架上,用苇帘搭起窝棚,里面铺上草垫,就是一个私密的小屋。我和我朋友,也喜欢钻进这样的窝棚里,度过我们的中午。

热极了。可是安静。

砖坯被烈日烘烤着,蒸腾着湿气,而苇帘、稻草垫、还有荒滩上那些野草、野苜蓿,也蒸腾着植物的气味。那是好闻的。我们从伙房取回了自己的饭盒,里面是热好的、从家里带来的饭菜。两个人的菜饭，合起来吃，丰富许多，也感到新鲜。

有一天，她带来满满一饭盒西红柿卤，里面有几片肉片。对我说，这是鸿福居的浇头。

"你买的？"我问。

"不是，是大师傅给的。"她回答，"这是员工吃的。他们做多了，吃不了，就给我盛了一饭盒。"

那时，我们带饭，都是头一晚上的剩菜饭，没人一大早爬起来现做吃的，根本来不及。一只大号钢精饭盒里，装两个馒头、窝窝头、半盒剩菜，蒸笼里一热，什么菜也都塌了架，变得软烂。人人如此。这么一大饭盒西红柿肉片卤，太奢侈了！她倒一半给我，掰块馒头一蘸，好香！果然是大师傅给自己做的饭，肯下料，上面飘着一层油花，西红柿很鲜，肉片不大，但炒得很是入味。我们也不介意那是人家的剩菜，吃得痛快淋漓。

我说："我从来也没吃过鸿福居呢，看来他家的东西，一定好吃。"

"他家最好吃的，是锅贴。"我朋友说。

"烙锅贴的大炉子，就支在院子里，来来回回从旁边过,焦黄的底,嗞嗞嗞冒油,闻着好香。"她又说。

那时,我们都没有闲钱,可以经常去吃一碗馄饨或者一盘锅贴。我朋友,守着饭店,又怎样?也一样没有钱。

"馋吧?"我问。

"不,"她回答,"是恨。我看见那炉子就恨,看见煮馄饨的大铁锅就更恨,我恨那个地方。"

我沉默了。

"我想好了,谁要是能让我家搬出那个地方,谁让我父母我弟弟能住进一个有窗户、白天不用开灯、可以从玻璃里看见天日的房子,我就嫁给谁。"她边吃边平静地说,"我一定每天都把玻璃擦得亮亮的,一尘不染。"

她家没有窗户。她家的屋顶,就是店堂的地板,星期天去她家小坐,头顶上咚咚咚的脚步声,此起彼伏,一刻不消停。一盏大约二十五瓦的灯泡,照着一盘铺板搭起的大炕,照着炕上靠墙摞着的衣箱,照着一个支在地上的旧条案,一只小柜和两把木椅。简单,寒素,但是整洁。我相信,假如她有一间明亮、宽敞的房屋,她一定会收拾、布置得特别漂亮。她有这个才能。

"我男朋友,"她静默了一下,笑笑,"我男朋友,刚认识他的时候,我都不好意思领他到我家里去,我不想让他看见我住在那种地方。后来有一次,他自己找去了,我生气了,其实是伤心,说,我不想在一个连窗户都没有的地下室和我的爱人约会——你知道他怎么样?"她这样问我。

我摇摇头。

"他画了一幅画,"我朋友说,"他有才,特别会画画,也爱画画,在他们厂俱乐部里天天画样板戏海报,画领袖像。他送了一幅画给我,是油画,画了一扇窗户,大玻璃窗,海蓝色的窗框,一层轻纱的白窗帘,用蓝色绸带系着。窗外有蓝天,特别蓝的天,有一棵开满槐花的绿树,阳光灿烂明亮……他说,把它挂到墙上,我们就有窗户了。"她笑了,"傻吧?"

"你挂了吗?"我问。

"没有。我拿回去,偷偷塞到炕底下了。我不敢让我妈看见,我妈要是看见,更得骂他不着调。分手的时候,我把画还给他了。"

她平静地、波澜不惊地说。

像一个老人。

后来,她隔三岔五地,会带一饭盒西红柿卤来,西红柿鸡蛋，或者是西红柿肉片，都是鸿福居的员工餐。那正是夏天，西红柿最好也是最便宜的季节。这个城市的人民，百吃不厌的就是这道菜。那个夏天，因为这道菜，我格外盼望午餐时光。就算是一个玉荄面窝窝，有西红柿卤相佐，也变得有滋有味，好吃许多。酷烈的中午，如同赤地的河滩上，湿气蒸腾的坏行，苇帘和草垫子搭起的窝棚里，我结识了鸿福居温柔的味道。

我相信这一饭盒西红柿卤，是因为悲悯。那掌勺的大师傅，对这姑娘她的家事，怕是也知根知底吧？知道这个姑娘的不容易，知道她活得艰难。

1966 年"红八月"时，她的父母，带着弟弟，被当作牛鬼蛇神赶回了河南乡下老家。她没走。她本应该随同父母一起被扫地出门，但她奇迹般地没离开我们的城市。这一段历史，她语焉不详。我猜，她一定是表示划清界限了吧？诸如此类。我没有追问缘由，她也不讲。只说过，那时，她一个人，十四岁，靠捡破烂维持生计。一个十四岁的女孩儿，一个人，在城市里，竟然活了下来。她去菜场拣烂菜叶，在鸿福居的煤渣堆里拣燎炭，就是北京人说的"煤核"，生炉子取暖过冬。鸿福居的大煤堆，堆成小山，师傅们见她可怜，偷偷给她撮一簸箕煤，放她门口。她有原则，不要，再倒回到煤堆里。若是有时给她端一碗员工餐，一碗面条或是一碗烩菜，这个，她不拒绝。她说，讨饭可以，她也当自己是个讨饭的，但讨人家的煤烧，那就是贪心了。

我调离河滩的时候，她还在。起初，我们还有交往。星期天，我逛钟楼街，偶尔还是会到她家里小坐一会儿，讨口水喝。后来，她也调离了建材厂，换了工作。再后来，他们搬家了，我们就断了联系。知道她结了婚，爱人帮她家换了地上的房屋。她父母的余生，她弟弟的未来，有了明亮的大玻璃窗，有了窗外的蓝天白云和风景。她真的做到了。

只是，她调工作，结婚，都没有告诉我。特别是结婚，据说没有请一个我们河滩上的故人。辗转听说，她丈夫大她很多，人有能耐，只是，长得很困难。

这样的事情，在这世上，何止千千万？

可她终究还是一个和自己过不去的人。她对别人尖酸刻薄，对自己，也是同样不留情面。没多少年，大约是在我上大学后，听人说，她突发急病，去世了。

有人说是心脏病，有人说不是。

在突发心脏病猝死的年轻人群里，女性凤毛麟角。

我问自己，她活得是有多憋屈？我问了一遍又一遍，心痛难抑。我问她，你连饭都讨过，要饭的日子你都过过，还有什么日子你不能忍？

她不回答。

如今，那给过我们施舍的鸿福居也早已没有了，消失了。城市大改造，开化寺街变成了什么样子，我一无所知。只是，偶尔做梦，梦见我不知因为什么缘故，又回到烈日酷暑下的河滩上班了。一个激灵，吓醒了，心怦怦乱跳，出一身冷汗。

怎么又回到过去了？我惊惧地想。

陀思妥耶夫斯基说："我怕我配不上自己所受的苦难。"

我不敢这么说。

因为，几乎没有什么人，能够配得上他们受过的苦难。那是"人"这物种基因的缺陷。

这次世界的大疫，人在苦难面前的种种表演，更让我悲哀地看清了这一点。

人啊，不配过好日子。

第七章 结束语

二百多年前的萨瓦兰先生，是个拥有乐观人生观的人。千万不要以为他只是一个生活优渥、养尊处优的人。不是，他一生，也曾有过在欧洲大陆颠沛流离的流亡生涯，甚至逃亡到了刚刚立国不久的美国，在那里，教授法语和小提琴，一度，还做了纽约公园剧场的第一小提琴手。

当然，他最终在他的祖国，成为一个备受尊崇的政治家和学者。然而，就在他去世前一年，犹豫再三，他决定出版这本他用二十五年时间写就的关于美食的书——《好吃的哲学》。人们大吃一惊。这本书和他政治家、学者的形象反差巨大，而这本书对世界造成的震动，也是令人震惊的。书出版仅两个月，萨瓦兰先生就去世了。而这本书再版时，主动提出为它作序的，是巴尔扎克。

我必须诚实地说，这本书，我真的没有读出它"开天辟地"的意义。

它并没有让我激动，让我沉浸其中。

可它还是诱使我写下了这篇文章，只因为那句话："告诉我你吃什么样的食物，我就知道你是什么样的人。"

那么，萨瓦兰先生，请告诉我，我是什么样的人？

也许，这并不能难住他。他洞若观火。也许，他说的是，你是哪一类人。

这个，我自己也知道。我偶尔食肉，可我本质上，是一个食草动物。

我憎恨所有血腥和残暴。

在《好吃的哲学》中有这样一节，叫"人类至上"。萨瓦兰这样说：

我们从小就被教导出一种令人愉悦的价值观，即在各类动物中，无论是地上爬的、水里游的还是天上飞的，只有人类的味觉才是最完善的。但这样的信仰可能会被动摇。

有人宣称：一部分动物器官的完美度和发达度与人类相

比更胜一筹。但这个理论让我们难以认同,听起来颇有异端之感。

人类毋庸置疑地是大自然的统治者,他们根据自己的意愿决定覆盖地表的植物,决定可以繁衍后代的动物类别。也就是因为这样,拥有一个能品味一切美味的器官也显得尤为重要。

这个器官,是我们的舌头。

我们的舌头,应该决定我们居住的地球,长什么样的树、什么样的庄稼、什么样的花草和植被,应该开什么样的花,结什么样的果。还是我们的舌头,应该决定这星球上,哪种动物可以活着,可以生、可以繁衍,哪种动物必须灭绝。

如今,二百多年过去了,相信今天的人们,不会再公开宣示如此骄傲、如此自恋、如此霸气的价值观。不敢再宣称,人类是自然的统治者。但是,我们这条柔软的、旋转自如、横扫一切的舌头,确实使我们的地球,发生了太多的改变。这改变,也许,和当初萨瓦兰先生预测的,并不相同,甚至是相悖的。比如,正因为我们的舌头,使原本应该有的、应该繁衍的许多美味,几乎灭绝了。举个简单的例子,就说大黄花鱼吧,那是我奶奶的最爱。曾经,大黄花鱼不算什么太珍奇的鱼类,平常人家是都能吃得起的。但是如今,野生的大黄花鱼,到哪里去寻觅它们的踪影?

我们的舌头,把地上走的,水里游的,天上飞的,都吃遍了。它真是太柔软、太光滑、太灵巧,可以伸缩自如,可以随心所欲地在口腔里画圈,可以上下弯曲,可以这样可以那样。那真是一件造物的杰作啊。而大多动物的舌头,构造远没有我们的精密,光滑,有的干脆不能旋转。这一点,局限了它们对食材的选择。

我们所拥有的这条好舌头,这条精密的、敏感的、优秀的,同时又是邪恶的、贪婪的、永无餍足的利器,吃遍天下无敌手。万物被它戕害,奄奄一息。但是,你以为大自然会坐以待毙吗?结论大家都知道。此刻,正是新冠病毒肆虐的日子,人类陷入灾难。那么,困守在危城、困守在蜗居的时刻,是不是应该问一声,在未来,人将怎样和自己的舌头相处?人有没有可能、有没有理性和道义控制住这条横空出世的、凌驾于万物之上的舌头?能,还是不能?这是一个天问。

醢（音同海）、淳熬，都是春秋战国时候的肉酱。后者，是周天子吃的"八珍"中的第一珍。总之，都是贵族才能享用的食品。所谓"淳熬"，就是将炖好的肉酱浇在饭上，很像我们如今在快餐店吃的卤肉饭。为什么肉酱如此珍贵？我想，可能是因为它是身份的象征。把肉剁成酱，在那个年代，应该不是一件易事，当然不会有绞肉机，可必须要有一件锋利称手的厨刀。我们的冶炼技术，历史悠久，"刀"作为兵器，很早就用于战争。西周时，就有种"昆吾"刀最为著名，据说它切玉如切泥。作为一种厨具，我们知道有"庖丁解牛"的典故。但，庖丁使用的厨刀，不会是草根百姓家人人都有的，以那时的生产力，冶炼一把锋利的厨刀造价不菲。也因此，能斩肉成泥，才尊贵。

我们吃碎肉的历史，要远远早于西方。

西方国家是什么时候吃碎肉的？我看一本叫《食货志》（邓士玮著）的书，很有意思，他说源于成吉思汗西征。

西征的漫漫长旅中，蒙古骑士发明了一种储存和料理食物的方法。他们将一大块生牛肉或者马肉，装在一只皮革制成的袋子里，把袋子紧紧压在马鞍的下面，然后，骑士们飞身上马，长途奔袭、跋涉，到达目的地。经过这一路的颠簸折腾，马鞍下的牛肉早已压扁碎裂，碎成一团肉糜。更有趣的是，由于长途奔袭，马浑身发热，而马鞍和马背之间的热度，使封闭在皮革袋里的生肉形成一个保温系统，最高大致可达到五十五摄氏度。长时间处在这个温度下，细菌会停止繁殖甚至是死亡，类似如今流行的"低温烹调"。

英勇的蒙古骑士们，就是将这样的碎肉，用某种调料和香料一拌，大快朵颐。

这，就是后来风靡欧洲的美味"鞑靼牛排"的起源。

据说，欧洲所有的碎肉料理，都源自这道鞑靼牛肉。

故事很长，不多说了。

起源和传播于战争的美食，这仅仅是一个例子而已。

可以再说一个"蛋黄酱"的故事，也就是著名的"美乃滋"，也是从邓士玮先生的《食货志》上读到的。

地中海西侧，在西班牙和法国边境的地方，有个原属西班牙的岛屿，叫梅诺卡（Minorca）。岛上，遍植橄榄树。岛上的居民，喜欢用橄榄油拌生鸡蛋黄，做成一种酱料，蘸面包吃。据说这种吃法始于岛上最大的港"马翁港"，所以岛民们把这种酱叫作"Mahonesa"，大意就是"马翁酱"。除了这个岛上的人，全世界，没人知道这种吃法。

1708 年，梅诺卡被英国人强占。他们在马翁港要塞，派兵驻扎，一驻就是四十八年。四十八年的时间，英国士兵不知道换了多少代，来来去去，可从没有一个人，在回到英国时，说起过马翁酱。也从没有一个士兵，吃过马翁酱。不知道是他们熟视无睹还是因为他们固守自己的饮食习惯和原则，他们错过了这道美食。

公元 1754 到 1763 年之间，欧洲殖民者们为了亚洲、非洲、拉丁美洲的领土与殖民利益，在全世界开打，史称"七年战争"。七年战争期间，与西班牙同一阵线的法兰西，派出了一个著名军事家、后来的"黎塞留"公爵路易将军参战，攻克了马翁港要塞，占领了梅诺卡岛。

路易将军登岛不久，很快就留意到了马翁酱。他充满好奇地品尝了这种新鲜的食物，立刻爱上了它。他兴致勃勃地向岛民们学习了制作方法，橄榄油、当地的土鸡蛋黄、还有岛上的几味香料，并不复杂，却口味奇特。

好景不长，没多久，英国人反攻，重新夺回了梅诺卡岛。路易将军只好带兵撤回法国。就好像，命运只是为了让他和马翁酱相遇一样，给他一个机会，让他带马翁酱出岛。果然，路易将军回到法国，也把马翁酱的制作方式，带了回来，在法国迅速传播，受到了法国人的真心赞美，并由法国传播到了全世界。路易将军用法语将它的名字译为：Mayonnaise，这就是"美乃滋"。

二百多年后，在中国内陆，一个闭塞的工业城市，一个闭塞的年代，一个苏联女人，教会了一个中国护士美乃滋的做法，中国护士又把这方法教会了我母亲。只不过，我们没有橄榄油，只有用普通食油代替。但，同样美味。那时，我们不知道它叫这个名字，我们就叫它"蛋黄酱""沙拉酱"。

它如此古老。

而第二次夺回梅诺卡岛的英国人，直到1802年，才将岛屿归还西班牙。他们前前后后占领岛屿约一百年，却始终不会制作马翁酱。他们也从没有尝试学过。

从这一件事，我们应该可以看出，在对待食物的态度上，英国与法国的区别。

假如，一年前，我看到这个故事，不用说，我一定会嘲笑英国人。我会笑他们傲慢、目空一切，嘲笑他们刻板、迟钝，在一切方面墨守成规。但，现在，我沉思。

为什么非要去尝试？

不尝试，是否意味着，他们的舌头有度？

进入二十一世纪，人类在说，全球化的时代到来了。那是人类自说自话。但是，我们都不知道，地球本身接受全球化吗？或者，大自然接受全球化吗？如果是一个有宗教信仰的人，可能会这样问，上帝当初为什么造巴别塔？

因为太知道人性的缺陷。人类的自大虚妄。

写这样一篇和"吃"有关的文章，全家人都笑我。因为，我是一个最没有资格谈论美食的人。我严重挑食，不吃的东西很多很多。所有珍稀的东西，像几个头的鲍鱼、海胆，各种名贵的海鱼啦，我都不吃，也从不愿体验和尝试。我不吃牛羊肉，不吃任何动物的内脏，小时候爱吃河虾、河蟹，如今，也几乎没了兴趣。普通的河鱼，如今是一口也不吃了，猪肉只吃一点瘦肉，现在连瘦肉也越来越不喜欢，饺子也变得只吃素饺子。我的食物链越来越窄，越来越窄。一个食物链这么窄的人，谈什么美食？

但是，我执着地写了。

写了一个微不足道的家庭，一个小小家族"吃"的简史。类似社会学田野调查，为大历史做个人化的注解。

我不认为食物链窄是我的缺点。

相反，我庆幸。

也许，有一天，人类会找到、并严守自己食物链的界限。

2020年6月19日草成于京郊如意农场

我们的娜塔莎

一　　城　市　童　话

安同志带着他的妻子娜塔莎来到这个北方城市落户的时候，是1958年。那一年，杜若刚满四岁，是幼儿园小班的学童。杜若的生活，照说，和他们没有丝毫的瓜葛。

杜若家，住城南，安同志和娜塔莎家，确切住在哪里，地址不详。

安同志叫什么，他们都不知道。这个他们，指的是长大后的杜若和她的伙伴们，是这个城市里所有那些不安于小城生活的时尚青年。那时，人们把这样的青年称为：思想意识不健康。

安同志叫什么，一点不重要，重要的是他很勇敢和浪漫，在莫斯科或者列宁格勒学习的时候，爱上了一个叫娜塔莎的俄罗斯姑娘。这样的恋爱或者婚姻，在当时，据说有很多，但往往都在中国男生回国时宣告分手。安同志却没有松开他的手，他紧紧地拉着他的娜塔莎，坐了九天九夜火车，穿过俄罗斯广袤的土地、无边的白桦林，穿过秋色迷人的西伯利亚，把这个穿布拉吉、吃面包黄油酸黄瓜的姑娘，还有他们四岁的儿子和两岁的女儿，带回到了我们的土地上，带回到了大陆深处这个吃五谷杂粮的北方城市。

透过车窗，安同志指着蓝天之下两座并立高耸的古塔，说道："亲爱的，我们到家了。"

那是这城市的标志，双塔。它们一千多岁了。安同志搂住了娜塔莎的肩膀，说："你听到它说什么了吗？它说，好小子，你真有本事啊，带回一个这么美丽的好媳妇。"

这像是一个童话的结尾，"从此他们过上了幸福的生活。"而真实的生活才刚刚开始。

接下来，是1960年，共和国历史上的饥馑之年来到了。

再接下来，就是安同志的祖国和娜塔莎的祖国交恶。后来，在一个叫珍宝岛的小岛上，两个国家终于刀兵相见。

那时，这个城市刚刚"复课闹革命"不久，那些自

1966年之后,在"江湖上"浪荡了三年的小学毕业生们,一拥而入,走进了这城市各个中学的大门。教育革命了,也不需要考试,也不看成绩,只看你家庭住址,就近入学。杜若非常幸运,她的家,和这城市曾经最好的中学,华北地区重点学校,仅隔一条马路。一抬头,就能看到那学校晚自习时璀璨的灯光。母亲常对杜若说:"杜若,你将来一定要考到那里去啊,那是你的学校。"杜若说:"那杜仲呢?怎么就是我的学校,不是杜仲的?"母亲不说话了。

杜若家姐弟三人,她最大,老二是弟弟杜仲,最小的是妹妹叫杜茯苓。姐弟三人的名字,都是中草药。

三个孩子中,最聪明的,是杜若。母亲一直这样认为。

这下,聪明的杜若和不够聪明的杜仲,不费吹灰之力,都进了这所全省最好的中学。但母亲却高兴不起来。这个世道,不是读书的世道了。再好的学校又能怎样?果然,开学没有多久,杜若就被选进了学校的宣传队,跳舞唱歌去了。接下来,竟是全体停课,备战备荒,挖防空洞,防止苏修的进犯。

整个城市,进入战时状态,各家各户,每一扇玻璃上都用裁开的纸条贴了米字,怕的是苏修的飞机轰炸。甚至做好了战争疏散的准备。一旦局势吃紧,有很多人将会离开城市,疏散、撤离到安全的后方去。

报纸、广播,都是战争的论调。

全市举行了战备汇演,杜若的学校排演了一个类似活报剧又类似音乐剧的节目,名字叫《珍宝岛的胜利凯歌》。里面有歌有舞,有说有唱,有解放军,有老渔民,有女民兵,有反坦克火箭弹也有三八大盖和红缨枪,总之慷慨激昂、起伏跌宕,以破竹之势,一路披荆斩棘,杀进决赛圈直至获奖。另一边,挖战备防空洞的也不示弱,往昔的操场,如今沟壑纵横,像战壕像掩体。土方工程比预期提前完成,全校同学又马不停蹄去砖窑拉砖,去河边拉沙、烧石灰,不到半年,防空洞大功告成。别说,还真是漂亮。红砖碹顶,处处有巧思,俨然就是个地下王国。有许多人来参观,也同样获得了表彰。

不过,也付出了代价。那是在挖土方时,曾出过一次事故。有一天,一个男同学不知怎么失脚掉进了三米多深的壕沟底,受了重伤。有人说是他和人打架,推推搡搡,没站稳栽进去的。有人说他是遭人暗算,趁他不备被一把推下去的。奇怪的是现场居然没人看见发生了什么,人人似乎都有不在场证明，没人说得清楚真相。出事后，女同学们都为他难过，担心他是否会落下残疾。男生们则说，这就叫报应，为什么掉下去的偏偏是这个二毛子？谁让他们来侵略我们的？

这摔伤的同学，叫安向东。从前，他不叫这个名字，他叫安德烈。

他是个中苏混血儿，高大、英俊、迷人。

摔伤后的安德烈再也没来过学校，他退学了。谁也不知道他去了哪里，只听说他的腿落下了残疾。一个美男子，有了残缺。那时学校采用军事化的管理，班级用军事术语"连、排"来命名。杜若和他不同排，不同连，没有过任何的交集。只有一次，某个黄昏，放学后，杜若有事耽搁了，出来时，昏暗的走廊上静悄悄，一个人迎面走来，杜若不禁停下了脚步，她以为自己产生了幻觉：这是什么？是从希腊神话中跑出来的男神吗？她错愕地闪过这念头。好美啊。她觉得呼吸不畅。第一次，她被美伤害。原来，"美"和帝国主义一样是霸道、不讲理、有侵略性的。

后来她知道了，这个美男子，叫安向东。

安向东或者安德烈出事后，杜若难过了许久。为一个陌生人难过，杜若自己也觉得匪夷所思。她不能想象看见一个瘸了腿的安向东从走廊里迎面走来，她觉得那是冒犯。对什么冒犯，对谁冒犯，她说不上来。多年之后，杜若似乎想明白了，那是对造物、对生命最神秘秩序的冒犯吧？一件如此完美的杰作毁了。

这个安向东，或者安德烈，是不是安同志和娜塔莎的儿子？应该是吧？这城市，莫非还有隐藏的娜塔莎或者玛莎、柳芭不成？不过杜若也不能确定。谁又能确定呢？安同志和娜塔莎一直像传说一样活在这个城市，杜若从不知道有谁真正认识他们。反正杜若身边没有这样的人。杜若的父母身边也没有一个这样的人。

姜友好是北京人，在山西这个内陆省份当兵。复员后分到了省人民医院，做了一名眼科护士。

姜友好是个喧哗的漂亮女人。她走到哪里，哪里就不会安静。她来到这个内陆城市没有几年，就有两个男生为了争夺她打架斗殴伤人进了局子，还有一个自杀未遂。还没等那个切腕的人养好伤口，姜友好女士就又有了新的恋情。周而复始。后来，毫无征兆地，就突然结了婚。用今天的话说，她是闪婚。她丈夫是现役军人，在海军服役。姜友好回北京探亲时，偶遇了也是回京探亲的年轻的海军军官，看到他的第一眼，姜友好就叹气了，在心里对自己说："友好啊，你玩够了，疯够了，可以歇歇了。"

他们的新婚之家，就安在姜友好工作的城市。她供职的医院在集体宿舍的筒子楼里分给了她一间屋子，足有十六七平方米，向阳，通风，四壁洁白。从前，姜友好的好客是出名的，朋友、朋友的朋友、朋友的朋友的朋友，最终都成了姜友好的座上客。有很多四处招摇说是她朋友的人，其实，她连对方的名字都记不住。婚后，她一反常态。安静了下来。从前，那么喜欢热闹，其实，是心里空虚孤单。现在，有了海军军官，她觉得自己有力量可以对付这个沉闷的城市和生活了。

她开始认识一些新的人，新的朋友。和从前的那些朋友渐渐断了联系。杜若就是这时候认识了她。杜若从铁路建设兵团回来，分配到了一家集体所有制的小工厂上班，被飞迸的铁屑伤了眼睛。她中学的同学带她去了省立医院的眼科，说："我认识那里的一个护士，她能想办法给你多开几天假条。"杜若就这样认识了姜友好。

杜若的同学叫夏莲。夏莲是列车员，跑北京。她常常会替姜友好从北京带东西回来。友好的家人把东西送到月台上，他们像地下工作者一样三下五除二完成交接。那些东西，几乎都是吃的，糕点、花生米、腊肉、炼好的猪板油、芝麻酱，有时干脆就是一大块冷冻的五花肉，或者一袋大米。这个城市，物资奇缺，供应的口粮以粗杂粮为主，肉、蛋、食油，则少得可怜，每人每月的份额以"两"为单位来计算。所以，像夏莲这样跑北京、郑州、上海的列车员，真是抢手啊。他们源源不绝往自己的城市输送着紧俏的物资，像曾经的"飞虎队"。

所以，姜友好怎么能驳夏莲的面子呢？她很痛快地帮了她们的忙。

真正让杜若和友好熟识起来，是因为后来的一件事。

有一天，杜若自己很冒失地跑去医院找友好了。那是一大早，医院还没上班，她挂了号，等在眼科门诊前。一看见姜友好，她就迎了上去。

"你好，你不记得我了吧？"她说，"我是夏莲的朋友。"

"我记得，"姜友好说，"有事吗？"

杜若脸红了:"真不好意思,能帮我开个病假条吗?"她说,"单位在搞会战,赶活儿,一律不准请事假,我是真没办法了。夏莲跑车,不在,我只好厚着脸皮来找你,能帮忙吗?我急需两天的时间。"

"什么事?"

"一个朋友借给我一本书,只给我两天时间,那书是大部头,太厚了,我要是白天上班,晚上看,就是一分钟不睡觉也看不完,"杜若回答,"可是我太想看那本书了,想了很久,好不容易才借到手——"

"我知道了,"姜友好打断了她,"没问题,我可以帮你忙。"

杜若没想到,她答应得如此爽快。假条到手,她骑着自行车飞奔而去,都不记得自己是否说了谢谢。可她心里真是感谢啊。她听夏莲说过,这个姜友好,有个不一般的出身,父亲是京城的高官,二十年代的老布尔什维克。如今虽然"靠边站",但,《红楼梦》里说,瘦死的骆驼比马大。原以为她会很傲娇,没想到,竟如此的不摆架子。

到下个星期天,杜若在家掌厨,顺势做了一些蛋饺。她把蛋饺装到饭盒里,去找夏莲,说:"这个,你送给姜友好吧。你不是说她这个人就好吃吗?我家没什么稀罕东西,这蛋饺的肉馅里,我掺了点莲菜,味道还细致。"对自己的厨艺,杜若还是自信的。

又一个休息日,夏莲来找杜若,说:"姜友好请咱们去她家吃饭。"杜若还没回答,夏莲又说,"不过她请你来掌勺。"

这下,杜若自然没法推辞。

姜友好的家,明亮、清爽。白色亚麻补花床单,花朵也是白色的,同款的桌布、窗帘,遮盖住了公家分配的千人一面的家具。一色白亚麻中间,只有一只花瓶是猩红如血的。那是一只水晶花瓶,后来杜若知道,那花瓶是她父亲早年从捷克带回来的。

"我从来没有见过这么素净的婚房。"杜若深觉意外地这么说,心里其实还补了一句,"雪洞一般。"

"我也从来没有见过,因为一本书跑来找我开假条的。"姜友好这样回答。

杜若愣了一愣,脸红了。

"哎,是什么书?"姜友好笑着问,"那天没顾上问你是什么书你就跑了,弄得我心里直痒痒,痒到现在。我就想知道，到底是什么书值得你费那么大劲？"

杜若也笑了："《罪与罚》。"她回答。

"哦——"姜友好长长地哦了一声。

她听说过这本书，也知道作者。但这个人写的书她一本也没看过。从前，她的那些朋友，也几乎没有一个人看过这个人的书。他们顶多看《娜娜》、看《俊友》、看《小酒家》，或者看《德伯家的苔丝》，这个人的书，他们不碰。她也不碰。

"你有点儿特别，"她说，"喜欢看布道的书。"

"你是不是觉得，我特别乏味？"杜若笑着问。

"不啊，"姜友好笑了，"我觉得你这人特有趣，为了看一本布道的书而撒谎，你不觉得有罪呀？还有，你身上有两点正是我最喜欢的。"

"哪两点？"杜若好奇地问。

"一，爱脸红；二，会做菜。"姜友好回答，"真是完美的朋友。"

她们都笑了。杜若想，这个人，也有趣。

夏莲说："杜若，今天给友好露一手，她这里有好东西，你猜我昨天给她捎回来什么？一块牛肉！"

那一天，杜若用这块珍贵的牛肉，做了好几道菜：一道酱牛肉、一道咖喱土豆牛肉、一道是经典的红烧牛肉，还炝炒了一道醋熘白菜，做了一个冬瓜火腿汤，焖了一小锅米饭。杜若对姜友好说："酱牛肉我们不动了，留着，你自己吃方便。卤汤你明天可以用来下面条。"

姜友好笑着说："不，汤我要留着，好好保存，留一百年，就是百年老汤。"

杜若笑了，知道姜友好这么说，是委婉地赞美她的厨艺。

那天，她们喝了酒，酒是竹叶青，本地的名酒。杜若把酒倒在了一只小瓷壶中，将小壶坐在了一只钢精盆里，里面蓄了热水，权当温酒器。杜若说："天冷，酒要温了喝才好。"

姜友好说："杜若，你好精致。"

杜若说："这不是我说的，是薛宝钗说的。"

姜友好回答："所以呀，你是活在书里。我们，是活在这个浊世上。"

杜若认真地望着姜友好，说："正因为是浊世，才想逃进书里啊。"

窗外，下雪了。是这个冬天的第一场雪。三个人，围坐在一张折叠桌旁，喝着温过的竹叶青。外面的世界，渐渐白了，屋顶、马路、树，都被雪遮盖、包裹。听不到雪落的声音，可杜若知道，雪落在大地上是有声的。她有时会在落雪的夜晚一个人站在雪地中央，静静地，听雪落的声音。时间久了，那细微的、细碎的沙沙声会渐渐变得扎耳朵。这种时候，杜若会觉得世界在她心里醒了。

姜友好说："下雪真好，真适合这样吃吃喝喝啊。"

夏莲说："冬瓜汤要不要再热热？"

姜友好说："杜若，你的厨艺是跟谁学的？真厉害！你会做西餐不会？你知道红菜汤怎么做吗？"

杜若摇摇头，说："不知道。红菜汤我只听说过，在小说里看见过，可我不会做，"她笑了，"我没吃过西餐。"

姜友好说："真的？我有个朋友，做西餐很拿手，你没听说过她吗？她叫娜塔莎，是个苏联人。"

杜若一下子瞪大了眼睛："娜塔莎？当然听说过，"她回答，"这个城市，谁没听说过娜塔莎？可我一直不确定，娜塔莎是个真实的人还是个传说。"

"怎么会不是真实的人？"这下轮到姜友好吃惊了，

"她已经在这个城市生活了十多年了呀!"

"你认识她?她是你的朋友?"

"对呀。"

原来真有娜塔莎这样一个人啊。杜若终于、终于遇到了一个认识她、还是她朋友的人。她忽然觉得一阵心跳:

"那,安向东是娜塔莎的儿子吗?你认识安向东不认识?"她问。

"你是说安德烈吧?"姜友好沉默一下,回答,"当然认识了,你认识安德烈?"

"我认识安向东,他是我同学,"杜若说,"我们初中时一个学校,算不上认识。"是的,算不上认识。没有说过一句话,可是,这么多年过去了,提起这个人,还是脸热心跳。

姜友好望着杜若,望了一会儿,说:"你又脸红了。"

杜若说:"不是,是你家暖气太热了。"

姜友好笑了:"好吧好吧,就算是我家暖气的问题。"这个过来人,什么没见过?她忽然问:"哎,你既然都认识安德烈,怎么会不相信有娜塔莎这样一个人?没有娜塔莎,哪来的安德烈或者安向东?"

杜若不知道该怎么回答。娜塔莎也好，安德烈也好，对于杜若来说，他们遥若星辰。杜若在这个世界，而他们在星空，都不是她生活里的人。

"你听说过安德烈的事吗？后来？"姜友好关切地问。

她摇摇头。

"安德烈失踪了。"姜友好轻轻说。

"失踪？"杜若完全没听明白她在说什么，"谁失踪了？"

"安德烈呀！"姜友好回答，"安德烈失踪好几年了。"

失踪？这听来简直就更像是……小说。杜若愣愣地望着姜友好，姜友好说道：

"是真的。安德烈残疾了，这你知道吧？他瘸了一条腿，这件事对他的打击特大，他是个特别自恋的人，我们有朋友说他就像希腊神话里面的那个水仙花少年……"

纳喀索斯，也叫塞纳西斯。杜若知道这故事。这个美少年纳喀索斯有一天在水中看见了自己的影子，可他不知道那是他自己，他太爱那个水中的少年了，终于有一天，他纵身投入水中向那个自己的影子求爱，溺水而亡，死后，化身为水仙花。

那天，杜若听姜友好讲了另一个水仙花少年的故事。

二　　安德烈或者安向东

姜友好是先认识安德烈，后来才认识娜塔莎的。安德烈比姜友好小许多岁，认识他是在北京一个朋友的家里。那时她还在部队，回京探亲，去这朋友家玩儿，一进门撞上了安德烈。她倒吸一口气，惊住了，想，这是哪里？不是北京吗？怎么会跑出这么一个古怪的小妖？

可是，真好看啊。

那时安德烈也就十三四岁，个子已经很高了。从外形上看，他几乎就是母亲的翻版，唯一不同的，是他头发和眼睛的颜色。母亲的金发碧眼，在他这里，变成了某种奇妙的棕色，说不出的一种灵动和神秘。朋友介绍说："这是我表弟安德烈。"

姜友好失声叫起来："你怎么配有这样的表弟？"

"嗨嗨怎么说话呢？"朋友说。

这朋友五大三粗，外号"李逵"。

安德烈应该是从小就习惯了这样的眼光，他知道在别人眼里自己是个异类。他平静地望着姜友好，说道："我叫安向东。我是哪儿哪儿人。"他说的是那个北方省城。

"巧了，我就在那儿当兵。"姜友好说，"你家住哪儿？"

安德烈说了。

"不过，姐姐，我说了你也不能到我家去，你是军人，你不能去我们家。"

姜友好说："现在不能去，复员转业就可以了呀。"她望着那个美少年笑了，"安德烈，就冲着你，我也得复员。"

安德烈有点慌了："你是在开玩笑吧？"

姜友好哈哈大笑："我当然是在开玩笑。"

可是她真的复员了，还没有服役期满。当然不是因为安德烈。是她实在不适合军人的生活，她天性太自由放浪。起初，当兵是父亲的意志，而复员，则是她自己的主张。父亲没有拗过她，暗地里还是帮了忙，尽管他还未"解放"，但总还是有人脉。结果，姜友好虽然没能回到北京，但毕竟分配到了那个城市最好的医院里。很快，在这个城市，她就拥有了自己生活的圈子，有了一群朋友。

是她把安德烈拉进了这个圈子里。

当然，这城市不算大，这圈子里，原本也有认识安德烈的人。就像滚雪球一样，你认识我，我认识他，渐渐地，大家就滚成了一团。

安德烈家里没有电话，她写信约他见面，他来了，看见穿便服的她，安德烈说："姐姐你真的复员了？"

姜友好回答："当然是真的，"她指指身后医院的大门，"要不你进去问问？"安德烈笑了。这是他们认识后，她第一次看见这个美少年的笑容。她觉得突然像是被阳光晃了眼睛。

"喂，你猜我下一步计划干什么？"她笑着问他。

"干什么？"

"等你长大，嫁给你，"她说，"让你娶我。"

她以为安德烈会大惊失色，会惊慌不已。可是没有。安德烈听了，认真地看着她，摇摇头："不行，姐姐，"他说，"我不会娶你的，你千万不要等我。"

姜友好哈哈哈大笑，推了他一把："逗你玩呢！"她说。不过她马上感到了好奇："哎你为什么不娶我呀？我不算漂亮吗？拒绝我的人，你可是第一个呀！你是不是觉得自己特好看啊？"

安德烈笑了："我是好看啊。很多人想当我的女朋友。可我已经有女朋友了。"

"你才多大就有女朋友了？"姜友好板起了脸，"不能这么早谈恋爱知不知道？"

"你这么说话像我妈妈。"安德烈说。

姜友好笑了："你女朋友是谁啊？说给我听听？"

"不告诉你，"安德烈说，"但我可以告诉你的是，不管将来我女朋友是谁，我都不会娶。我不结婚。"

这下轮到姜友好吃惊了："为什么呀？安德烈？"

"我不说，"安德烈回答，"不想说。"过了一会他强调，"叫我安向东，这是我的名字。"

这美少年，他不快乐。姜友好想。她其实有点懂得他不快乐的原因。那就让他快乐起来吧。

当天她就带他去了一个聚会，是在一个住在省府大院的朋友家。那天的来人中还真有认识安德烈的，果然是个女孩儿。他们说起学校的事，挖防空洞什么的，那女孩儿的妹妹和安德烈在同一所学校。

"我妹说，你们班男生欺负你，是吗？"女孩儿忽然这么问。

"没有。"安德烈从容地否认。

这个朋友的父母都不在家，刚刚去了"中办学习班"，那学习班在外地。家里没有家长，完全由着他们这些孩子折腾。那天他们煮了一大锅西红柿挂面，开了几个午餐肉罐头，炒了一大盘醋熘土豆丝，戳了两瓶白酒在桌上。大家又吃又喝又吵又闹，但安德烈始终是安静的，滴酒不沾。有人硬把酒杯塞给他，姜友好拦住了，说：

"他还是学生，不能喝酒。"

"靠，咱哪个不是当学生的时候就喝酒了？姜友好你敢说你不是？"

姜友好回答得斩钉截铁："他不一样。"

"他是不一样，"那人嘻嘻笑着回答，"哪个老毛子不喝酒？"

姜友好顺手把自己杯中的酒泼到了对方脸上。

"姑奶奶说不能喝就不能喝。"

回家的路上，安德烈对姜友好说："姐姐，其实你不替我拦着我也不会喝，我答应过我妈妈，我妈说我外公就是一个酒精中毒的酒鬼，那是她的噩梦。我妈说她为什么嫁给我爸和他跑这么远来到这里，很大的一个原因就是，中国男人不像俄国男人那样酗酒，尤其是那些在苏联的留学生培训生什么的，他们有纪律管着，更是模范。我爸就是没有纪律管着也不喝，他不爱酒。"他停顿了一下，"我也不爱。"又停一下，"我不能爱。"

"安德烈——"

"我是安向东，"他打断了她，"我叫安向东，姐姐。"

姜友好的心里，真的涌起了怜惜。城市的夜晚，黑暗而荒凉，他们同骑一辆自行车，他带着她。她默默地从后面搂住了他的腰，把脸贴在了他完美到无懈可击的脊背上。那一刻，她真觉得自己有了一个弟弟，这个非亲非故的城市给了她一个混血的、身份难堪的弟弟。她会保护他，她想。安德烈，不，安向东，我会保护你。

可是他出事了，掉进了防空洞里，是被人推下去的，股骨粉碎性骨折。伤愈后，瘸了。

瘸了一条腿的安德烈，变了一个人。

起初，出事时，学校把他送进了附近的一家医院，做了手术，打了钢钉。那医院从前骨科很强大，但时逢乱世，一切都不正规，手术不成功。情急之下，姜友好帮他转到了自己供职的医院，重新做了手术。

这仍然不算是一次完美的手术。

姜友好天天去病房看他。就是这时候她认识了娜塔莎，也认识了安德烈的妹妹安霞。安霞比安德烈小两岁，和安德烈截然相反的是，猛一看，就是一个肤色白皙的中国女孩儿，五官轮廓完全是父亲的轮廓，认真看，才能看出她眼睛的颜色是深棕色的，那种接近黑色的、本分的棕，让人踏实和安心。

没有见过安同志。安同志在"学习班"，不能自由行动。

安德烈的腿打了石膏，高高吊着，固定在病床上。他沉默，一天也说不了几句话。来探望他的，也都是女同学，姜友好想从她们中间找出那个"女朋友"，却一无所获：她看不出异常，他对她们一样的礼貌和漠然。没人的时候，姜友好忍不住八卦地问道："哎，哪个是你女朋友？告诉我呗。"

"姐姐你还真信啊？"安德烈冷冷地回答。

那神情和语气，让姜友好感到怪异和陌生。

窗外，麻雀喳喳叫着。树叶开始飘落，秋凉了。安德烈望着窗外的天空，忽然问道：

"姐姐，我会不会变成一个瘸子？"

姜友好回答说："想什么呢？你见过谁骨折了变瘸子的？现代医学治不了癌症还治不了骨折了？"

他嘴角轻蔑地翘翘。

"我有不好的预感，"过了一会儿他这么说，"要是我真瘸了，我宁愿死。"

姜友好一把捂住了他的嘴。

"安德烈你听好了，你要再敢说这些话，你要敢这么想，我——"她恶狠狠地瞪着他，"你信不信我现在就掐死你？"

他慢慢移开了她的手。

"听我讲个故事，"他说，"就是那年，去北京的时候，在一辆公共汽车上，我遇到一个女孩儿。那天车上人不多，我一上来，就看见了她，"他微微笑了，"没有人会看不见她，真美啊！我从来没见过这么美丽的姑娘，穿一件蓝印花布中式上衣，脑后梳一根独辫，神态就像仙女。以往，走到哪儿，我都是那个被注目的人，可是那天，她的一双黑眼睛就像蛊术一样把一车人的魂儿都吸进去了。这是我第一次遇到了一个比我美丽的人，一个让我呼吸不畅的人……车到了一个站上，停了。她站起来，朝车门走。一车的人这时都倒吸一口气。她摇摇摆摆走着，腿有严重的残疾，一看，就是小儿麻痹后遗症，瘸得非常厉害。她在一车人的注视下走完了那几步路，一切都毁灭了，真残忍呐，也真羞耻。我就站在车门那里，因为惊愕，我都忘了给她让路，我永远忘不了她对我说'请让让'时那种羞惭的神情……姐姐，你愿意让我变成那样？"他望着姜友好说。

姜友好拼命摇头："你怎么会那样？瞎说，你根本不会变成那样。"但姜友好知道自己是色厉内荏，因为，事情很可能"是那样"，他的状况，不乐观。可她仍然嘴硬："就算瘸了也不会那样——"

"那是什么样？"他笑了，"你告诉我。"

"你当然还是你——"

"安德烈吗？"他犀利地看着她，"你总是忘了我是安向东，我一直努力做一个安向东，可是我永远做不成。假如有一天我回到我母亲的故乡，在那里，恐怕也没有人把我当成一个纯正的安德烈。我只是个二毛子，对吧？好在我这个二毛子还算好看，漂亮，那是我仅有的一点东西，假如我连这个也没有了，变成一个残疾，那你让我靠什么活？"

姜友好眼睛渐渐湿了，她握住了安德烈的一只手，把它贴在自己脸上："我不知道，安德烈，"她轻轻说，"我从来不追问，我不思考这些，为什么要思考？为什么不尊重生活的神秘感非要破解它？你破解得了吗？傻孩子，你学学我，活得就容易了。"

半年后，八个月后，一年后，最后一次复查终结了，所有人终于放弃了幻想，承认了那个不好的结局。

股骨干严重受伤缺损，加上手术的失败，安德烈的一条腿无可挽回地变短了。比起小儿麻痹后遗症那一类残疾，他瘸得不能算厉害，可是，他不是别人，他是水仙花少年。

他把自己关到了房子里，不见人。

医院组织巡回医疗队，上山下乡。姜友好跟着医疗队去了南部的中条山。临行前，她去了一趟他家。可是，他不见她。任凭她怎样敲他家的门，他也不开。只是说："你走吧，姐姐。"声音平静而冷漠。

他母亲娜塔莎追出来，说："友好，怎么办？他要毁了。"娜塔莎突然迸出了哭声，"他开始问我要酒喝了。"

她们站在拥挤狭窄的楼道里，对望着，没有谁来救她们。门里，是那个绝望和无辜的、正在放弃自己的孩子，她们束手无策。她们都没有办法还给那孩子完美，神没有应许她们。楼梯旁一小扇肮脏的玻璃窗外，是彩霞满天的黄昏，流金溢彩，美如梦境，一束光涌进来，网住了轻轻哭泣的娜塔莎。姜友好默默地上前，拥抱了一下她，转身离去，她不想让那个母亲看见自己眼里的泪水。

一年后，等到姜友好从南部乡下回城，再见到安德烈时，她几乎没有认出他来。那是朋友们为她接风的聚会，他来了。姜友好一抬眼，看到眼前站了个陌生人：又高，又臃肿，皮肤粗糙，眼睛浑浊，满脸的粉刺，红肿着，浓浓的、不洁的络腮胡须，满身的酒气。姜友好惊得半天合不上嘴，许久，她小心翼翼问：

"我该叫你什么？安德烈还是安向东？"

"随便，"他笑着回答，"哪有那么多事，爱叫啥叫啥。"

他用水杯喝酒，是那种玻璃水杯。满满一大杯白酒几口就光了。和人叫板时，咕嘟咕嘟一口闷，喝得凶猛而贪婪。他就这样无可救药地朝着那个酒鬼的宿命坠落。还没终席，人就像一摊烂泥一样瘫倒在了地上。姜友好想把他拖起来，拽起来，朋友们就说：

"别管他了，每次都是这样，"他们若无其事地说，"开始大家还送他回家，时间长了，就烦了。哎，这次又是谁叫他来的？谁吃饱撑的把他叫来了？"大家你看我，我看你，都摇头。

没人叫他来，没人找麻烦。可是这不大的城市，他们这些人相聚的地方也就这几处，他总能循着酒味儿而来，来了，就赶不走他。一个酒鬼的自尊心算什么呢？早就让人踩成一堆烂泥了。姜友好听他们你一言我一语，低头望着地上的那个人，慢慢问道：

"不管他，就是说，就让他这么躺着？"

"对，就躺着呗。"

"那你们走了呢？你们都走了，他还一个人躺在那儿？躺在这脏地上？"

"那倒不会，这几个地方的服务员都认识他，他们有办法吧？大不了把他抬到门外躺着，风吹着酒醒得快。"

姜友好不说话了。她沉默一会儿，然后抬起胳膊指着大门，轻轻说道："滚！"

他们没听清："什么？"

"滚！"她大吼一声，"滚——"

"你疯了姜友好？"做东的主人，她父亲老部下的儿子，也喊起来，"为了这么一个二毛子，你六亲不认了？"

她随手抄起一只饭碗，朝地上狠狠一摔，碗茬飞溅："我以后要是再和你们这群王八蛋交往，我就和这碗一样不得好死！滚！"

"疯子！花痴！你也不看看，他还是以前那个小白脸吗？就这死狗，你也稀罕？"

"啪"一声，一只碗就飞到了他脸上，登时，那额头上就见红了。血顺着眉骨流下来，流到他眼睛里，虽说店堂里除了他们这桌没几个客人，却也引起一片尖叫、惊呼，乱成一团。姜友好跳到了凳子上，居高临下，指着他鼻子骂道："操你妈满嘴喷粪！你瞎眼了敢欺负我弟弟！告诉你们，谁他妈以后敢欺负我弟，姑奶奶我活剥了他——"

那天的结局，是她的眼睛也变得一团乌青。父亲老部下的儿子一拳砸到了她的眼睛上。人们拉开了他。他也知道对一个女人动粗胜之不武。他们一群人裹挟着那受伤的人走了,去医院包扎。她就坐在那一堆狼藉之中,等着安德烈醒来。

天黑了,就快打烊了。店堂里一片寂静。外面,偶尔有汽车驶过的寂寞的声音。这城市的夜晚,有种比自然更深邃的荒芜。

一个服务员壮着胆子走到了姜友好身边。

"同志,我们快下班了。"服务员说,"你试试能不能叫醒他?"

就在这时,一个人进来了。姜友好看见那人,"哎呀"一声,得救似地叫起来:"安霞!是你呀,你怎么来了?"

安霞说:"我来找我哥。"

"你怎么知道你哥在这儿?"

"我不知道,"安霞安静地回答,"我一家一家找。这个时间,他还不回来,我妈就让我们出来找他。他常去的那几家,我一家一家找,总能找到。"她望着睡在地板上的哥哥,"找到了,就是这个样子……"

姜友好一阵鼻酸。

"嗨,你进来吧!"安霞冲着外面喊了一嗓子。一个大男孩儿应声而入,是个像运动员似的健壮的孩子。"这是我朋友。"安霞对姜友好说,"他会骑三轮车。"

那天,他们几人合伙把他抬到了三轮车上。安霞抱着她哥坐在车斗里,对姜友好说:"我们走了,谢谢你。"

一辆借来的、载货的三轮车,两个孩子,经常,在这城市的夜晚,载着一个沉醉不醒的酒鬼,一个酒精中毒者,穿街过巷。男孩儿在前边骑,女孩儿则把那酒鬼抱在怀里坐在后边的车斗里。有月亮或者没有月亮,下雨或者天晴,情愿或者不情愿,没有选择。那是她哥哥。她不幸的亲人。她抱着他就像一个小母亲。

一周后,安德烈来了,来找姜友好。那天是星期天,姜友好在家,她开门看到门外站着的安德烈时,并没有吃惊。她默默地闪身让他进来,她知道他会来。

这天的安德烈,看上去,清爽了一些,至少,衣服是洁净的。他望着坐在对面的姜友好,说的第一句话是:"我七天没碰酒了。"

姜友好没说话。

"可我不知道我能坚持多久。"他说。

姜友好还是没说话，因为她也不知道。

"他们说，你为我打架了。"他看着姜友好那只淤青还没退净的眼睛，说道："抱歉——"

姜友好摇摇头："安德烈，你该说抱歉的人，不是我，"她回答，"你最该说抱歉的，是安霞。"她这么说的时候，鼻子突然酸了。

"我知道。"安德烈闷闷地说，"每次去找我的，去把我弄回来的，都是安霞。我爸不在，我妈不敢去找，她说，她一个苏联女人，满城跑，让别人看见，会给我添更多的麻烦。所以，也就只剩下我妹了……"

"安德烈，"姜友好说，"你不知道那有多让人难过……为了她，戒了吧。"

安德烈沉默不语。

隐隐地，听见了鸽哨的声音，细碎，悠扬。这城市最美的季节到了，秋天到了。天变高了，有了一种别的季节没有的空净澄明。姜友好起身，泡了两杯绿茶，端了来，说：

"喝茶吧，我们家乡的茶。"

他笑了笑，说："不喝了，我就是来跟你道个歉，走了。"这一笑，隐约地，有了一点从前那个安德烈的影子，"不再打扰了。"

她没有挽留他，她真不知道该跟他说些什么，她仍然没有足够的准备来接受这样一个安德烈。他跛着腿，走到门前，那一跛一跛的姿态，让她心痛。他握住门把手，停了一停，回头说道：

"这些日子，我一直在想，不知道我妈妈的家乡是个什么样子，"他又一笑，说，"那茶的颜色真漂亮，再见——"

他走了。

姜友好后来想，那天，自始至终，他没有叫她姐姐。

那是姜友好最后一次见他。

"他是去跟你告别。"杜若说。

"是，"姜友好回答，"可我当时没意识到。不久，他跟他妈妈说，想出去散散心，想去爬华山。他妈妈答应了，给了他钱。这一走，从此就没了音信。"

菜凉了，酒也凉了。少年的故事告一段落。杜若起身，热菜，温酒。她端着热好了的冬瓜汤回到桌前坐下，姜友好举起了酒杯说：

"添酒回灯重开宴。"

杜若举起杯来，回了一句："相逢何必曾相识？"

"杜若你这句不对，"夏莲也举起了杯子，"姜友好可不是天涯沦落人啊。"

杜若笑笑，望着姜友好，说："骨子里是。"

姜友好把杯中的酒一饮而尽，重新斟满了，郑重地举到了杜若脸前："杜若，从今天起，不管你愿不愿意，我是交定你这个朋友了。"

杜若没有回答，只是把杯中的酒，一口饮干了。酒使她的眼睛里波光粼粼："姜友好，我能像安德烈一样，叫你姐姐吗？"

"当然可以。"姜友好说。

"姐姐。"杜若叫了一声，突然热泪满盈。

许久，姜友好轻轻说："杜若，你喜欢安德烈吧？"

雪还在下，纷纷扬扬。天渐渐黑了。她们没去开灯。窗外别人屋顶上厚厚的积雪，闪着微光。杜若望向了窗外，说："冰天雪地，他会在哪儿？"

"不知道。"

"我喜欢安德烈，姐姐，"杜若说，"是那种遥远的喜欢。就像我喜欢星星，喜欢流云，喜欢江河，喜欢黄山的云雾和古希腊雕像，一句话，我喜欢美。我并不想拥有它们，只是远远地喜欢着，就很满足。但那是今天之前，今天之后，一切都不同了，从今往后，这世界上，多了一个让我牵挂和心疼的人，我心疼他，姐姐……"

姜友好懂。

她们就这样成了朋友。

几乎每个星期天，杜若都要来姜友好家，来了，就一起做好吃的。夏莲如果不跑车，也会过来凑热闹。姜友好家是杜若最好的舞台。夏莲从北京输送来的那些肉、蛋之类的食材，正好让杜若大显身手。面对着一桌佳肴，常常让姜友好惊叹。

"杜若，你小小年纪，这厨艺是跟哪个大师学的？"

"赵佩兰大师，"杜若开玩笑地回答，"在下的家母。"

"好羡慕啊！"姜友好说，"有个厨艺如此了得的妈妈，太幸福了。"

"是。"杜若说，"我妈热爱烹饪，而我爸又是个吃货，他的味蕾天生比别人丰富，他俩堪称珠联璧合。所以我妈就是炒一个白萝卜丝，也尽心尽意，比别人炒的好吃太多。就像现在,什么都缺,什么都没有,可我妈总会绞尽脑汁让每一顿饭都尽量可口,因为我爸的人生信条就是:吃饭无小事。"

"听你这么说,我都惭愧了,"姜友好说,"要不,也让我家人帮你家采买东西?让夏莲一块儿带回来?"

"那怎么可以?绝对不行!"杜若郑重地拒绝,"我爸的另一个信条就是:不给别人添麻烦。"

"那你就把我这里的东西带回去些,咱们分享。"

"更荒谬了。"杜若回答得斩钉截铁,"我爸还有个信条,就是:君子不吃嗟来之食。"

"你爸怎么有那么多信条?"姜友好笑了。

杜若也笑了。

"其实,我爸妈南方老家那边也有家人偶尔会接济我们,给我们寄些腊肉腊肠,梅干菜笋干之类,而且我们南方人,每人还多供应几斤大米,比起这城市的许多人,已经好太多了。"杜若说,"我妈常说,好日子谁都会过,能把匮乏的、困难的日子过得有尊严又有滋味,才是了不起。"

"你家的人都是哲学家,"夏莲笑着说,"简直太恐怖了!"

"你妈这话,我听另一个人也说过类似的。"姜友好若有所思地说。

"谁?"

"娜塔莎。"姜友好回答。

哦,安德烈的母亲。杜若想。那个传说中的女人。

下一个星期天,在姜友好家里,意外的事情发生了。杜若进门来,看见一个丰硕的、有些臃肿、远远谈不上美丽的异国女人,正端着一只碗,在搅拌着什么。姜友好说:

"杜若,这是娜塔莎。"

走了这么远的路,从1958年,到现在,她们遇见了。

几年前,安同志去世了,死于脑溢血。那时他还在学习班,不能回家。据说他早晨就剧烈头疼,中午没吃饭,下午就昏迷了。夜里,传呼电话找她,是他们单位的人,通知她去某某医院。她去了,看见他躺在急救室的床上,人已经不行了。

火化时,送行的除了殡仪馆的工作人员,只有娜塔莎和安霞。安同志的问题,还没有"定性",为了避嫌,没人敢来吊唁。在火葬炉前,娜塔莎最后亲吻了安同志,没有哭。

之前,她曾不止一次对安同志说:"你要答应我,不能走到我前边,你要走我前边,我会恨你。"

安同志回答说:"我答应你。"

她又说:"你还要答应我,将来,我死了,你要送我回去。"

安同志说:"我答应你。"

这样的一问一答,信誓旦旦。可实际上,他们都知道,那是多么的不靠谱和渺茫。他们躺在床上,他搂着她,心里一阵一阵苍凉。安同志知道,在遥远的她的故土,妻子也早已没有亲人了。她的父亲和哥哥,都死于卫国战争。母亲则是在战后不久病逝。安同志认识她时,她就已经是一个孤儿,也因此,安同志当初才非常自信和意气风发地对她说:

"跟我回中国,我会给你一个最幸福的家。"

显然,他食言了。他没能使她感到"最幸福"。他也没能做到,走到她后面,送她魂归故里。

她把安同志的骨灰盒抱回家,安放在他们的卧室里。她说:"我知道你不舍得走,你在等安德烈回家。"夜深人静,有时,她会听到房间里传出轻轻的叹息声,她问道:"是你吗?"听不到回答,她就在黑暗中坐起来,一支接一支吸烟。

她想念他们，安同志，还有，亲爱的，亲爱的安德烈。

安霞也去插队了。安霞插队的地方，不算太远，属于这城市的远郊区，家里，就只剩下了娜塔莎一个人。现在，她想念的人里，又多了一个。

几乎没什么人和她来往。她曾经在这个城市的图书馆上班，工作就是翻译一些外文资料，但多年前她就因为身体的原因办了"病退"，吃劳保。她得了肺结核。那时中苏交恶，报纸连发"九评"，发《某公三哭》，她病退得也正是时候。多年来，她蜗居家中，做主妇，从前的同事早已断了往来，邻居们也都是点头的交情，谁愿意和一个苏联女人扯上关系呢？曾经，有一个女教师，是中俄混血儿，她们有过几年的友谊，后来，1966年之后，这友谊就戛然而止。

在这城市，她举目无亲。

后来就认识了姜友好。

当然是因为安德烈。是她的安德烈，让她认识了这个热情、冲动、有古道热肠的姑娘。她猜，那是上帝对她这个流落异乡的母亲的怜悯。

这城中，只有这一个人，敢来敲开她寂寞的房门，和她谈安德烈,听她讲安德烈种种的故事。起初,她来,会问娜塔莎:"有消息吗?"渐渐地,时间长了,就不再追问。不是不想,是不敢。她们彼此都顽强地、坚韧地相信着一件事,就是:她们的安德烈,娜塔莎的儿子和姜友好的弟弟,一定还活在这个世界上。她们嘴里不说但其实心里都在猜测着一个最大的可能,那就是,他越过了国境线,回到了他母亲的故国。

这种猜测,让她们有一种罪恶的、隐秘的安心。

她来,常常会带一些吃的,有时是一块牛肉,有时则是一盒咖啡。总之都是雪中送炭。娜塔莎会留她吃饭,给她做她喜欢的俄式菜肴,她也会把自己的事讲给娜塔莎听,她一次次热闹的恋情,那些呼啸的、死去活来的追求者,等等。终于,她安静了,安静地走心地爱上了一个人,把自己嫁出去了。

娜塔莎送了她一块琥珀吊坠和一条银链做结婚贺礼。那是她从故国带出来的不多的几件纪念物。她对姜友好说:

"友好,结婚后,你就别再来了。"

"为什么?"

"你丈夫是现役军人,为了他,你要避嫌。"娜塔莎郑重地回答。

姜友好愣住了，显然，她没想到这个。她认真思索了片刻，说：

"娜塔莎，你早入了中国籍，早就是中国人了。我为什么不能和一个中国人做朋友啊？"

可是，话虽如此，姜友好自己也知道，娜塔莎的话，是有道理的。她不是真的不懂轻重厉害。婚后，她不再去看娜塔莎，不再和她有任何联系。可她心里却有着愧疚，觉得自己和所有人一样，抛弃了娜塔莎。

那是对安德烈的背叛。

她永远记着那个孤独迷惘的少年，站在阳光下，叫她姐姐。仅此一声呼唤，就是一世的亲人。她甚至猜想，那最后一次见面，他其实是隐晦地、曲折地，把娜塔莎托付给自己了。记得临出门时，他说的最后一句话，是他的妈妈，以及妈妈的故乡……

她和她的海军军官郑渡江说起过娜塔莎，也说起过她的愧疚。郑渡江是某部的作训参谋，他安慰妻子说："友好，就先听娜塔莎的，等过两年我转业了，咱俩一块儿去看她。"

姜友好明白了。她不能给丈夫惹麻烦。

但是冥冥中一定有什么在帮忙，杜若来了。

婚后一年多来，姜友好第一次联系了娜塔莎，她给娜塔莎写了一封短信，说，一个朋友，特别想学做俄式菜肴，不知道娜塔莎能在这个星期天来家里教授一下吗？她在信的末尾写道："娜塔莎，这个小朋友，你一定会喜欢，因为我喜欢她，哦，对了，她是安德烈的同学。"

她知道，有了最后这句似乎是轻描淡写的话，娜塔莎一定会来。

姜友好说："杜若，这就是娜塔莎。娜塔莎，这是杜若。"

杜若一时手足无措。

星辰似的娜塔莎，月光似的娜塔莎，不应该是这样一个肉身的人，一个气味浓烈的人，有着结实的下巴和硕大无朋的胸部，系着围裙，站在她面前，手里捧着一只碗。她觉得有一种压迫感，如山的肉身对她的压迫。她感到自己呼吸都变得急促。

"杜若，"只听姜友好叫她，说，"娜塔莎来，是来教你做西餐的。"

"哦——"杜若慌乱地回答,"谢谢您。"又补一句,"太谢谢您了——"

娜塔莎看看她,没有寒暄,说道:

"来,洗手,我先教你做蛋黄酱。"

原来她正在搅拌蛋黄酱,那是做土豆沙拉必备的酱料。将新鲜鸡蛋磕进碗里,只取蛋黄,加一点花生油进去,用筷子不停地、朝着一个方向搅拌,等到蛋黄和油充分融和,再继续添加食油,接着搅拌,再加油,再搅拌,如此循环往复,直到蛋黄变成如奶油般浓稠缠绵,蛋黄酱就算是大功告成。做法简单,但要有耐心,也要有一些技巧。

杜若接过了娜塔莎递过来的瓷碗,渐渐地,她的心静了。一切,有了真实感。置身于厨房、食材、炊具,这些日常的场景中,杜若如鱼得水。搅拌这点小技巧,她一点就通。但她觉得奇妙,蛋黄、油,如此简单,却能催化出另一种物质,犹如新生命。这让她心生喜悦。

"人真是聪明。"她忍不住这样说。

"这算什么?"姜友好笑道,"人都登上月球了,一个蛋黄酱还值得感叹?"

杜若回答："那种聪明和我无关。太大了。我只能被小聪明、小收获感动。"她回头望着那个师父说："娜塔莎，谢谢你。"

她脱口叫出了她的名字，也没有再说那个敬语：您。她真心地喜欢这样有收获的一天。

娜塔莎说："今天教你土豆沙拉和红菜汤，你要是还想学别的，就到我那里去，我那里厨具齐全。"她望着她微微一笑，"当然，你要是不介意的话。"

杜若收敛了笑容。她想，这个苏联妇女，这个壮硕的俄罗斯母亲，这就是安德烈的妈妈啊。安德烈的妈妈在教她做菜，多么不可思议，简直有天方夜谭般的奇幻。她忽然觉得幸福来得太突然："介意？"她回答，"我当然介意，我很荣幸。"

姜友好笑了。她知道事情成了。

那天的土豆沙拉和红菜汤，是杜若的西餐启蒙。正确地说，是不算纯粹的俄式西餐。娜塔莎的红菜汤，早已因为照顾安同志的口味，被不知不觉改造过了。就像几十年后遍布世界各地的宫保鸡丁、咕咾肉一样，早已不是原本的滋味。可杜若不知道，就是知道了，又有什么关系？她仍然会认为，这是世界上最好吃的红菜汤。

娜塔莎那天并没有留下吃饭，她执意要走。她说："友好，饭我就不吃了，我家里还有事。"姜友好知道她家里没事，却也知道她是不想逗留太久，一是避嫌，二是逗留越久，越难以割舍。特别是几杯酒入肠，怕是会更加伤感。姜友好笑笑，说："行，你走吧娜塔莎，千里搭长棚，没有不散的宴席。"姜友好那天，特地，戴上了娜塔莎送她的琥珀项链，那是一块古老的波罗的海琥珀。娜塔莎伸手摸了摸那晶莹剔透的宝贝，说：

"它真适合你。亲爱的。"

姜友好一下把她抱住了，红了眼圈。她紧紧搂着她，说："对不起，对不起，对不起娜塔莎——"

许久，娜塔莎说道："友好，你是我见过的，最善良的人。你已经为我们做了太多太多，又不是生离死别，我们总还会见面的不是吗？"

姜友好松开了手，说："再见！"

娜塔莎努力地微笑，说："再见！"

那一刻，杜若有些明白了，她们其实是在"生离"。

还明白了一件事，姜友好，是把娜塔莎托付给自己了。

三　　杜若与娜塔莎

杜若是普通人家的孩子。

杜家一家五口人，住在父亲单位的宿舍公房里，是两间青砖灰瓦的平房。生活谈不上富足，也绝不算清苦。父母的薪水，不高，不丰裕，却也不很低，再加上母亲善于持家，所以，他们的日子，过得衣食无忧，在那个年代，几乎算得上是小康了。

杜若父亲供职的这家研究所，叫"中医研究所"。但杜若的父亲并不是中医，他毕业于南方的某个医学院，一毕业则被分配到了这个严寒干旱物产不丰的北方城市。那时，这家研究所刚刚成立，设立了附属医院，是新中国的新事物，提倡中西医结合，病理、化验、影像这些现代医学手段一样也不能缺，于是，杜若父亲就被分配到了这家新医院的放射科，做了影像学医生。

命运真是奇怪，杜医生不信中医，却将要在一个中医院里度过未来的岁月。他不吃中药，却几乎是在第一时间就喜欢上了晾晒在太阳下的那些草药的气味。他也很喜欢看人将草药在碾槽里碾碎的那种劳作，喜欢那些中草药的名字，淡竹叶、六月雪、茵陈、钩吻，念起来，意境悠远，像一个个曲牌、词牌，有诗意。总之，杜医生是有些文艺气质的，他以审美的态度看待着这个他将要贡献一生的地方。

孩子们出生后，他给他们起名，都是草药：杜若、杜仲、茯苓。

杜若妈说："怕人家不知道你在哪上班啊？你是有多喜欢这里？"

杜若母亲赵佩兰女士，是内科大夫，也是杜医生的同学。但赵大夫真正热爱的不是医生这个职业，她不热爱任何职业，她热爱家庭生活。她的理想，是做一个有知识的家庭主妇。

杜医生说："你呀，当初该去读家政系。"

赵女士说："那我还怎么嫁给你？"

杜医生说："你本来就不该嫁给我，你应该嫁给一个大教授，住在清华园或者北大的什么园里，做太太。嫁给我，委屈你了。"

"下辈子吧。"赵女士宽宏大量地说，"这辈子就这么凑合吧。也就这么几十年，一眨眼就过完了。"

赵女士善烹饪，厨艺一流。杜医生则天生味蕾丰富敏感，是美食家的坯子。两人也算高山流水的知音。赵女士是钟子期，杜医生则是俞伯牙，一个会做，一个会吃。而他们寄居的这个北方内陆城市，在许多时候，是贫瘠的，样样都缺，俗语说，巧妇难为无米之炊啊。可不是还有另一句话吗：沧海横流，方显英雄本色。说的就是赵女士了。

在艰难的日子里，赵女士绞尽脑汁，使他们家的餐桌，尽可能不显贫乏、粗陋。两毛钱的猪肉，也能变出花样，肥的切片，煸成金黄色，煸出油来，加酱油加糖，红烧小萝卜；瘦的切丝，炒蒜苗、炒青椒、炒芹菜或者炒榨菜，再烧一个冬瓜粉丝虾皮汤，或者西红柿土豆浓汤，就是一顿有荤有素、有菜有汤、色香味俱全的正餐。每月供应的猪肉，再少，也要将一部分肥膘炼一些猪油，存起来，没肉的时候，猪油就是救场的法宝：一碗素面，加小小一勺猪油进去，哦，天地变色，换了人间。

杜医生常常感慨:"一箪食一瓢饮,回也不改其乐。"

杜若就说:"备注,这一箪食一瓢饮,得是我妈加料的,否则,您也照样不堪其忧。"

杜医生就笑,说:"是我运气好啊。"他看着大女儿,说,"杜若,将来,谁娶到你,也是福分啊!我可不舍得让你像你妈一样,为一日三餐这样呕心沥血。你要跟那个浑小子说,你不会做饭。"

杜若夸张地叹口气,回答说:"爸,可我和我妈一样,就喜欢做饭啊。"

是,耳濡目染,杜若得到了母亲的家传,在这城中,有她这样厨艺的年轻人,怕是鲜见,而像她这样热爱烹饪的,就更是凤毛麟角了。

下一个星期日,杜若就去了娜塔莎家。

看上去,也是一栋普通的三层楼房,红砖到顶,陈旧的楼梯,一门两户。娜塔莎家在三层,从前,安同志还是这家设计院总工的时候,这一层中的两户被打通了,住了他们一家,十分宽敞。如今,打通的房间早已被封闭,另外一边,搬进了别人,割让出去了一半。可尽管如此,在这个城市,也算是优渥的居住环境了。

两间房屋,向阳,背阴的一面是厨房和卫生间以及一间没有窗户的小杂物间。那两间向阳的房间,一间大,一间略小。大的那间,用一排书柜隔断,一边做了客厅和餐厅,一边则是娜塔莎的卧房。客厅里,有一只深枣红色丝绒双人沙发,有波斯铜盘做桌面的小茶几,有铺着亚麻台布的餐桌,有胡桃木雕花的玻璃餐具柜。柜子里,陈列着一些漂亮的瓷盘,而柜子上,则摆放着家人的照片。一眼,杜若就看到了安德烈。

那是一张单人照。背景是天空。天空下,站着一个忧郁的少年。他穿着最平常的白衬衫,风吹乱了他的头发,微眯着眼睛,像是眺望。呼之欲出的美啊。杜若望着他,想,原来你是生活在这样的地方,可你,偏说自己是安向东。

忽然就感到了一阵刺痛。

"你们是同学?"身边响起了娜塔莎的声音。

"是。"杜若点点头,"不一个班,他不认识我。"杜若微微一笑,"可我认识他。"

"他好认,"娜塔莎说,"特殊。"

"他美。"杜若说。

娜塔莎愣了一愣。有些惊讶她的直率，还有她的措辞。她不说好看，不说漂亮，她说美。

"是，"娜塔莎说，"我也曾经为这个骄傲。"她伸手抚摸一下照片上那张无懈可击的脸庞，"可是也太容易被摧毁。"

"不，那要看怎么说，至少我记住的，就是这样的安向东，照片上的安向东，"杜若回答，她还是不习惯叫他安德烈，"永远的大卫，永远的纳喀索斯，永远的……美少年，不会变。"

她在安慰一个母亲。娜塔莎知道。善良的姑娘，她想。在沙漠般广漠的敌意和冷酷之中，这一点善意，就是绿洲。阳光洒满房间，从厨房里飘出了一股浓郁的香气，娜塔莎说："哦，面包烤好了，跟我去看看。"

那是杜若第一次看到一只面包的诞生。从烤箱里取出，皮色油亮焦黄，热气腾腾，芳香四溢。她惊喜地问道："这就是俄罗斯大列巴吗？"

"是。"娜塔莎回答，"本来想烤一只黑面包，怕你吃不惯。其实，配牛肉或者鱼，黑面包才更正宗。"

就这样开始了，杜若和娜塔莎之间的故事，厨房里的故事。那厨房很宽敞，远非杜若家的小厨房可比。有稀罕的电烤箱。灶台阔大，房间中央安放一张大方桌，既是操作台，也是主妇休憩喝茶的地方。墙角处，整齐地码放着一堆劈好的果木柴和蜂窝煤，这个城市，还没有煤气和天然气，家家户户烧煤做饭。墙壁上挂着几只黄铜的煎锅，擦得光亮如镜。那煎锅，真是古朴漂亮。

那天，娜塔莎教杜若做了炸猪排，以及，酸黄瓜的腌制方法。她留杜若吃饭。说，一个好大厨，要亲自检验自己的劳动成果呀。杜若也就没有客气。娜塔莎一边在餐桌前摆放刀叉餐具，一边说："这餐桌，好久不用了，家里的男人们不在后，我和安霞，就不在这餐桌上吃饭了。"

她们俩，正式地，一个桌头，一个桌尾，对席而坐。镶金边的白瓷盘，沉甸甸的银餐具。菜式却是简单的，酸黄瓜配小小一块炸猪排。盘子硕大，越显得猪排瘦小伶仃。新烤的面包在筐子里，切了片，放在餐桌正中央。没有奶酪奶油，却配了一小碟中国的豆腐乳。鲜红的腐乳，白瓷碟，鲜明如画，却有一种挣扎在里面似的。

"安德烈的爸爸，喜欢吃腐乳。他喜欢用新烤的面包配酱腐乳吃。"娜塔莎这么说，"时间长了，我也喜欢上了。"

娜塔莎凝视着碟子又说："安德烈也喜欢。"

原来是这样,杜若想。她伸手取来一块面包,无师自通,用手边的黄油刀切下一小块腐乳,涂抹在面包上,咬了一口,微酸的面包和咸香的腐乳,以及酥脆的面包皮,搭配起来,果然,是好吃的。杜若笑了,说:

"我中有你,你中有我,妙。就像——"她想想,"友好的名字。"

娜塔莎也笑了,说:"杜热,你真是个有趣的人。"她汉语很流利,不知为什么却总是发不好"若"这个音。"我天天吃,也想不出这样的形容。怪不得友好一定要让我们认识。其实原本我有顾虑,后来想,是友好的朋友,一定是和友好一样好的人,果然。"

"友好是女侠。"杜若认真地说,"江湖最后的侠客,我比不了。"

"快尝尝猪排,冷了,就不好吃了。"娜塔莎说。一边举起刀叉,向杜若示意:"来,看我怎么切。"

猪排裹了蛋液和面包糠,外焦里嫩,颜色金黄,咬下去,一声脆响之后,肉香四溢。只可惜,没有几口,盘子就光了。她们几乎同时从盘子上抬起头。

"太好吃了。"杜若说。

"太少了。"娜塔莎说。

都笑了。

"前些天，安霞回来一趟，给她买肉做了些吃的带走了，肉票就剩这些了。"娜塔莎抱歉地说，"好怀念能够大大方方慷慨宴客的时光……"

"娜塔莎，酒海肉山就不珍贵了，"杜若说，"这块炸猪排，我想我会记一辈子。"

"谢谢你，杜热。"娜塔莎深深地看着她，"谢谢你这么说。"

那天，从娜塔莎家出来，杜若就去找夏莲了。

"夏莲，你北京那边，有关系吧？"她问。

"有啊，干什么？"

"能帮我买点牛肉、猪肉，或者排骨吗？"杜若说。

"这事啊，"夏莲回答，"你找姜友好不就行了？你让她家人帮你买，到时候和她的东西一块儿交接，多省事。"

"不，不找友好，"杜若说，"这事别告诉友好。你能找到别人吗？"

"行吧，"夏莲说，"可是，你干嘛这么神秘？"

"可能的话，能买点黄油就更好了。"杜若避而不答。

"黄油？"夏莲更加地好奇，"你买黄油干什么？你发烧了？你怎么不买鱼子酱？"

"哦，你提醒我了。"杜若拍拍脑门，"要是有鱼子酱罐头，就买一盒。"

夏莲怀疑地打量着她，半晌说道："不对，杜若，你坦白吧，到底怎么回事，你不说，休想让我为你服务。"

夏莲和杜若，住同院。她们从幼儿园起，就是同学。夏莲家和杜若家，一个住前排，一个住后排。夏莲的父亲，是药剂师，而她母亲，则在煎药房煎汤药。那些年，中学没复课时，夏莲常带杜若去煎药房那里玩，拣药渣里的莲子和大枣吃。

"我在学做西餐，我得自己备料。"杜若只好回答。

"天呐！和谁学？这你哪儿学得起？"夏莲叫起来，"哎我可告诉你杜若，到时候你可别让我垫钱，咱们亲姐妹明算账！"

杜若从口袋里，掏出几张十元的钞票，往桌子上"啪"一拍，说："五十块，我预存你这儿，行了吧？"

夏莲惊得眼珠子都要掉出来了。杜若出徒不久，一级工，月薪三十出头，这破釜沉舟的架势，是不活了吗？

"你疯了?"夏莲说,"还是失恋了?这是受了多大的刺激?"

杜若笑了,说:"你不想让我成一个西餐大厨啊?等我学好了,你上我家来,你想吃啥我给你做啥。"

"我对西餐没兴趣。"夏莲回答,"不过我对教你西餐的人有兴趣。"夏莲笑了,头一歪,"坦白吧,是谁啊?在哪儿上班?比你大几岁?让我见见他,我就帮你买。"她猜想,许是杜若交男朋友了。

杜若一推她:"想哪儿去了?"她说,"与风花雪月无关。一个女师父,和我妈差不多大,行了吧?你要不想帮忙,直说!我去找别人。"

杜若的忙,夏莲不帮谁帮?于是,这一周,牛肉、排骨,下一周,猪肉、黄油,一样样地,陆续地,买到了。杜若自备食材上门,学做菜,自然是不想给娜塔莎增添负担。听姜友好说,多年来,娜塔莎一直领着劳保工资,只有四五十元钱,从前,有安同志,自然不是问题,如今,安同志走了,这钱养活她和安霞两人,远谈不上富足。杜若自备食材,娜塔莎因材施教,带牛肉来,就做罐焖牛肉、土豆烧牛肉,罗宋汤也就是红菜汤;带猪肉来,就做炸猪排、肉饼、肉冻……

但是这让娜塔莎深深地不安。她知道这些东西来之不易。几周后,她对杜若说:"杜热,你要再带这些东西来,我就不让你进门了。"她说得斩钉截铁,杜若想了想,回答说:

"那我们定君子之约,我不带东西来,你也不能准备,我还不算笨,咱们纸上谈兵,你讲,我用笔记录下来,怎么样?"

娜塔莎笑了,说:"好,"然后她说了一句中国的成语,"君子一言,驷马难追。"

杜若准备了一个笔记本,红色的塑料皮,上面印着"备战备荒为人民"这样一行语录。里面,洁白的扉页上,杜若郑重地写下了题目:《娜塔莎菜谱》。写下这行字,杜若笑了,自己也觉得不很合适。想再换个本,找出来,一看,封面上印的是:要斗私批修。更不合适了。想想,算了,就用"备战备荒"吧。国家在敌对,人民在修好啊。杜若开玩笑想。笑了。

从此,娜塔莎口述,杜若记录。第一道菜式,就是:土豆沙拉。杜若在后面做了这样的备注:"这是我认识娜塔莎的开始,她跟我说的第一句话是,来,我教你做蛋黄酱。在这之前，我以为，娜塔莎只是一个传说。蛋黄酱也就是美乃滋，不过我们的美乃滋是改良过的，因地制宜，用普通食油代替了橄榄油，里面，除了盐，不加任何香料。"

那些她们一起做过的菜，一样一样，杜若都详细记下了。没做过的，娜塔莎想起什么，就随口讲出来。常常，这些菜肴，都伴随着一个故事。或者，是在讲述一件旧事时，忽然想起一个菜品。她和安同志第一次约会，安同志点了一个什么菜啦，她怀安德烈时，特别想吃的一种甜品啦，诸如此类。现在，她们彼此都没有了负担，杜若说来就来，说去就去，来了，娜塔莎不过是一杯热红茶或者一杯咖啡款待。咖啡是速溶的，固体的一块，包着纸，叫"咖啡糖"。偶尔，她会做一些叫作"欧拉季益"的俄式松饼来做茶食。自然，这欧拉季益的烘焙方法，也被杜若原原本本记录了下来。

"我吃过的最好吃的欧拉季益，是我妈妈做的。"一次娜塔莎这样说，"我妈妈年轻时非常美丽，安德烈长得就像我妈妈，她在一家餐厅做服务员，认识了我父亲。我父亲那时在大学里做助教，年轻，英俊，朝气蓬勃，他们是一见钟情，如烈火干柴，还没结婚就有了我哥。"娜塔莎笑笑。说，一个老故事而已。无非是，婚后，并不幸福。先是父亲在大清洗中被小小地牵连，出了问题，被迫离开了莫斯科。几年后回来就变成了一个毫无廉耻的酒鬼，"就像，后来的安德烈。"娜塔莎迟疑一下，这么说。

"我父亲几乎没有一天是清醒的，永远醉醺醺回家，身上沾满呕吐的污渍，臭烘烘一头栽倒在地板上、沙发上、床上，有时彻夜不归，我妈妈就彻夜不眠……她心疼他。可我，我记不住我母亲嘴里那个英俊的、帅气的父亲，他离开莫斯科时，我才五岁，所以，我以这个酒鬼父亲为耻，我恨他，我甚至诅咒他死。果然，战争来了，他死了，德国飞机轰炸莫斯科，一颗炸弹落在了我们家住的那幢楼上，而在炸弹爆炸的瞬间，我父亲扑上来护住了我，把我压在了他的身子下面。他死了，我活着，他的血流了我一脸……上帝听到了我的诅咒。"娜塔莎无声地笑笑。

"后来，我妈妈告诉我，我父亲也最喜欢吃她做的欧拉季益，她说，你知道吗？你和爸爸一样，你们都喜欢咸味的欧拉季益，特别是牛肝口味的。"娜塔莎说。

那天回到家里，杜若在这道菜谱的后面，记下了娜塔莎的这一番话。她很感慨，想，活到娜塔莎那么大，活到父母那么大，活到更老，这一日三餐中，该有多少的故事？

四　丽人行

那已经是春天了。这个城市的春天，总是来得很晚，又短。清明过后，谷雨过后，才姗姗来迟。飘柳絮了，飘杨絮了，杨花落了一地，几乎一眨眼，就是夏天。这个季节，杜若喜欢在休息日骑自行车去城外挖野菜。河滩、野地、田地旁，绿意盎然，到处生长着新生的蒲公英、荠菜、苦苣、马齿苋等等。杜若最爱的当然是荠菜。她一早踏着露水出发，中午之前，就会有满满的收获。这样，晚饭的餐桌上，就有新鲜的荠菜饺子吃了。

她约娜塔莎去郊外挖荠菜。

她骑车去和娜塔莎会合，意外的是，竟看见了姜友好。姜友好推着一辆红色的坤车，26英寸的大链盒"凤凰"，和娜塔莎并排站在路边。

"友好,你怎么也来了?"杜若十分惊讶,"你怎么知道的?谁告诉你的?"

"我听夏莲说的。"友好笑笑,"她说你要和你的师父去挖野菜,我忍不住跑来了。"

有一年没见了,友好看上去清减了许多。"你瘦了友好,"杜若望着她脱口说,"你没事吧?"

"我能有什么事?"姜友好豪迈地反问。

也是,姜友好能有什么事呢?杜若笑了,说:"太好了,三人行。"姜友好说:"丽人行。"

天气晴好,天空湛蓝。树叶是初生的新绿,鲜嫩得让人心软。她们三人骑行,姜友好的"红凤凰"十分招摇,比它更招摇的,是金发白肤的娜塔莎。三人三骑,被人看了一路。杜若多少有点不习惯,姜友好却全然不在意,大声笑道:"田汉先生塑造,三个摩登女性。说的就是我们呢!"那是被批判的毒草电影《丽人行》的题记。杜若心里咯噔一下,她觉得姜友好的举止有点夸张,这让她有些不安。好在城不大,朝西,过桥,再朝南,渐渐有了郊野的风景。她们来到一片野草滩,抬头就是烟蓝色的西山。支好自行车,杜若用手一指说:"这是我的宝地,这里的荠菜,又多又好。"

娜塔莎和姜友好,都不认识荠菜,杜若教她们辨识。果然,这里的荠菜一丛丛一片片,四处可见,鲜绿水灵,三个人分头寻找,没用太久,她们的大网兜就装满了。杜若说:"够了,足够我们吃饺子了。歇歇吧。"

她们席地而坐,手被野菜的汁液染绿了。各自都带了军用水壶,也不顾卫生,拧开就喝,仰着脖子,咕嘟咕嘟喝得十分欢畅。草滩上,有些不知名的小野花开了,这里一片,那里一片,静静地,开得又寂寞又热闹。阳光照在她们脸上、身上,天地静谧得如同没有人类。许久,姜友好说:

"真好。都不想回去了。"

"是啊。"娜塔莎说,"就像在梦里,不想醒来。"

"我爱田野。"杜若说,"来了,就不想走。"

"以前,安德烈还小的时候,夏天,我常常带他和安霞去采蘑菇。我知道一个地方,有松林,有榆树和槐树林,夏天,下过雨之后,树下到处都是新鲜的刚出生的松蘑、榆蘑。采回来,我给他们烧蘑菇汤,安德烈闻着蘑菇汤的香气,会说:真幸福啊——"娜塔莎望着烟蓝色的西山,这么说。

"那是什么地方？"姜友好神往地问，"我们也去好不好？"

飞来一只喜鹊，倏地落在了草地上，歪着头，冲着她们，喳喳喳激愤地叫着，对峙着，杜若笑了，"鸟听到我们的话了，这里是它们的天地，你看，它不满意了。"她这么说，"走吧，我想让你们尝到最新鲜的荠菜。"

这城中的习惯，休息日吃两顿饭，那天的正餐，是荠菜猪肉馅饺子。杜若原本计划包纯素馅的，但是姜友好说："荠菜猪肉才是在论的呀。"她执意骑车跑回家拎来一块猪肉，说是夏莲昨天才给她捎回来的，刚好派上用场。"有肉大家吃！"她说得兴高采烈。杜若想，友好这是怎么了？有点不太对劲，不避嫌了吗？想问她，又没问出口，是真心不舍得破坏这难得的欢乐。于是三个人，择菜、剁肉馅、和面、包饺子，干得热火朝天。拌饺子馅负责调味的，自然是杜若，剁肉时，她仔细地剔除了所有的筋络血管，剁好后，用生姜水打馅，使肉变得鲜嫩无腥。荠菜则切得细碎均匀。菜和肉的比例也恰到好处。调味料却极简单，除了肉馅需要少许酱油煨起，就是一点盐、一点白糖和一勺的熟食油锁水，其余的，葱、香油、味精、五香粉之类一概不用。这样,杜若说,才不干扰和毁损荠菜的清鲜。

果真,太好吃了。

娜塔莎说:"杜热,这是我这么多年吃的最好吃的饺子。"

姜友好说:"杜若,你真是个宝藏,认识你这么久了,居然还能给人带来惊喜。"

杜若笑而不答。

娜塔莎又说:"我要是早认识你就好了,安德烈的爸爸和安德烈都很喜欢吃饺子,可惜我的饺子总也做不好。"她盯着盘子里的饺子说,"现在我就是学会了,他们也吃不上了。"她笑笑,"我就不学了。"

"娜塔莎,不是还有安霞吗?"姜友好说。

"安霞不一样,安霞从不挑剔,我做的任何东西她都说好,真心赞美,我想,这大概是因为她刚懂事就遇到了'三年困难'时期吧?她知足。"娜塔莎回答。她大概也觉得这回答有点言不由衷,"好吧,友好,别这样看我,我承认,上帝也知道,我爱安德烈可能更多一点……吃到他喜欢吃的东西,做他喜欢做的事情,我就有罪恶感:我的儿子不知道在哪里流浪、受难,我却在享受——"

"又来了娜塔莎,"姜友好打断了她,"你没有做错任何事,亲爱的,不对的是他。不过今天我不想说安德烈,就今天一次,原谅我……今天我只想说快乐的、高兴的事。你这里有酒吗?哦抱歉我忘了,你家里怎么会有酒?这么美味的饺子,焉能无酒?此刻有杯竹叶青就好了。"

杜若起身,说:"我去买。"娜塔莎叫住了她,说:"我有威士忌,我去拿。"

杜若和娜塔莎对视一眼,愣住了。

片刻,娜塔莎捧着一个托盘过来了,上面有酒瓶和三个酒杯。酒瓶是打开的,里面的酒只有大半瓶。她一边倒酒一边说:

"安德烈的爸爸走后,我一个人太寂寞,偶尔会喝一杯。"她笑笑,"不过你们放心,我不是安德烈,不是我父亲,我还有安霞。来——"她举起了杯子,问,"为什么干杯?"

杜若说:"为春天,为田野,为慈悲的荠菜,为我们爱的人。"

姜友好说:"还有,为自由,为无牵无挂。"她嫣然一笑,"为——为我重新变成一个自由的单身女人——"

什么？娜塔莎和杜若以为自己听错了。

"我离婚了。"姜友好笑着说。

杜若惊住了。

"为什么？"娜塔莎心慌意乱地问，"是因为我的缘故？"

"怎么会因为你？"姜友好回答，"当然不是。是因为我父亲，我父亲的问题至今没有结论，而我丈夫他遇到一个千载难逢的好机会，出使国外，做武官。这机会不是什么时候都能遇到……"

年轻的海军军官十分为难，也不能怪父母逼他，在锦绣前程和扯后腿的倒霉女人面前，有几人不势利？何况这二老原本就不喜欢那个名声不好的儿媳妇，不满意这门婚事，他父亲说，爱美人不爱江山，那得是皇帝，你哪有那个资格！海军军官痛苦不堪。姜友好出手了，说，不就离个婚吗？成全你！成全你们家！于是找了人托关系，很快办了离婚手续。临别时，姜友好对他说：

"记住，不是你做了陈世美，是我先休了你的。你走你的阳关大道吧，我回江湖了。"

此刻，姜友好举着酒杯说："我回江湖了，干！"

娜塔莎和杜若，谁都不举杯。

姜友好放下了酒杯："怎么了？不欢迎我回来啊？"

许久，杜若说道："姜友好，姐姐，你难过，伤心，就别撑着了，要朋友是做什么用的？"

姜友好哈哈笑了："小杜若啊，你太清纯了，太幼稚太罗曼蒂克了，我早跟你说过，我是浊世里的人，遵从的是浊世里的规则，有什么可伤心的？"她举杯一饮而尽，"娜塔莎，姐姐，你来，你陪我喝一杯。"

娜塔莎举杯，一饮而尽，说："友好，知道吗？我很想你，非常想。"

杜若眼圈红了，也举起来杯子："你说的，田汉先生塑造，三个摩登女性，"她咕咚咽下一大口，呛得直咳嗽，"我们三人，丽人行，不分开。"

娜塔莎说："二十年前，我还称得上是丽人，现在可不是了。现在是丽人的妈妈了！"

姜友好笑道："谁说的？丽人永远都是丽人，外表不是了，骨子里也是。美人在骨不在皮。"

三个"丽人"都笑了。

姜友好说："娜塔莎，你家里有照相机吧？来，我们拍张合影,留个纪念,题记就写:丽人行。"

果然有相机,"海鸥135"。果然就照了,咔嚓一响,留下了这个春天温情的瞬间。胶卷是相机里几年前没拍完的,也不知是否过期,也不知能否成像。她们不能确定。就像她们不能确定明天会发生什么一样。

那天,姜友好没有回家,几杯威士忌竟然使她醉倒了。她吐了酒,头晕,娜塔莎安顿她在安霞的床上躺下了,说:"你歇会儿,醒醒酒。"她顷刻就睡着了,睡得很沉。现在,她没有什么可顾忌的了,她不再需要为了她的爱人她的丈夫忍痛和朋友疏远绝交。活了这么多年,她只做过这么一件违心的事,上天就惩罚了她。

半夜里,她忽然醒了。一盏床头小灯昏黄地亮着,许久,她才想起自己是置身何处。她爬起来,开门,穿过走廊,来到了娜塔莎的房间。也有一盏灯微微地亮着,但娜塔莎却和衣睡着了。她走过去,站在了娜塔莎的床前。娜塔莎睁开了眼睛,说:"醒了你?"她没有回答,蹲下来,把脸埋进了娜塔莎的臂弯里:"怎么办啊娜塔莎,我舍不得他……"说完,她无声地哭了。

当晚，杜若回到家里，发现夏莲在等她。她母亲说："你可回来了，夏莲等了你一晚上。"

她拉着夏莲进了里屋。

"你太不够意思了，"夏莲一进屋就喊，"说，你的师父，是不是娜塔莎？"

"你知道了？"杜若说，"姜友好告诉你的是吧？"

"你还好意思问？"夏莲很委屈，"杜若啊杜若，你居然瞒着我，欺骗我，害我还以为你有了男朋友！天天让我为你们服务，却不让我知道真相，你是不信任我还是有了新朋友就不要我这老朋友了？"

"不是的夏莲，是友好托付我的事，她没让我和别人讲，所以我还没敢告诉你——"

"姜友好更不够意思，"夏莲不容杜若分说，打断了她，"她认识我在先，认识你在后，结果她倒把你当朋友把我当她的交通员了，天天给她传递这传递那，有了好事，一点也想不起我来！"

杜若笑了："好事？夏莲，原来你觉得这是好事啊？友好可是因为顾忌她的丈夫——"杜若顿了一下，想，是前夫了，"因为那个现役军人海军军官，才不和娜塔莎来往了。

你不怕别人说你和苏联人交往啊?"

"你怕不怕?"夏莲反问,"你不怕我怕什么?娜塔莎是克格勃吗?我一个列车员,你一个小集体工人,克格勃吃饱撑的找咱们啊?"

"不是啊,夏莲,"杜若说,"安德烈、安向东是克格勃吗?当然不是,可是你当初退学了,没看到那些人欺负他,孤立他,谁要是敢跟他来往,就骂他和苏修穿一条裤子,最后,还把他推到了防空洞底……就拿昨天说吧,我们骑车去郊外,一路上,路人看我们的眼光,千奇百怪。你不在乎?"

"不在乎,"夏莲回答,"我只在乎,你们拿不拿我当朋友。"

杜若觉得心里一热。

"娜塔莎说,等夏天到了,她带我们去树林里采蘑菇,她知道有个地方下了雨,蘑菇很多。到时候,我们一起去,浩浩荡荡的。"她笑了,"然后,我来负责,给你们做鲜蘑饺子或者蘑菇汤。那味道一定美极了!"

但是她们没有等到这一天。

先是夏莲，忍不住在饭桌上说起了采蘑菇的事。她妈说："蘑菇可不能瞎采，小心中毒。你问你爸是不是？"

她爸是药剂师。

夏技师说："可不是，年年都有人死于蘑菇中毒。"

夏莲说："没事，我们有专家，娜塔莎年年都去采。"

夏技师"嗯？"了一声，竖起了耳朵。夏技师这人，历史上，有点小污点，本来就胆小怕事，如今，有了这污点的阴影，活得就更加谨小慎微，战战兢兢："娜塔莎是谁？"他警惕地问道。

"就是我从前同学的妈妈，你们应该听说过吧？"夏莲回答，"那个中苏混血儿，安向东，娜塔莎就是他妈。"

夏技师差点被一口窝头噎住："你，你怎么会和一个苏联女人搞到一起？你怎么会认识她？"他说，紧张得脸都绿了。

"紧张什么呀，"夏莲回答，"是杜若，杜若在和她学做西餐，她是杜若的师父。"

"杜若！"夏技师愤怒了，"我早就跟你说过，别总和杜若混在一起，她思想意识不健康，太复杂，和你不是一路人，他们家和我们家也不是一路人，看看看看，出事了吧?"

"出什么事了?"夏莲反问,"能出什么事?"

"和苏联人都混到一起去了,和头号敌人混到一起了,你还要出什么事?"夏技师声音像蝉鸣一样变得尖利。

"什么叫混到一起?我又不认识娜塔莎,我还没见过她呢!"

"谢天谢地!"夏技师双手合十拜了拜,说,"你喊什么,你怕人听不见啊?告诉你夏莲,马上和杜若断绝来往,你听见没有?马上和她断绝一切关系!她爱惹什么祸是她的事,千万不要让她再来招惹咱们家,听懂没有?咱们这个家,能平平安安到今天,知道有多不容易吗?你让一家人过两天安生日子行不行啊?啊?"

他眼里几乎迸出泪光,夏莲忽然觉得不忍心。她只好说道:"知道了,我不理杜若就是了……"这句话一出口,她心痛了。

可是夏技师还是不放心,思来想去,第二天傍晚,他去了杜家。两家大人,几乎从无往来,夏技师登门,这让杜医生和赵女士感到非同寻常。果然,是棘手的事。夏技师窃窃低语和杜医生交涉了十分钟后离开了杜家。出门,正好和下班回家的杜若打了个照面。杜若叫了一声"夏叔叔",他没理,径直而去。

杜若感到奇怪。

杜医生说:"杜若,你惹事了。"

"怎么了?"

"你知道夏技师来干什么?他来给我下最后通牒来了。"杜医生回答,语气平静,"他说,以后,不许你和夏莲往来,他要夏莲和你划清界限,他们家和我们家也要划清界限,假如,你执意不听的话,他会采取革命行动。"

"采取什么行动?"杜若很好奇。

"他会去革委会揭发我,罪名是,纵容你里通外国。还有,"杜医生顿了一下,"去公安局告发你。"

杜若倒吸一口冷气。

"他还算君子,明人不做暗事。"杜医生说。

"杜若,你在和一个苏联女人学做西餐?"杜若的母亲赵女士疑惑地问,"真的假的?夏技师胡说吧?"

"真的。"杜若回答,"他没胡说。她是我同学的妈妈,就是那个——小时候就听说的娜塔莎。"

"你?"赵女士愣了一愣,"你可真胆大包天啊——"

"杜若，"杜医生说，"刚才，夏莲爸爸有一句话说得不错，他说，他们一家能平平安安过到今天，不容易，咱们家又何尝不是？"他叹口气，"生逢乱世，多事之秋，杜若啊，别怪我们胆小怕事，未雨绸缪，就不要再去学做什么西餐了，这是多奢侈的事。"

父亲语气平静，但杜若还是听出了深深的悲凉。她心里一痛。

"也不要再去找夏莲了，"赵女士迟疑一下，歉疚地说，"就当你失忆了，不认识这个人了。我知道你们两个好，夏莲也是个好孩子……只是，她爸那个人，真要去告发你们，不是闹着玩的。"

这一晚杜家的餐桌上，气氛沉闷压抑。杜仲去乡下插队了，不在家。四口人，围着一张折叠桌，沉默不语地吃着简单的晚餐。杜若低头扒拉着碗里的饭粒，食不下咽，一双筷子伸了来，一块腊肠落进了她的碗里，她一抬头，是父亲。

杜若心里翻江倒海。

第二天早晨，杜若推车走出小区大门，就看见夏莲站在路边，她知道她在等她，但她没有理睬，刚要蹬车，夏莲过来挡住了她的去路。

"杜若。"夏莲喊。

杜若说:"夏莲,你别来找我了,你再来,你爸就会去告发我里通外国了。"

"对不起,杜若,"夏莲咬了下嘴唇,"我爸太过分了——"

"不,我不怨夏叔叔,"杜若平静地回答,"他是为了保护他的家人,我父亲也一样。他也不让我和娜塔莎来往了。"

"都怨我。"夏莲说。

"我想了一夜,"杜若说,"我们没有权利任性,没有资格任性,没有权利让我们的亲人,为我们担惊受怕,受我们牵累……夏莲,"她冲朋友笑笑,"就此别过,从今往后,我就不认识你了!"

说完,她蹬车而去。

夏莲望着她的背影,看她沐浴在新鲜的朝阳里,渐行渐远。她们差不多从有记忆起就相识,做了这么多年的朋友,如今,将成为路人。夏莲哭了。她在心里喊,亲爱的,亲爱的,亲爱的,再见了。

杜若心里,也在告别。

和还没来得及抄录的菜谱，和那些菜式后面的故事，和互为知音的那种默契与欢喜，和期待的采蘑菇、野游，和一诺千金的承诺，和不畏惧人言，和不掺杂任何杂质的友谊、情义，和对被欺凌者的悲悯，和坦荡、骄傲、崇尚自由、特立独行的那个自己，一一告别。

仅仅是一点小风浪，她就现了原形。杜若含着眼泪微笑。现在，她是一个她曾经鄙夷的那些人中的一个了，滚滚洪流中的一个了。怯弱、自私、猥琐、不敢承担、人云亦云。

再见了，她在心里说，那个昙花一现的美好的杜若。

再见了，美好的"丽人行"……

最后一次，夏莲去给姜友好送北京邮包。夏莲说："姜友好，以后，我不能再来了。不能再给你带东西了。"

"怎么了？"姜友好奇怪地问，"不跑北京了？"

"杜若也不能来了。"夏莲说。

姜友好愣了一下，问道："出什么事了？"

"能不问吗友好？"夏莲悲伤地笑笑，说，"友好，也许，我们本来就不该认识。抱歉。"

沉默许久，姜友好笑笑，说："懂了。"

杜若也做了一件必须做的事情。她跑了许多家文具店，终于买来一本她还满意的笔记本。牛皮纸质的封面，很干净，很空旷。内页没有格子，纯净而洁白，有一种深沉悲哀的寂静，如同被积雪覆盖的俄罗斯大地。杜若在这个本子上，工工整整地，重新抄录了一份她的《娜塔莎菜谱》，连同那些说明和备注。在最后一页上，她写了这样一些话：

亲爱的娜塔莎：

抱歉我食言了。我没有勇气看着你的眼睛，面对面与你道别，更没有勇气说出那个道别的理由。那让我羞耻。这本菜谱，我重新抄录、整理了一份，里面，记载着我们曾经拥有过的一段珍贵时光，点点滴滴，都是我的回忆，以及，你的……

原谅我不能像姜友好那样无畏和勇敢。我说过，她是一个仗剑独行的侠客，而我，只是万千庸众中怯懦、卑琐的一员。别了，娜塔莎！珍重！珍重！珍重！这样说的时候，我心里在落雪……

她最后一次,来到了那幢红楼里,站在了三楼那扇门前。她把装着笔记本的一只网兜,挂在了门把手上。她依恋地摸摸门把手,站了一会儿。终于,敲敲门,然后,调头噔噔噔跑下了楼梯。

几天后,杜若收到了一封本埠来信。寄信人是姜友好,里面有一张照片和一封短信,只有几句话:

"本来不想给你了,可还是没忍住。就算是临别纪念吧。不知道具体发生了什么,但还是大致可以猜到。照片拍得不错,你想留着,还是怕受牵连烧了撕了毁了,一切由你。"

没有署名。

是那张合影。三个人,坐在地毯上,漂亮的波斯地毯。姜友好搂着娜塔莎,娜塔莎则搂着杜若。三个人都在朝着镜头笑,可看得出来,只有杜若一人的笑,是春天般的微笑,少女的微笑,明朗、明净、毫无提防和心事,不知道生活的厉害。

照片上,印着白色的题记,真的写的是:丽人行。

杜若低头,亲了亲照片,亲了亲照片上的自己。多么明媚啊,她怜悯地想。哭了。

一年后,姜友好的父亲复出,姜友好也被调回了北京。

这城中,娜塔莎再没有一个朋友了。安霞在乡下一直没能回来,娜塔莎也无可挽回地染上了酒瘾。有一天,醉酒后,诱发了急性胰腺炎,剧痛使她站不起来,她挣扎地爬着打开了房门,却昏倒在了家门口。邻居发现她的时候,人已经不行了。送到医院,没能抢救过来。

终年四十二岁。

她跟随安同志来到这城市时,是二十五岁。清新如一棵小白桦树,眼睛像天空般蔚蓝。

古老的双塔,悲悯地俯瞰着罪孽的城市。

五　我们的娜塔莎

许多年后,这个城里,有了一家俄罗斯餐厅,餐厅的名字有点拗口,叫作:我们的娜塔莎。

不少人提议,干脆就叫"娜塔莎"算了,简单明了上口,但是老板不同意。

老板说:"娜塔莎就是我们的。"

谁也不明白这话的意思。不明白就不明白吧。老板不解释。

菜肴是常见的俄罗斯菜式,没有花式噱头,但是品质无可比拟。鱼子酱和一些主要调味品都来自俄罗斯。主厨也是从俄罗斯聘请来的,但老板本人则兼副主厨。有几道菜,副主厨一定要亲自动手或者把关,一道是红菜汤,一道是咸味的欧拉季益,还有一道叫"丽人行",这是所有菜品中的一个异类，不算传统也不算纯粹的俄式，发明者是老板本人。那是一道鲜菌菇汤，汤里煮有饺子。假如是春天，这饺子的馅料必定是荠菜主打。虽然，这道菜名不见经传，但是，味道极其鲜美，口感丰富，颇受顾客欢迎，几乎成为这家餐厅的代表作。

餐厅的装修，格调不俗，有俄罗斯乡村的风情。裸露的原木的梁架，石墙，烧果木的大壁炉，铁艺的风灯。迎门的主墙壁上，挂着一幅大大的照片。是一幅老照片，做了特殊的处理，看上去，颇有古典油画的效果。那是一张合影，三个女人，坐在一块波斯地毯上，望着镜头微笑。其中一人，是个丰满的异国女人。只不过，照片上的这三人，既不是明星、名士、名人，也不是首长官员，亦非摄影名家所摄，毫无出处，但，它挂在那里，却非常醒目，有一种岁月的惊心动魄和隐约的神秘感。

老板在等待能认出这张照片的人。

等待一个跛腿的男人。一个曾经的美少年。

等待一个叫姜友好的女人。

从上世纪九十年代开业，几十年过去了。餐馆从最初的火爆到后来的平淡甚至是萧条，老板依旧坚守着，她还在等。

杜若还在等。

或许，杜若并不等什么，并不等谁。她坚守着，只是让这个城市记住，曾经，有一个叫娜塔莎的女人，在这里活过，爱过，死过。

清新如白桦树的苏联姑娘。

2020 年 4 月 28 日草成于京郊如意农场

附录

聚焦于食物的历史与生命记忆
——关于蒋韵长篇非虚构文学作品《北方厨房》

王春林

尽管不仅早就对所谓"民以食为天"与"食色性也"这样的说法耳熟能详,而且也正如同"衣食住行"所强调的那样,深知食物乃是人类得以维持生命存在最根本的事物之一,但我却从来都没有能够想象得到,自己非常熟悉的作家蒋韵,竟然会在不期然间写出了一部以食物为中心事物的长篇非虚构文学作品《北方厨房——一个家庭的烹饪史》。不过,反过头来想一想,由蒋韵写出这样一部以食物为聚焦中心的长篇非虚构文学作品,倒也并不是没有道理可讲。由作家这样一部多少带有一点出人意料色彩的作品,我自己所情不自禁联想起的,反倒是二十多年前的一段往事。那是在上世纪即1990年代的末期,我的工作,刚刚有幸从地处相对偏远的吕梁山区的一所专科学校,也即所谓的吕梁高专(现吕梁学院的前身）调动到省城的山西大学。似乎也就是在我安顿下来一两年的时间之后，我和蒋韵他们几位朋友曾经共同参与过一个到后来也没有搞出过什么名头来的所谓"文学沙龙"。最初的倡议者到底是谁，我现在已经记忆模糊，但主要的参与者却依然记忆犹新。省作协的成一、李锐、蒋韵，太原师范学院中文系的刘蜀贝、傅书华、刘自觉，北岳文艺出版社的李建华（笔名珍尔），再加上我，一共也就七八位，绝对超不过十位。说是"文学沙龙"，到底讨论过什么样的文学问题，却一点都记不清了。至今都记忆清晰的，反倒是似乎每一次聚会，都要找一个有品位的饭店。大家边吃边聊，那个场面很是有一点热闹。更有甚者，由于那个时候正是所谓歌厅兴盛的年代，有时候大家在饭后还要到歌厅里去高歌一曲。我自己当然是五音不全，但得以了解到蒋韵和刘蜀贝她们歌唱得特别好，却也正是在那个时候。更进一步说，蒋韵和刘蜀贝她们的歌之所以唱得好，又与她们当年也即所谓"十年浩劫"期间学校宣传队的训练紧密相关。虽然不能说别的歌就唱得不好，但她们最拿手的，却无疑是那些已经很明显地打上了她们青春烙印的"红歌"（需要特别强调的一点是，所谓"红歌"云云，只与她们的青春记忆有关，与社会政治立场了无干系）。说到饭店聚餐，至今难忘的，一个是刘蜀贝和蒋韵她们总是会从家里携带高品质的白酒和干红（她们给出的冠冕堂皇的理由是，自己家的经济条件要相对好一些），另一个就是在点菜时的大显身手。虽然她们做饭是不是大厨级水平不好说，但在都是善于点菜的"美食家"这一点上却丝毫不容怀疑。又或者说，正因为她们有着很好的味蕾（这一点恰好可以在这部《北方厨房》中得到切实的印证），所以每一次饭局的菜肴才都会点得那么得心应手，才能够让在座各位都不由得大叹精彩。到后来，或许是因为成一和李锐蒋韵他们都因故把家搬迁到北京的缘故，这样一个与其被称之为"文学沙龙"反倒不如干脆名副其实地称之为"文人聚餐会"的活动，也就渐渐地风流云散"无疾而终"了。虽然"文人聚餐会"不再，但刘蜀贝和蒋韵她们对于各种菜品的理解认识之精到，却给我留下了极其难忘的印象。关键的问题是，蒋韵既然拥有如此一种对菜肴精神的深切理解，一部聚焦于各种琳琅食物的《北方厨房》最终诞生在她手中，也就一点都不奇怪了。

我们注意到，在《北方厨房》的一开头，蒋韵就坦承，自己之所以会动念写作这样一部长篇非虚构文学作品，与二百年前一位名叫布里亚·萨瓦兰的法兰西人的影响紧密相关。依照蒋韵给出的界定，这位布里亚·萨瓦兰，是世界上一位著名的美食家，或者美食哲学家。他的代表作《厨房里的哲学家》（蒋韵作品中，这本书的译名为《好吃的哲学》），一向被誉为"美食圣经"。应该就是在这部著作中，这位布里亚·萨瓦兰讲了一句名言："告诉我你吃什么样的食物，我就知道你是什么样的人。"很大程度上，就是这句话刺激到了蒋韵，或者说对她产生了不小的震动和影响。究其根本，正是为了回应布里亚·萨瓦兰的这句话，或者说是在受到他《厨房里的哲学家》（《好吃的哲学》）这部著作影响的情况下，蒋韵才萌生了创作《北方厨房》这部作品的最初念头："我不关心他的肚子怎样伟大，但我特别想知道，假如，一个中国人，比如我，诚实地告诉他我自己这大半生所吃过的食物，他将由此得出一个什么样的结论？他会坚持自己的说法还是会修正它？""写一个家族的菜谱小史、食记或者流水账，也许，是件有意思的事。萨瓦兰启发了我。"但其实，在受到萨瓦兰影响的同时，据我的判断，蒋韵之所以要动笔写作这部《北方厨房》，或许还与她近年来的生活变故之间，存在着不容忽视的内在关联。这其中，尤其不容忽视的一个事件，就是她的老母亲在罹患阿尔茨海默症若干年之后不幸去世。国人普遍认为，出自母亲之手的饭食，是世上最好吃的饭食。那饭食里，不仅包含着一个母亲的深情厚爱，而且也潜隐着一个人的童年秘密。母亲的饭食，既是果腹的佳肴，更是一个孩子认知世界的启蒙之始。从一种创作心理学的角度来说，正是母亲的不幸去世触动了蒋韵的诸多历史与生命记忆，促使她拿起笔来，以小说或者非虚构的方式进一步把这些记忆凝固成形。也因此，蒋韵的文学创作，在因为各种各样的原因被迫沉寂一些年之后，再一次开始喷发。更进一步说，在经历了生命中至关重要的一些事情之后，作家的世界观以及对生命对社会对人性的理解，其实也都酝酿发生着一些不期然的变化。又或者，一个或许可以经得起未来历史检验的结论是：正是从这个时候开始，已经有长达数十年文学创作历史的蒋韵，进入了一个新的阶段。包括长篇小说《你好，安娜》、中篇小说《我们的娜塔莎》以及这部长篇非虚构文学作品《北方厨房》，都可以被看作是作家文学创作进入新阶段的标志性作品。

首先，这部《北方厨房》所真确呈示的，的的确确是近七十年（作品的叙事时间应该说是与共和国同步的。蒋韵的出生时间是1954年,作品是从她最初的人生记忆开始写起的)一个北方家庭的烹饪史,或者说是食物史、味道史。我们平常一直说作家的艺术书写尤其是叙事类作品的写作应该是及物的,所谓"及物",意在强调作家的笔触理当言之有物,一定不无细腻地以精准的语言首先把自己所要关注的事物本身呈现出来。具体到蒋韵的这部长篇非虚构文学作品,就意味着作家首先应该把食物的模样以及食物的制作过程以精准而生动的笔触描摹呈现在广大读者面前。比如,奶奶最拿手的那一道保留菜式:假鱼肚。关于"假鱼肚",蒋韵写道:"这是一道大菜,逢年过节才上桌。食材其实很平常,就是猪肉皮,但做法特别费时,远不是一日之功。"怎么个"非一日之功"呢?"首先是要风干猪皮,平日里做菜,剁馅,剔下来的肉皮,随手挂在厨房墙壁上,或是屋檐下,一春,一夏,一秋,让它们慢慢风干,不急不躁,不慌不忙,一条一条,积少成多。到腊月里,年根下,时辰到了,找来一只大盆,把风干透彻却也是浑身蒙尘的它们集合起来,烧一大锅滚烫的碱水,倒进盆里浸泡一天一夜,就像发海参。然后就是一遍一遍地反复清洗,每一条每一块,都要用刷子刷,用镊子拔掉毛根。最后,处理干净的它们,就像经过忏悔和被赦免的灵魂一样，新鲜而纯洁。然后，切成合适的大小，控干水分，烧一锅热油，炸。炸到猪皮表面金黄卷曲而起泡。这是最具技术含量的一个环节，油温几分热，起泡的程度，肉皮的色泽，全凭人的经验。接下来，是要用砂锅吊一锅好汤，鸡汤、骨汤，都可以，把炸好的猪皮下进去，和火腿、蛋饺、面筋、玉兰片等食材文火慢煨（有冬笋最好，但北方不是那么容易买到鲜笋）。最后，连砂锅上桌，热气腾腾的什锦假鱼肚就算大功告成。这菜，其实就是北方的'全家福'，福建的'佛跳墙'一类，是节庆的菜肴，有喜气。"面对这段文字，我们所首先惊叹的，是作家精细的观察力与非同寻常的记忆力。二者缺少其一，作家都不可能把很多年前奶奶最拿手的这一道"大菜"的制作过程如此细致入微地描述出来。其次，所谓的"大菜"云云，最起码在我看来，带有突出的反讽意味，正常意义上的"大菜"，不仅制造工艺精致，而且食材也非同一般。穷人家出身的奶奶，之所以能够用再普通不过的猪皮点石成金地做出如此一道"假鱼肚"来，其实与真鱼肚的匮乏紧密相关。也因此，虽然看似只是一道"大菜"的记述，但从中折射出的，却是那个时代物质的一种普遍匮乏状况。再次，作家令人印象深刻的想象与修辞能力。这一点，突出地表现在"处理干净的它们，就像经过忏悔和被赦免的灵魂一样，新鲜而纯洁"这句话上。一块被清洗处理得干干净净的猪皮食材，一般人根本不可能把它与"忏悔"和"被赦免的灵魂"这样带有高贵色彩的语词联系到一起。很大程度上，大约只有如同蒋韵这样的作家才会写出这样个性化的句子来。从根本上说，如此一种语言与修辞方式，所充分凸显出的，乃是书写者本人精神世界的高贵与纯洁。

更进一步说，正是借助于奶奶最拿手的"假鱼肚"这一道"大菜"，蒋韵不仅写出了一个家族面临着历史剧变时无可奈何的风流云散，而且也生动传神地刻画出了奶奶这一内在品性殊为坚韧的时代女性形象。首先，只有在读过这部《北方厨房》之后，我才第一次了解到，原来，蒋韵不仅原本姓孔而不姓蒋，而且她所归属于其中的那个孔氏家族还曾经是开封的一个名门望族。小时候，因为奶奶总是给吃饭挑剔的蒋韵在饮食里添加各种维他命药片的缘故，街坊们曾经给她取了个外号叫"维他命兮"："'兮'这个名字，是四爷爷给起的，我们孔家，到我这辈，排行是'令'字，四爷爷给我起的名字叫'孔令兮'。我是我家'令'字这一辈里的老大……"尽管作品并没有更进一步地交代这位"孔令兮"到后来为什么会改名为"蒋韵",这里面恐怕也潜藏着曲折的故事,但无可置疑的一点是,这个"蒋"姓其实来自于她的奶奶孔蒋氏,因为到了上世纪五十年代,新中国第一次搞人口普查或者选举的时候,奶奶拥有了一个被叫作"蒋宪曾"的名字。至于孔氏家族在开封的情况,只要看一看四爷爷和他的医院,我们就可以略窥一斑:"孔家经营一座医院,叫'同济医院'。据说,是古城开封第一家私立西医院。主政这医院的,是孔家的四先生,孔繁某,字显达。""等我父亲这辈人出生、渐渐长到记事时,同济医院已经很有规模,且颇具名望。"别的且不说,单只是一个家族在那个时代能够创办并拥有一座西医院的事实本身,就足以说明这个家族在开封城里的社会地位和影响。也因此,孔氏家族与其他社会各界的广泛交往,也就自是情理中事:"孔四先生不仅是名医,还是社会活动家,和当时国府中原省份的要员多有往来,'同济医院'的匾额,就是于右任先生题写的。"唯其因为孔氏家族地位显赫,所以孔四先生才会不仅可以保护年轻时的豫剧大师常香玉,而且更可以与梅兰芳在一起合影。只不过,等到时过境迁或者说时代发生了巨大的风云变幻之后,所有的这一切,反倒成为了不敢为人道的"陈年旧事"。到后来,每当奶奶情不自禁地和孩子们唠叨这些"陈年旧事"的时候,父母便会出面阻止:"妈,别跟孩子们说这些。"而奶奶,自然也就沉默了。"父母的表情,让我们觉得,这是一些羞耻的、不能见人的事。"实际上,事情说来也很简单,在时代和社会业已发生根本性变化之后,尤其是到了1949年之后的共和国时代,继续谈论这些与前朝关系紧密的"陈年旧事",乃是一件危险系数极大的事情。也因此,身为小说家的蒋韵,才会发出这样的一种感慨。虽然说自己的亲爷爷,也即孔二先生曾经一度做过中原某县的警察局长,但"至今,我也不明白,孔二先生怎么会出任警察局长?他又不是行伍之人。弄不明白的事,远远,远远不止这一桩。关于家史,关于家族的过往,有许多年,可以说,是我们这一代、上一代许多人的噩梦、伤疤和禁忌,唯恐避之不及,哪里还敢去寻踪觅迹?几十年下来,一个家族的来龙去脉就成为了秘史"。既然是禁忌,既然是秘史,那大有作为的,恐怕也就只剩下小说了:"所以,之前,我笔下的家史,只能是小说而不是其他。"什么叫"礼失而求诸野",蒋韵所说的,其实就是这种状况。唯其因为现实生活中关于既往历史的言说充满了各种禁忌,所以才为小说家留下了足够开阔的"英雄用武之地"。最起码,在蒋韵这里,很多小说作品滋生于秘而不宣的家史,乃是一个不争的事实。

由于众所周知的缘由,进入共和国时代之后,曾经兴盛一时的孔氏家族的"在劫难逃"与最终日薄西山,乃是一个无可逃避的必然结果。蒋韵至今都印象深刻的是:"到我出生的年代,两房人已经不在一起住了,显然,是分了家。而孔家人赖以维持生计的医院——同济医院,那时也不再属于孔家,成了一家区级人民医院。详情或者真相,我一概不知。"一方面是孔氏家族总体上的必然衰落,另一方面,则是蒋韵远在山西的知识分子父亲的不期然而罹难,1957年,"中国出了事,我父亲也出事了,和很多被送往北大荒或者青海等地的人相比,我父亲已属幸运,只是降职降薪,工资降到六十块五角。"父亲出事的直接结果,就是家人的生存状况严重受影响。因为父母亲的工资加在一起,必须要维持一家七口人的日常生计呢。然而,问题的关键在于,尽管如此,置身于其中的蒋韵自己,却并没有生成丝毫的心理阴影:"而这一切,时代的震荡,生活的艰难和困厄,却没有给我最初的人生投下一丁点阴影,当属奇迹吧?这奇迹,我想,是距离创造的。这是我的'双城记'。"那么,这样的一种奇迹到底是怎样创造出来的呢?无论如何,这奇迹的主要创造者,都应该是那位目不识丁的奶奶。作为穷人家的长女,侥幸生存下来的奶奶,不仅目不识丁,而且还有着一个相当苦难的童年。为了维持家庭生计,幼年的奶奶,需要和她的母亲一起,依靠给别人浆洗衣衫来贴补家用。西北风刺骨的寒冷冬天,她们娘俩在手已经冻肿成"红萝卜"的情况下,依然要砸开冰凌去洗衣服。如此一种艰难情形,直令蒋韵在很多年后都一直叹息不已:"'汴水流,泗水流,流到瓜州古渡头',诗意而伤怀。那是别人的汴河,不是我奶奶的。奶奶的汴河,惠济河,是一家人的生计。是不管多苦多疼,也得忍耐的闺阁时期。"很大程度上,或许正是童年如此的艰难,最早锻造了奶奶坚韧强劲的生存意志。到后来,面对着家里经济状况日益吃紧,毅然挺身独力支撑起这一切的,正是蒋韵这位目不识丁的奶奶。先是药品。因为原初分家时分到了一些药品,奶奶就在暗中偷偷地变卖这些药品,以补贴家用。须知,奶奶如此的一种行为,在那个异化了的"革命"时代,因其带有一定的黑市交易性质,所以是不被允许的。问题在于,"但即使担风险,即使提心吊胆,药品也终有卖完的一天",怎么办呢?"奶奶就卖房子。叔叔和三姑都去外地读大学,十几间房屋的大院子就显得空旷。奶奶就把一半的房产卖了。目不识丁,一点没有理财头脑的家庭主妇,二话不说,卖了产业,就为了让她的儿女,有书念,让她的孙儿孙女,有饭吃,让日子有日子的样。"在蒋韵的记忆里,日常生活里的奶奶,总是会为一些小事而纠结,但在卖房子这样的大事上,她却大丈夫气十足地竟然一个人就做出了决断,真正可谓是"三下五除二"一般地雷厉风行。虽然母亲后来说那些房子卖亏了,但不贪心的奶奶所坚执的信条却是:"够用就行。""还有,要雪中送炭,不要锦上添花。"事实上,也正是依凭着家庭主妇奶奶的如此一种"杀伐果断",才最终保证"生活的艰难和困厄"没有给幼年的蒋韵投下一丁点心理阴影。当然了,蒋韵他们之所以没有造成心理阴影,也还与奶奶她们那简直就是夜以继日的辛苦劳作紧密相关。这一方面,一个不容绕过的生活细节,就是奶奶和干奶奶她们糊火柴盒的劳作场景:"那手工钱,是以'分'来计算,糊一百只挣几分钱吧?"每每蒋韵们睡下的时候,奶奶她们开始干活,等到蒋韵们睡醒一觉的时候,她们依然在昏暗的灯光下忙碌着:"她们就这样伴着昏灯安静地熬夜，用自己的手，一分两分、一角两角、一元两元，用一百只、一千只、十万百万只火柴盒，换来了一个孩子永远怀念的'岁月静好'。"就这样，虽然只是不多的几个生活细节，奶奶这样一个拥有坚韧生存意志与生活智慧的时代女性形象，就已经形神兼备地跃然纸上了。

严格说来，具有某种编年史性质的《北方厨房》，从结构上可以被分别切割为奶奶、母亲以及蒋韵自己主厨的三个时期。这样一来，作家笔端的食物书写，所首先凸显出的，自然也就是与时代之间的内在关联。比如，令蒋韵至今想起来都属美味的炼油渣："食油始终是有定额的，只不过这定额会随着经济形势或增或减，但无论增减，对我们家来说，都是不够的。奶奶常常要去肉铺用肉票买来猪板油，或者用肥肉膘来炼油。炼油剩下的猪油渣，是好东西，趁热，加白糖或者加盐，搅拌均匀，掰开一个热馒头，夹进油渣，一口咬下去，哦，灵魂出窍。这样的好时光，是稀少的，油渣哪里能这样大手笔浪费？它的用武之处真是太多了，做素馅包子时，把它剁碎添加进去，炒白萝卜，烧菠菜粉丝汤冬瓜汤，亦可撒几粒来提味，权当海米，用得好，也算得上化腐朽为神奇。"我不知道，到了当下这样一个时代，除了如同我这样的过来人,到底还有多少人知道炼油渣?品尝过炼油渣?因为说到底,所谓的"炼油渣",也不过是在肉食极度短缺的情况下的一种弥补之举。但我自己,通过对蒋韵相关书写的阅读,却的确勾起了既往的"炼油渣"记忆。当然,也肯定是在当年那样一个物质极端匮乏的年代,令我记忆犹新的,是母亲曾经用它来给我们包饺子吃。虽然是物质匮乏时代的无奈之举,但那个特定阶段留下的"美味"记忆,却至今都难以忘怀。但与炼油渣相比,更能凸显物质匮乏时代特质的,却是带有黄土高原明显地域特色的"不烂子"。由于"困难时期"的不期而至,面对着一个家徒四壁的新移民家庭,奶奶想出的应付办法,就是所谓的"瓜菜代"。"不烂子",就是其中的一种:"顿顿都是不烂子做主食,就是另一种情境了。区别只在于是胡萝卜不烂子、茄丝不烂子还是西葫芦不烂子。吃得我们愁眉苦脸。"受伤害最深的,是蒋韵的弟弟。某一天,蒋韵,其实也不只是蒋韵,应该是家里人全都察觉到,弟弟伏在床边,竟然把刚刚吃下去的茄丝不烂子午餐,一边流泪,一边全都吐了出去。说到底,这"不烂子"也只是属于物质匮乏时代勉强用来撑饱肚子的东西,并不是什么美味佳肴。正因为有这样的痛苦经历,所以,"至今,我弟不吃茄子。不管这茄子是红烧、油焖,还是蒜泥凉拌,即使它变身为《红楼梦》里华丽的茄鲞,他也永远厌弃它。"蒋韵的弟弟之所以不能够再接受茄子,正是因为在那个物质匮乏的时代,过多地食用了所谓"茄丝不烂子"的缘故。一般来说,哪怕是再好的东西,即使是所谓的山珍海味,也禁不住顿顿吃,天天吃。对于弟弟来说,他的拒绝食用茄子,正因为当年的不得不过量食用,早已吃伤了它。也因此,虽然从表面上看似乎只是对某一种食物厌弃与否的问题,但究其根本,在一种精神分析的层面上,它所深刻折射出的,却是那个特定时代对弟弟所造成的生理与精神伤害。

但到了母亲主厨的时代,情况却已经有了明显的不同。曾经主厨了相当长时间的奶奶,于1979年不幸去世。这个时候的中国,较之于此前的一个历史阶段,可以说已经发生了天翻地覆的变化。由于高考制度的恢复,这个时候的蒋韵和她弟弟,经过各自的积极努力,都已经成为了那个时代被称之为"天之骄子"的大学生。虽然说因为有奶奶的存在,母亲的大半生时间,都不需要进入厨房,但在奶奶去世后,她却无论如何都得接掌厨事。母亲主厨的这个阶段,能够充分凸显时代特色的厨事,集中体现在蒋韵家中的那看起来总是高朋满座的周末聚餐上。那个时候,尽管说高等教育已经恢复,但学校里的伙食太差,却也是一种普遍的事实。这一方面,我个人一种清晰的记忆,就是高校里简直就是鳞次栉比的罢灶事件。好端端的,为什么要罢灶?说到底,还是因为学校的伙食搞不好的缘故。正因为学校里的伙食很糟糕,所以,蒋韵和弟弟才会盼望着利用周末的机会回家去打牙祭,以竭尽可能地满足自己的口腹之欲。但请注意,由于蒋韵她们姐弟以及父母热情好客的原因,这个时期每每到了周末的时候,就会有一些朋友随同他们一起到蒋韵家去参加周末聚餐。蒋韵那格外通情达理的知识分子父母,"深知这一点,所以,周末晚餐桌上,满满一桌菜,必以荤菜为主,主菜一定要是硬菜,且必须两个以上,比如,一个香酥鸡,还要有一大碗红烧肉卤蛋;一个煎带鱼,就要有份清蒸狮子头或者是烧排骨。主菜之外,再配两三个'半荤菜':茭白炒肉丝、青椒熘肉片、青蒜爆炒猪肝或者腰花。有时还有豆制品,烧豆腐或者卤干丝。凉盘则是酱牛肉、酱鸡胗、凉拌海蜇皮,有时则是从六味斋买来的'肥而不腻,瘦而不柴'的酱肉、小肚之类,再搭配个凉拌皮蛋黄瓜、炝莲藕等,视季节而定。汤比较简单,可以是西红柿蛋花汤、冬瓜火腿汤、海米白菜粉丝汤,但要预先吊一锅清汤高汤备在那里,鸡汤、棒骨汤、白肉汤，都可以，用起来方便。"与这些看起来足够琳琅满目的菜谱相比较，关键之处还在于大家聚餐时的那种非同寻常的热闹劲儿："人多热闹，一顿晚饭，必是吃得热火朝天，聊得热火朝天。大家围坐在简易的折叠餐桌旁，守着狼藉的见底的盘盏，久久不散。喜聚不喜散的，又何止我母亲一个？那一餐又一餐，吃下的不仅是美食，还有那个时代给予我们的精神养分。"实际的情况诚如蒋韵自己所言，这些家里家外的人们热热闹闹地聚在一起，吃的不仅仅只是可口的美味，更是那个拨乱反正时代所特有的一种精神养分。也因此，如果我们干脆把母亲主厨时期蒋韵家的周末聚餐理解为精神聚餐，可能更加切合于那个特定历史阶段的时代本质。

接下来，自然也就是蒋韵自己主厨的历史时期了。说是蒋韵自己主厨，但按照她的说法，由于多年来长期依赖母亲的缘故，根本就谈不上什么烹饪的技艺。她最拿手的厨艺，一个是继承了祖传手艺的包饺子，另一个就是"自学成才"的煮方便面。先来看包饺子："包饺子这件事，我还在行，得了我奶奶和我妈的真传。只不过，我奶奶我妈，是自己剁肉馅，后来有了绞肉机，是自己买肉来绞，我则是买现成的绞肉馅。我买来绞肉馅，要细细地，把里面那些白筋、血管和所有看着不顺眼的东西挑拣出去，干干净净、清清爽爽的，再用葱姜末和酱油、料酒煨起来。我的馅料里，也如同奶奶她们，不放那些五香粉之类，却要放一点白糖提鲜。这在从前的北方地域，比较鲜见。"同样不容忽视的，是蒋韵做饺子馅时所特别强调的"干干净净"与"清清爽爽"。说透了，这又哪里仅仅是在写做饺子，作家更多的，其实是以如此一种方式在"夫子自道"，在强调做人也如做饺子馅的某种人生道理。再一个，就是无师自通的煮方便面。那个时候的蒋韵，和丈夫李锐刚刚结婚不久，正居住在单位分配的南华门东四条的省作协小院里。在那个文学的黄金时代，好多文学同道会自觉或不自觉地聚集到李锐蒋韵夫妇的小屋里，上天入地地讨论文学的话题："聊自己的小说，正在写的，或者将要写的，聊别人的小说，褒扬或者批评……聊正在进行中、后来走进了文学史的那些事件，如文学的寻根，等等。"等到大家吵闹饿了的时候，身为家庭主妇的蒋韵也就粉墨登场，开始煮方便面了："于是，作为女主人的我，就给大家煮方便面——一直到今天，我都认为那是方便面中最好吃的那一款：美味肉蓉面。若有西红柿，就煮两个进去。西红柿去皮，但不能用开水烫，那样烫出的西红柿完全变了味道，要借助勺柄，把表皮刮松，洗干净手，把皮一点点剥下来。我也从不用刀切西红柿,刀切它会残留一股铁腥味,就用手,把它瓣成块状。炒西红柿鸡蛋也用同样的方式料理西红柿。这样煮出的方便面,人人都说,鲜美。"大约也正因为如此,所以,朋友中间流行的段子中,才会特别强调蒋韵最拿手的饭,就是方便面。但请注意,与蒋韵包饺子和煮方便面这样的"厨艺"紧密联系在一起的,却是作家对文学的黄金时代也即精神至上的1980年代的真切书写:"而曾经,最经常出入我家厨房小屋、在那桌边吃饭聊天,也是在铁架小床上留宿最多的,有两个人。一个,就是在长白山原始密林里,在清澈如玉的溪水边,为静夜、为万物之美而感动,引吭高歌《祖国颂》的那个好友,那个曾经的兄长。如今,他远离了这片土地,至今不知归期。还有一个,是钟道新,此刻,他远在天国。"既然蒋韵没有写出那个已然去国多年的兄长的名字,那我也就不在这里胡乱猜测了。但毫无疑问的一点是,蒋韵在这里,完全是在借助于食物的书写,在谈论、呈示一个文学黄金时代的同时,也更是意在凭吊那段一去不复返的精神至上的岁月。

诚如《北方厨房》的副标题所言,这部作品首先是一部与时代紧密相关的具有编年史性质的一个家庭(或家族)的烹饪史。在其中,我们所首先看到的是一部以食物为载体的时代社会的演变史。但与此同时，从这样的一个家族寻根之旅的过程中，我们却也可以同时看到蒋韵个人的成长史，一个社会的物质史，一部以人性的深入探究为内核的精神文化史。或者，我们也完全可以用写尽"物理人情"这样的语词，来理解评价蒋韵这部思想与艺术品质俱佳的长篇非虚构文学作品。这其中，最令人印象深刻的，就是那些与食物紧密相关的人性的思索与探究。比如，奶奶的主厨时期，蒋韵曾经用专门的笔墨描写奶奶如何包饺子，以及徐叔叔怎样地迷恋奶奶的饺子。"首先，奶奶会先用水把肉馅打得十分鲜嫩，用酱油、料酒、剁碎的葱姜末煨出来。其次是菜肉的比例，掺多少菜进去，奶奶总是十分有度。她最爱的是猪肉白菜的经典搭配，若是春韭时节，会加一些韭菜进去，而冬季，则加黄芽韭。奶奶拌饺子馅，从不加五香粉这一类夺味的调味品，只加盐、酱油、少许白糖和香油味精，味道既鲜且香。而奶奶的饺子皮，不硬不软，厚薄适宜，吃起来很有筋道。所以，关键的这几道程序：拌馅儿、和面、擀皮，以及煮饺子，都是奶奶亲力亲为。而我们做的，就是包饺子。"由于奶奶的饺子包得好，所以大家都爱吃，其中最值得注意者，就是徐叔叔。但其实，明眼人一下子就可以看出来，作家写徐叔叔是虚，借助于徐叔叔而进一步牵引出他的妻子李医生，才是其根本意图所在。李医生是一个非常美丽的女子，"她是天津人，家境优渥，若在民国，原本是该读家政系的。"依照蒋韵的交代，这位李医生，有一位极要好的闺蜜，在"史无前例"的1966年，不知道因为什么而被当作牛鬼蛇神揪了出来。闺蜜被揪出来之后，很快就有人找李医生谈话了："谈话内容十分严肃，责令她必须在第二天的全院批斗大会上，揭发那个闺蜜，以此和她划清界限。否则，后果自负。"那么，面对如此一种情形，李医生该怎么办呢？"她知道那叫'最后通牒'，她知道这叫'站队'，她也知道大多数人会怎么选择。但她不是'大多数人'中的那个，她是李医生，一个完美主义者，一个美人，她不能容忍自己变丑，比如背叛，比如被人群羞辱。所以，她没得选择。"就这样，服药自杀，成了内科李医生没有选择后的唯一选择。她以如此一种决绝的方式证明，一位外表美丽的知识分子女性，其精神世界也可以同样美丽而高贵。事实上，也只有在了解到李医生为了维护自己的人格尊严而不惜自杀的情况后，我们才能够理解蒋韵为什么要在写到徐叔叔的时候，特别强调《窦娥冤》里那段呼天抢地的《滚绣球》："天地也，做得个怕硬欺软，却原来也这般顺水推船。地也，你不分好歹何为地？天也，你错勘贤愚枉做天——"毫无疑问，这段《滚绣球》，与李医生的决绝行为，二者之间，其实是可以互为注脚的。唯其如此，李医生之死，方才成为了蒋韵内心深处始终都无法释怀的某种情结，并且时不时地就会折射表现到她的小说作品中："后来，等我读到朱生豪先生译的《哈姆雷特》，读到奥菲利亚自杀前吟诵的这段歌谣，心里想起的，是李医生最后的遗容。她也常常走进我的小说。有人问我，为什么你的小说里的女性，常常有那么决绝的死亡？原因在此，在我少年时被震撼到的记忆。"在这里，蒋韵无意间提供了一个进入并理解其小说创作的有效路径。

再比如，与炸酱面紧密相关的琳姐的悲惨命运遭际。炸酱面，是蒋韵她们家的世交万叔叔的妻子吕姨最拿手的一种厨艺。但从根本上说，作家之所以要写炸酱面，实际上是为了引出万叔叔家的长女琳姐这一人物形象。蒋韵认识琳姐时，她还只有十岁左右："亮晶晶骄傲的大脑门，两只黑黑的美丽的大眼睛，沉静又有些忧郁。她是我们中间灵魂般的人物，尤其是我，深深被她吸引。"由于受到当时所谓"革命"思潮影响的缘故，琳姐还没满十六岁的时候，就瞒着父母主动报名去了内蒙古建设兵团。要知道，那个时候，全社会大规模的"上山下乡"运动尚未开始。也因此，琳姐毫无疑问是那种"真正自愿去农村去边疆的青年"。然而,不知道在建设兵团到底遭遇了什么,反正,到后来,在她第几年回家探亲的时候,蒋韵发现她变了:"黑了,强壮了,不再清秀。人变得忧郁和神经质。不怎么说自己的生活,只是郁郁寡欢。后来,她的神经质愈演愈烈,怀疑自己有机磷中毒。"明显的一个症状是,那个时候的琳姐,就已经开始强调自己的半边脸完全没有表情了。一种无法被否认的事实是,从那个时候开始,琳姐就是一个有心理疾患的人,一直到她后来在德国因急性胰腺炎不幸去世为止。由于琳姐的人性世界早已被时代扭曲的缘故,曾经一度作为蒋韵偶像存在的琳姐,到后来竟然变得面目全非。在蒋韵的印象中,后来的她,甚至变成了一种"恶魔"式的存在:"她一点不爱她自己,有时我觉得她是以折磨自己让亲人们痛苦为乐。"也因此,"那时我们这些朋友们,都逐渐疏远了她。觉得她不可理喻。我们谁都没有意识到她是病态的,我们严苛地要求着她,特别是我,不能容忍我童年时那么美好的姐姐,那个偶像般的存在幻灭,变得面目全非,价值观也严重分歧。"一直到意外获知她已经在德国不幸病逝的消息之后,蒋韵方才一下子恍然悔悟,方才意识到自己此前对待琳姐的那种方式,是极端错误的:"我才突然感到了巨大的悲痛和后悔,后悔我是多么薄情，多么不宽容，多么冷酷，后悔我辜负了我们曾经拥有过的那一切。在她最无助、最煎熬的时候，我掉头而去。"面对着姐姐的死，她妹妹小蔚一语道破天机："我姐其实早就是个病人了，可是没人知道这个。"而身为写作者的蒋韵自己，也只有在这个时候，方才深刻地认识到："她姐姐的病，得因于一直没能走出伤害了她的那个时代。"从这个角度来说，心灵早已被畸形时代所扭曲的琳姐，自始至终都没有能够在心理上真正摆脱那个时代留给她的阴影。无论如何，琳姐都只能被看作是那个"革命"时代的祭品或者说殉葬品。

接下来，进入我们分析视野的，就是蒋韵那位因为过多食用"茄丝不烂子"后来再也不肯吃一口茄子的弟弟了。说是弟弟，其实年龄只比蒋韵小一岁。弟弟的引人注目，除了拒食茄子之外，就是在已逝家人骨灰处理问题上的固守与坚执。"那是母亲去世后，我们商量后事。母亲的骨灰，还有，一直在太原的家里，跟了我们已经四十年的奶奶的骨灰，要安葬在何处？这个问题，多年来，我弟始终回避。他总是说：'奶奶，妈，还有爸，都跟着我。'我说：'那你要不在了呢？'他回答：'再说。''找谁说去？'我问，觉得他不可理喻。是啊，到那时候，他都不在了，找谁说去呢？"无论如何，从中国人所讲究的入土为安的角度来说，弟弟在处理亲人骨灰问题上的这种固执，都是不可理解的。也因此，一个关键的问题就是，弟弟为什么会如此"不通情理"？这里面肯定潜藏着某种不为人知的内心秘密。果不其然，一直到蒋韵了解到，同样一个开封，在弟弟和自己心里留下的感觉竟然截然相反之后，她才最终明白了弟弟的心理情结所在。当蒋韵想着要把这些亲人们的骨灰安顿在故乡开封的时候，弟弟却表示坚决反对，"我弟沉吟许久，问我：'开封有什么好？为什么非要回开封？'我气结，说：'魂归故里啊！奶奶、爸爸他们爱开封啊！'我弟则说：'一个那么阴沉沉、阴郁的地方，灰暗、压抑的地方，我才不放心让他们回那里去。'"正是从这一番对话中，蒋韵特别震惊地发现："原来，我弟心里的那个开封，那个故乡，和我的开封，天差地别啊。"到最后，弟弟明确表示，自己的想法是，找一个地方，买一处院子，种几棵树，并且在树下安葬自己的亲人："他余生就住那院子里，种种花，种种菜，守着他们，陪伴他们。死后，自己也葬在树下。不分开。"也只有到这个时候，蒋韵方才恍然大悟："我有点懂了。原来，和母亲分离的那最初的几年，人生伊始的几年，对他，一个孱弱、敏感、多情的小男孩儿，是如此巨大的缺憾，是永不能弥补的残缺。他不舍得放手,是他害怕,再一次地和他们分别。他拒绝分别,他像堂吉诃德一样,和风车作战,一往情深地,试图将所有故去的亲人们都挽留在他的世界和日子里。"很大程度上,也只有在了解到弟弟的这种心理情结后,我们也才能搞明白开封为什么会在他心里留下那么糟糕的印象。二者之间,实际上也明显存在着一种相互制约影响的关系。

无论如何都不能被忽视的,是蒋韵母亲和她女儿泡泡(笛安)祖孙俩之间的血肉关联。李锐蒋韵的天才女儿泡泡,出生还只有二十八天的时候,就被蒋韵的父亲以"满屋子都是阳光"为由而强留在了姥姥家。这样的一个"道理",再加上稍后一些毗邻"学区房"的"道理",二者叠加在一起,就硬生生地把泡泡在姥姥家"强留"了整整十八个年头,一直到泡泡远赴法国留学,成为社会学专业的研究生为止:"于是,在长达十八年的时间里,外婆家,姥姥家,是一个事实上的'三代同堂'的家庭。只要不出差,只要不去外地开会,那么,我和我丈夫,每天的晚餐,是必定要回姥姥家去吃的。"正如同你已经预料到的,虽然是"三代同堂",但泡泡的中心地位却是毫无疑问的。既然一家人都在围着泡泡转,那姥姥在做饭时更多地顾及外孙女的口味,就是合乎逻辑的一种必然结果。比如，虾："虾是我女儿的最爱。当然，还有蟹。"既然泡泡喜欢虾，那蒋韵母亲自然会尽可能地满足她的要求，千方百计地给她做虾吃。这其中，尤其是一道"面包虾仁"，更是成为了母亲极有代表性的"独家私房菜"。关键的问题是，"其实后来，我母亲也不做这道菜了。一是觉得油炸食物毕竟不够健康，而最主要、最最主要的，是因为我女儿。""女儿十八岁出国留学，去法国念书。她一走，我母亲做饭的心劲和热情就跟着走了一大半，好像也漂洋过海去了法兰西。"想想也的确如此，祖孙俩能够在一起厮守整整十八年，这期间养成的感情，无论怎么估价都不过分。也因此，泡泡出国留学后，只有在她归来的那些日子，姥姥才会重新拿起自己的厨艺："每年，也就是暑假，女儿归来的那些日子，我妈恢复了旧容颜，容光焕发，在厨房里忙进忙出，做每一道女儿爱吃的菜。"然而，蒋韵们不管怎么说都料想不到，"再后来，就是女儿回来度假，我母亲也不下厨了。不是不愿意，是不能了。"因为这个时候的母亲，竟然已经成了一个失智的人。母亲为什么会失智呢？医学上自然会有一番道理，但"我弟，我表妹，这些亲人们，还有我们的老邻居老朋友们，都说，假如，泡泡一直在我母亲身边，她也许不会得这个该死的病。即使生病，也不会发展得这么快、这么凶猛"。这里出现的问题，就是所谓亲情和人生前途的两难选择："可是我们放走了泡泡。我们从她身边夺走了她的最爱。不能耽搁孩子的前程啊，我们'讲道理'。但是，我母亲不想讲这个道理了。她从这个叫泡泡的孩子出生二十八天起，捧在掌心里，一天一天养到十八岁，忽然有一天，被一架飞机带到了千重山万重水之外，这是什么道理？"是啊，这是什么道理。其实，在很多时候，人生是没有什么道理可讲的。又或者，亲情有亲情的道理，人生前途有人生前途的道理。当这两个不同的道理不期然间发生碰撞的时候，某种人性的悲剧就发生了。应该说，无论是亲情的道理，还是人生前途的道理，从根本上说都属于善的范畴。原本我们以为只有善与恶发生碰撞的时候，才会有悲剧酿成。没想到，当分别隶属于两个不同范畴的善碰撞到一起的时候，却竟然同样也会有悲剧的结果酿成。蒋韵母亲的最终不幸失智所说明的，实际上就是这样一个道理。

我们都知道，蒋韵是成就突出的小说家。我们在这里之所以特别强调她的小说家身份，意在思考追问一个问题，那就是，她的小说创作，难道都是凭空虚构出来的吗？如果有相应的生活原型存在，那么，这种生活原型与小说作品之间所构成的，又是怎样的一种关系呢？所有这一切，在认真地读过这部《北方厨房》之后，我想，应该会获得相应的答案。具体来说，在读过《北方厨房》之后，我个人发现了这样几处后来被作家进一步想象虚构为小说作品的生活细节。一个是，在写到吕姨和琳姐的时候，蒋韵顺笔一提："此外，还有她的两三个中学时期的好友，以及，吕姨当年在北京的同事的侄子，一个在我们省份插队的北京知青。那时，这个北插，已是一个无父无母的孤儿，因此，吕姨格外怜惜他，只要他一来，必定倾其所有，来款待这个急需营养和温情的不幸的孩子。"我想，只要是熟悉蒋韵小说的朋友，马上就可以由这一细节而联想到她的长篇小说《你好，安娜》。《你好，安娜》中那位引起祸端的北京知青彭，那个笔记本的原主人，其生活原型，就是这里提及的吕姨那位北京同事的孩子。再一个是，在写到迎泽公园的时候，蒋韵曾经写到过院子里第一位自杀的人："1966年，我们院子里第一个自杀的人，就是跳了迎泽湖。那是我的小伙伴的母亲。我清楚地记得，那个早晨，我站在我家小院子边刷牙，她沉着脸从我身后走过，这一走，就再也没回来。"事发后，"她的小女儿后来告诉我，前一晚，临睡前，她妈对她说：'我的小丝绵袄在柜顶上的牛皮箱子里。'过一会儿，又说，'人死了，是要穿棉袄的。'她的女儿，比我小两岁，那一年，十岁了，却没有明白母亲这话是在嘱咐后事。"与这一生活细节紧密相关的，是中篇小说《水岸云庐》。《水岸云庐》里陈雀替的母亲，那位因为曾经做过妓女而在"史无前例"的年代被迫投湖自尽的女性的生活原型，正是蒋韵在这里写到的小伙伴的母亲。还有一个，就是在讲述沙拉酱的制作过程时，蒋韵所特别提到的那位名叫"娜塔莎"或者"玛莎"的苏联姑娘："当年，一个中国小伙子被派去苏联学习，认识了这个叫娜塔莎或者是玛莎的姑娘。那应该是中苏的蜜月时期吧？反正他回国时把这娜塔莎或者玛莎勇敢地带回了我们的城市，或者说，她勇敢地追随着爱情来到了这异国的深处。他们结婚、生子，两个混血的儿子长得都像妈妈，有蔚蓝色天空般澄明的眼睛。后来，中苏交恶，再后来，在珍宝岛打仗，她的丈夫因为她的缘故，受了牵累，被批斗，生病离世。这个娜塔莎或者玛莎，在我们这个城市，成为一个特别突兀、特别不合时宜和特别冒犯的存在。"尽管说蒋韵对娜塔莎或者玛莎这位异域女子的情况不甚了了，但有一点却是毫无疑问的。那就是，最起码，沙拉酱的制作方法，却是由这位异域女子最早传播到这座北方城市的。也因此，正是从这样一位名叫娜塔莎或者玛莎的异域女子出发，蒋韵最终构想创作出了中篇小说《我们的娜塔莎》(《收获》2020-6)。由以上三例可见，一方面，蒋韵的很多小说都是有生活原型的，但在另一方面，等到这些生活原型进入到小说作品的时候，作家其实已经增加了很多合乎人性与艺术逻辑的想象虚构。

我们注意到，到了作品的结尾处，蒋韵的笔墨再一次返回到了萨瓦兰先生这里，谈到他的《好吃的哲学》，"我必须诚实地说，这本书，我真的没有读出它'开天辟地'的意义。""可它还是诱使我写下了这篇文章，只因为那句话：'告诉我你吃什么样的食物，我就知道你是什么样的人。'"正因为如此，所以，在写完一个家族的烹饪史之后，蒋韵问道："那么，萨瓦兰先生，请告诉我，我是什么样的人？"在萨瓦兰肯定无法回答的情况下，蒋韵自问自答："也许，这并不能难住他。他洞若观火。也许，他说的是，你是哪一类人。"紧接着，蒋韵进一步写道："这个，我自己也知道。我偶尔食肉，可我本质上，是一个食草动物。"因为，"我憎恨所有血腥和残暴。"事实上，到这个时候，蒋韵已经把自己的食物书写上升到了哲学思考的高度。具体来说，由于食物与舌头紧密相关的缘故，蒋韵关于食物书写的哲学思考，在密切联系社会现实的前提下，尤其是集中聚焦到了人类的舌头上面:"我们所拥有的这条好舌头,这条精密的、敏感的、优秀的,同时又是邪恶的、贪婪的、永无餍足的利器,吃遍天下无敌手。万物被它戕害,奄奄一息。但是,你以为大自然会坐以待毙吗?结论大家都知道。此刻,正是新冠病毒肆虐的日子,人类陷入灾难。那么,困守在危城、困守在蜗居的时刻,是不是应该问一声,在未来,人将怎样和自己的舌头相处?人有没有可能、有没有理性和道义控制住这条横空出世的、凌驾于万物之上的舌头?能,还是不能?这是一个天问。"是啊,很多时候,人类的灾难,都可以说是舌头惹的祸。既如此,如何积极有效地控制我们的舌头,也就成了一个至关重要的问题。说到底,蒋韵之所以要在结尾处特别讲述英国人和法国人面对食物时的不同态度,也正是为了强调文明与否的一种根本区别。正是在这个比较的基础上,蒋韵进一步追问:"为什么非要去尝试?""不尝试,是否意味着,他们的舌头有度?"人人都在讲全球化,"但是,我们都不知道,地球本身接受全球化吗?或者,大自然接受全球化吗?如果是一个有宗教信仰的人,可能会这样问,上帝当初为什么造巴别塔?"是啊,到底为什么呢?"因为太知道人性的缺陷。人类的自大虚妄。"也因此,九九归一,也还是一个如何有效地节制人类欲望的问题。事实上，也正是因为蒋韵对人类还抱有一定的希望，所以，她才会为自己的食物链之窄而自豪："我不认为食物链窄是我的缺点。""相反，我庆幸。""也许，有一天，人类会找到、并严守自己食物链的界限。"但其实，这又何止是食物链的界限呢？究其根本，蒋韵所强调的食物链的界限，也正是衡量人类文明程度的一个极其重要的底线。从这个意义上说，能够写出《北方厨房》这样一部长篇非虚构文学作品的蒋韵，就不仅是一位心怀悲悯的人道主义者，而且也更是一位强调各个物种平等相处的物道主义者。

2020年9月16日晚18时50分许

完稿于长安寓所

图书在版编目（CIP）数据

北方厨房：一个家庭的烹饪史/蒋韵著. -- 上海：上海文艺出版社，2021
ISBN 978-7-5321-7908-4
Ⅰ.①北… Ⅱ.①蒋… Ⅲ.①纪实文学－中国－当代②中篇小说－中国－当代
Ⅳ.①I217.2
中国版本图书馆CIP数据核字(2021)第032450号

发 行 人：毕　胜
责任编辑：李伟长　王丹妹
装帧设计：今亮後聲 · 核漫

书　　名	北方厨房：一个家庭的烹饪史
作　　者	蒋　韵
出　　版	上海世纪出版集团　上海文艺出版社
地　　址	上海市绍兴路7号　200020
发　　行	上海文艺出版社发行中心
	上海市绍兴路50号　200020　www.ewen.co
印　　刷	杭州锦鸿数码印刷有限公司
开　　本	890×1240　1/32
印　　张	11.125
插　　页	5
字　　数	176,000
印　　次	2021年8月第1版　2021年8月第1次印刷
ＩＳＢＮ	978-7-5321-7908-4/Ⅰ · 6272
定　　价	68.00元

告 读 者：如发现本书有质量问题请与印刷厂质量科联系　T:0512-52605406